"神话学文库"编委会

主　编

叶舒宪

编　委

（以姓氏笔画为序）

马昌仪	王孝廉	王明珂	王宪昭
户晓辉	邓　微	田兆元	冯晓立
吕　微	刘东风	齐　红	纪　盛
苏永前	李永平	李继凯	杨庆存
杨利慧	陈岗龙	陈建宪	顾　锋
徐新建	高有鹏	高莉芬	唐启翠
萧　兵	彭兆荣	朝戈金	谭　佳

"神话学文库"学术支持

上海交通大学文学人类学研究中心

上海交通大学神话学研究院

中国社会科学院比较文学研究中心

陕西师范大学人文社会科学高等研究院

上海市社会科学创新研究基地——中华创世神话研究

"十二五""十三五"国家重点图书出版规划项目
第五届、第八届中华优秀出版物奖获奖作品

神话学文库
叶舒宪 主编

萧 兵◎著

四方风神话

THE MYTHS OF THE FOUR WINDS

陕西师范大学出版总社

图书代号　SK23N1134

图书在版编目（CIP）数据

四方风神话 / 萧兵著. — 西安：陕西师范大学出版总社有限公司, 2023.10
（神话学文库 / 叶舒宪主编）
ISBN 978-7-5695-3685-0

Ⅰ.①四… Ⅱ.①萧… Ⅲ.①神话—文学研究—世界 Ⅳ.①I106.7

中国国家版本馆 CIP 数据核字（2023）第 123355 号

四方风神话
SIFANGFENG SHENHUA

萧　兵　著

出 版 人	刘东风	
责任编辑	庄婧卿	
责任校对	王红凯	
出版发行	陕西师范大学出版总社	
	（西安市长安南路199号　邮编　710062）	
网　　址	http://www.snupg.com	
印　　刷	中煤地西安地图制印有限公司	
开　　本	720 mm×1020 mm　1/16	
印　　张	15.5	
插　　页	4	
字　　数	216千	
版　　次	2023年10月第1版	
印　　次	2023年10月第1次印刷	
书　　号	ISBN 978-7-5695-3685-0	
定　　价	95.00元	

读者购书、书店添货或发现印刷装订问题，影响阅读，请与营销部联系、调换。
电话:(029)85307864　85303635　　传真：(029)85303879

"神话学文库"总序

叶舒宪

神话是文学和文化的源头，也是人类群体的梦。

神话学是研究神话的新兴边缘学科，近一个世纪以来，获得了长足发展，并与哲学、文学、美学、民俗学、文化人类学、宗教学、心理学、精神分析、文化创意产业等领域形成了密切的互动关系。当代思想家中精研神话学知识的学者，如詹姆斯·乔治·弗雷泽、爱德华·泰勒、西格蒙德·弗洛伊德、卡尔·古斯塔夫·荣格、恩斯特·卡西尔、克劳德·列维-斯特劳斯、罗兰·巴特、约瑟夫·坎贝尔等，都对20世纪以来的世界人文学术产生了巨大影响，其研究著述给现代读者带来了深刻的启迪。

进入21世纪，自然资源逐渐枯竭，环境危机日益加剧，人类生活和思想正面临前所未有的大转型。在全球知识精英寻求转变发展方式的探索中，对文化资本的认识和开发正在形成一种国际新潮流。作为文化资本的神话思维和神话题材，成为当今的学术研究和文化产业共同关注的热点。经过《指环王》《哈利·波特》《达·芬奇密码》《纳尼亚传奇》《阿凡达》等一系列新神话作品的"洗礼"，越来越多的当代作家、编剧和导演意识到神话原型的巨大文化号召力和影响力。我们从学术上给这一方兴未艾的创作潮流起名叫"新神话主义"，将其思想背景概括为全球"文化寻根运动"。目前，"新神话主义"和"文化寻根运动"已经成为当代生活中不可缺少的内容，影响到文学艺术、影视、动漫、网络游戏、主题公园、品牌策划、物语营销等各个方面。现代人终于重新发现：在前现代乃至原始时代所产生的神话，原来就是人类生存不可或缺的文化之根和精神本源，是人之所以为人的独特遗产。

可以预期的是，神话在未来社会中还将发挥日益明显的积极作用。大体上讲，在学术价值之外，神话有两大方面的社会作用：

一是让精神紧张、心灵困顿的现代人重新体验灵性的召唤和幻想飞扬的奇妙乐趣；二是为符号经济时代的到来提供深层的文化资本矿藏。

前一方面的作用，可由约瑟夫·坎贝尔一部书的名字精辟概括——"我们赖以生存的神话"（Myths to live by）；后一方面的作用，可以套用布迪厄的一个书名，称为"文化炼金术"。

在21世纪迎接神话复兴大潮，首先需要了解世界范围神话学的发展及优秀成果，参悟神话资源在新的知识经济浪潮中所起到的重要符号催化剂作用。在这方面，现行的教育体制和教学内容并没有提供及时的系统知识。本着建设和发展中国神话学的初衷，以及引进神话学著述，拓展中国神话研究视野和领域，传承学术精品，积累丰富的文化成果之目标，上海交通大学文学人类学研究中心、中国社会科学院比较文学研究中心、中国民间文艺家协会神话学专业委员会（简称"中国神话学会"）、中国比较文学学会，与陕西师范大学出版总社达成合作意向，共同编辑出版"神话学文库"。

本文库内容包括：译介国际著名神话学研究成果（包括修订再版者）；推出中国神话学研究的新成果。尤其注重具有跨学科视角的前沿性神话学探索，希望给过去一个世纪中大体局限在民间文学范畴的中国神话研究带来变革和拓展，鼓励将神话作为思想资源和文化的原型编码，促进研究格局的转变，即从寻找和界定"中国神话"，到重新认识和解读"神话中国"的学术范式转变。同时让文献记载之外的材料，如考古文物的图像叙事和民间活态神话传承等，发挥重要作用。

本文库的编辑出版得到编委会同人的鼎力协助，也得到上述机构的大力支持，谨在此鸣谢。

是为序。

目 录

第一章 风和四方风

不是密码的"密码" ································· 001
风或凤,天帝的使者 ······························· 007
凤凰的模特儿 ···································· 014
风为什么分为"四"或"四方"? ···················· 020
四方风与四季的关系 ······························ 023
好风与坏风 ······································ 034
风名、方名与地名、祖名 ·························· 040

第二章 鸟:风神,四方风神

四凤与四鸟指向 ·································· 043
帝俊或俊风在《山海经》内外 ······················ 048
玄鸟与凤凰 ······································ 051
太阳(神)控制风(神) ·························· 058
帝俊使四鸟或四兽 ································ 064
四种雉和四方的凤鸟 ······························ 076

第三章　各古老民族的风神及四方风

西亚的四方风 ……………………………………………… 082

恶风或台风的由来 ………………………………………… 092

"十"字形鸟羽风向标：四鸟纹之前导 …………………… 097

四鸟指向与四方风 ………………………………………… 106

古代欧洲的四方风 ………………………………………… 115

东部亚洲民族的四方风 …………………………………… 126

犹太教、基督教四方风及其变形 ………………………… 131

美洲各族四方风神 ………………………………………… 134

四鸟转秋或四鸟人磨秋 …………………………………… 150

第四章　四方风神鸟与殷商祖先神

四风神、四方神与祖先神的可能对位 …………………… 161

东方"折"——昭明或"鵉/少皞" ……………………… 165

昭明/朱明/焦明是什么鸟？ ……………………………… 173

夋凤/俊凤/鵕鸃 …………………………………………… 182

协风就是飙凤 ……………………………………………… 190

　"孳尾"原是何物？ ……………………………………… 191

　"夾"与羽人，"因"与鹰燕 …………………………… 196

南方"兇"：上甲微 ……………………………………… 202

西方风的疑难 ……………………………………………… 211

韦凤、夷雉与鸡 …………………………………………… 216

夷与羿可能对应 …………………………………………… 218

九、夗及其关系字 ………………………………………… 222

夗即雒雉，指信天翁 ……………………………………… 224

雒/女和/羲和 ……………………………………………… 229

役和鷡 ……………………………………………………… 230

役与鹥凤 …………………………………………………… 233

第一章 风和四方风

不是密码的"密码"

河南安阳小屯殷墟出土的甲骨卜辞里有一组"密码",刻着东、南、西、北四方方神的称号、风神的名称,简称"四方风"。自从胡厚宣先生发现了它以后,海内外研究的人很多,提出了许多解释的理论,可是仍然没有抓住要害,至今不知道这些名称是什么意思。或者说,不知道为什么要用它们做四方和四风的名称。

要解译古文字难题或曰"密码",就要寻找"密码本",用已知的字符来对号入座,解读未知的字码。就好像当年数学家商博良等人,用同一块石碑上的希腊文(已知),对照译读了埃及象形文字(未知)一样。基本原理跟莫尔斯电报字码一样,只是后来由于秘密通讯和间谍工作的需要,密码越搞越复杂,越难破解。古文字密码好像简单得多,其实不然。天下没有解不开的密码,就像没有打不开的锁或保险箱,需要的只是时间和技术手段。现在有一秒能计算一亿次的电脑,编制和破译密码都方便多了。但是,不管多发达的电脑或人脑,都不能完全解译古文字。玛雅象形文字大部分解不开。中国也有一些半真半假的天书,许多人宣布解开了,但越解越糊涂。原因之一,古文字的制作,有它复杂的社会生活背景,离开其历史与文化,就没法解读。偏偏这些历史或文化又埋没在时空迷雾里,让再好的电脑也无可奈何。甲骨文研究,运用电脑已取得很大成绩,可是许多字,特别是专名,还是不认识,或认不准。

再说到甲骨文"四方风名"这一组不是密码的密码,事情就更加奇怪:它明明提供了"密码本",或者说,根本就没有加密,没有恶作剧似的编什么天书,它明明白白地写在那里,几乎所有学中文、搞历史的毛头大学生,全都认得;可是,几乎所有的专家都不注意、不承认它,这真是奇怪极了。你不去解读它,它不是密码;一去解读它,它却成密码了。那么,什么是解码的秘诀或钥匙呢?它写得清清爽爽、漂漂亮亮,明摆在眼前。

图 1-1 "风"或"凤"
(甲骨文"凤")

四方风的"风",本写作"凤",就是凤鸟。这是"本字",解读应从此开始。它被假借为"风"。第二步再讲被假借的原因。

这不是"凤"字,也就是"风"字吗?

谁不认得呢?可秘密、关键、谜底全在这里。一旦点破,就简单得令人惊愕。正是:

　　踏破铁鞋无觅处,
　　得来全不费工夫。

四方风就是四方凤!

我们讲四方风,当然主要讲它们是什么意思。结论显然"与众不同",却主要是用保持其"原来面目"的办法讲清其"原来面目"。对一般读者,我们希望:

(1)介绍一些甲骨文和历史知识,特别是民俗神话方面的知识,说一下"四方风"是上古各群团相当普遍的信仰(印第安人称为"四方风教"),并非殷商独有;

(2)介绍一些有关风、风神,特别是"风神鸟"的情况,展示一些有趣的现象或形象;

(3)这样也自然会涉及一些学术研究,特别是所谓"考据"与"诠释学"相结合的方法,扩充视野,增长见识(对写作者来说,是尝试一下人文科学普及读物的写法,看看能不能化繁为简,由浅入深)。

言归正传。甲骨文四方和四方风名,较完整的有两版(由于诸家隶定不同,我们选取其较为可靠而简捷者,请参见《综》[①]585;为方便印刷,尽量采用通行字,讨论见后)。

《合》[②]第17294号(刘善斋藏骨,《京津》[③]520,《掇》[④]2·158):武丁时期卜辞:

东方曰析　　　　　凤(风)曰劦(协)
南方曰夹(或因)　　凤(风)曰㞢(微)
西方曰韦　　　　　凤(风)曰彝
〔北方曰〕夗　　　凤(风)曰殴(役或役)

还有《合》第14295号(《缀合》[⑤]261)武丁卜辞:

禘于东方曰析　　凤曰劦
禘于南方曰㞢　　〔凤曰夹〕

---

① 《综》:《殷墟卜辞综述》,陈梦家著,科学出版社1956年版。
② 《合》:《甲骨文合集》,郭沫若、胡厚宣主编,中华书局1978—1982年版。
③ 《京津》:《战后京津新获甲骨集》,胡厚宣著,群联书局1954年版。
④ 《掇》:《殷墟拾掇》;《殷墟拾掇第二编》,郭若愚编著,上海出版公司1951年及1953年版。
⑤ 《缀合》:《殷墟文字缀合》,郭若愚、曾毅公、李学勤缀集,中国科学院1955年版。

禘于西方曰彝　　〔凤曰韦〕
禘于北方曰亢　　〔凤曰伇〕

图 1-2　"四方风名"大骨

（善斋藏品，《京津》520，《掇》2·158；参见《合》17294，武丁卜辞）

殷墟卜辞记载"四方风"不下一处，这一片较完整。东、南、西、北的传统顺序已经形成。四方或四向各有专管的神。每一方来的"凤"或"风"也都各有专名，名称古里古怪，大都能"读"（写成今字），却不知道什么意思。

还有一些涉及此的零星卜辞。

〔卯于□方□四牛〕四羊壳四，卯于东方析三牛三羊壳三……（《金》①472，参《综》586）

乙酉贞：又风于伊西彝（《粹》②195）

其宁？隹曰彝辣用（《京津》316）

辣凤（风）隹豚有大雨？（《前》③4·42·6）

可以看出，它们基本一致，只有个别参差或歧异。特别是《合》17294 跟《合》14295 两片大骨、大壳，西方、南方的方名、风名相互颠倒，

---

① 《金》：《金璋所藏甲骨刻辞》，［美］方法敛编著，［英］金璋藏，纽约，1939年版。
② 《粹》：《殷契粹编》，郭沫若著，科学出版社1965年版。
③ 《前》：《殷墟书契前编》，罗振玉著，1927年版，1931年重印本。

诸家多以为错刻。其实完全不是讹误。这只能说明，武丁时期殷人的四方方名、风名还没有最后定型，或不是绝对地规范化；特别是，方名与风名对应，辞义相通，即令互倒，也无碍大体，倒证明其灵活有机的联系。北方方名的不同，也是如此。

至于典籍与卜辞的差异，倒主要是书本传写的错讹。

图 1-3　凤：风之意象

（左：传世玉器，商代；右：玉器，山东济阳刘合子出土，西周早期；长 13.6 厘米，宽 3.8 厘米，厚 0.3 厘米）

甲骨文凤、风通用。一般写成"凤"（本字），在一定语境中，借用为"风"。可以说，"凤"是风的动物形象。这一类粗壮型有钩喙的商周凤鸟图像，大都以鹰鹫等猛禽为母型。可以看作"大风"的一种意象。

宇野武夫（1912—1995）旧藏一枚卜辞刻骨[①]。正面有：

风曰劦　南方

显为摹刻四方风名的字骨。反面为干支表习刻。他认为，有名的四方风大骨是给契刻练习者参照的典型法刻，有如后来的字帖。它重书法不重内容，所以南方、西方的风名竟致"错位"。后一推论，似乎走得过远。

[①] 参见［日］松丸道雄：《介绍一片四方风名刻辞骨——兼论习字骨与"典型法刻"的关系》，见王宇信、宋镇豪主编：《纪念殷墟甲骨文发现一百周年国际学术研讨会论文集》，社会科学文献出版社 2003 年版，第 86 页。

是否"习刻"，只靠一两个骨片不易证明。风名、方名之所以有歧异，主要因为神话词语不很严格，不同时地会有异文。方名、风名之所以相错，是因为它们本就对应，可以换位（当然不能乱换）。当时还没有完全规范化。

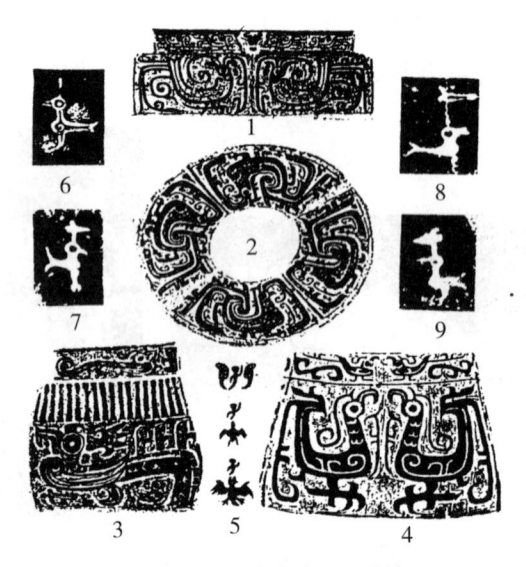

图 1-4　商周鸟/凤图纹

（1.周初《夆莫父卣》器腹纹饰；2.西周中期《伯或簋》腹纹饰；3.商凤；4.周初《父庚觯》器腹纹饰；5.周人族徽凤鸟图纹；6-9.商周金文。采自王大有）

除了商器之外，周初青铜器上亦颇见"鸟纹"。可见他们也崇拜神使凤鸟。所谓"凤鸟"，较早期的大都：①身躯健壮；②头上有"冠"；③长尾；④利爪；⑤喙部弯曲尖锐；⑥不强调翼翅——除③⑤外，是鹰雕的特征。

20世纪40年代初，胡厚宣先生发现了甲骨文里的四方神名和风名，并且以《尚书·尧典》和《山海经》为对照①。这是一个公认的重大科学发现。

第一，诠释了殷墟卜辞的某些疑难，比较确切地了解到殷到周人的自然信仰或宗教系统，以及天象、历法的知识；

---

① 参见胡厚宣：《甲骨文四方风名考证》（1944年版影印本），见胡厚宣：《甲骨学商史论丛初集》，（"民国丛书"系列，第一编），上海书店1989年版。

第二，为历史、神话和神话思维、上古语言文字研究提出了鲜活而可靠的标本；

第三，提高了"奇书"《山海经》和"伪书"《尚书·尧典》的史料价值，跟竺可桢以岁差确定《尚书·尧典》"四仲中星"的年代①一样，证明它们蕴藏着许多翔实而珍贵的记录，有待继续探掘。

1979年，我们曾撰写《甲骨文四方风名新解》，与胡先生商榷，由胡先生亲自请人誊写，拟发表在他主编的《甲骨文与殷商史》（第4辑）上，可惜没有出版，我们仅在《楚辞与神话》上偶尔提及。这里将主要论点撮述以供批评。

风或凤，天帝的使者

于帝史（使）凤，二犬。（《通》②398，《珠》③935）

燎（祭）帝使凤，一牛。（故宫藏骨，《续补》④918）

两条卜辞都是讲用狗或者牛做牺牲，杀了以后烧焦（所谓"燎祭"），还利用其烟或味，祭献给天帝的使者凤鸟。犬是重要的献品，可以祭凤也能够宁风。牛是"大牢"。跟燎祭一致，都是高级的祭品或祭法。郭沫若引《荀子·解蔽篇》里的佚诗曰，"有凤有凤，乐帝之心"，可见"凤凰在（天）帝之左右"⑤，亦即"帝史"（史=使）。胡厚宣引西周初年《中方鼎铭》说，"中乎归生凤于王"；《礼记·礼器篇》说，"升中天而凤皇降"；《文子·精诚篇》说，"精诚内形，气动于天，凤皇至"；《春秋感精符》（纬书）说"王者上感皇天，则鸾凤至"（《太平御览》卷九一五引）。这大多在讲，凤皇栖居于天，

---

① 竺可桢：《论以岁差定〈尚书·尧典〉四仲中星之年代》，见竺可桢：《竺可桢文集》，科学出版社1979年版。

② 《通》：《卜辞通纂》，郭沫若著，科学出版社1959年版。

③ 《珠》：《殷契遗珠》，金祖同编著，科学出版社1939年版。

④ 《续补》：《甲骨续存补编》，胡厚宣编著，科学出版社1955年版。

⑤ 郭沫若：《卜辞通纂》，科学出版社1959年版，第398条。

由天或天帝控制。"正是因为凤皇在(天)帝左右,所以人王感动了帝天,帝天才肯使凤皇下降。"①《河图地通记》:"风者,天地之使。"《龙鱼河图》:"风者,天之使也。"上古"凤""风"同字,这既是讲风,又是讲凤(鸟),它们都是天使,帝使凤也确实能够传递"天"的信息或"言语"。

图1-5 风神埃俄罗斯:帝使凤

(欧洲传世绘画)

古希腊风神埃俄罗斯常常执行天帝宙斯、天后赫拉的命令,例如卷挟人间的少女,传达帝后的旨意,跟中国卜辞里"帝史凤"的观念暗合。

斯宾登《太阳崇拜》说:

> 当太阳被接纳为神祇,或上天被认为是神祇的居处时,高飞的鸟类如鹰、鹫等便成为使者了。在埃及,猎鹰成为埃及王的保护者,荷马又把鹰作为费伯(Phoebus,太阳神)的快速使者。②

---

① 胡厚宣:《甲骨文商族鸟图腾的遗迹》,见中国科学院历史研究所编:《历史论丛》(第1辑),中华书局1965年版,第152页。
② 引见陈炳良:《神话·仪式·文学》,联经出版公司1985年版,第15页。

许多古老的群团都以鸟或风神为帝史或神人中介,就像传达上帝意志的天使。

所以基督教的四天使都有翅膀,其形象含有鸟的因素。

古代美洲,阿兹特克(Aztec)人认为,风(神)是高高在上的天空与人间的联系者。

印加(Inca)人以秃鹰为神的使者。

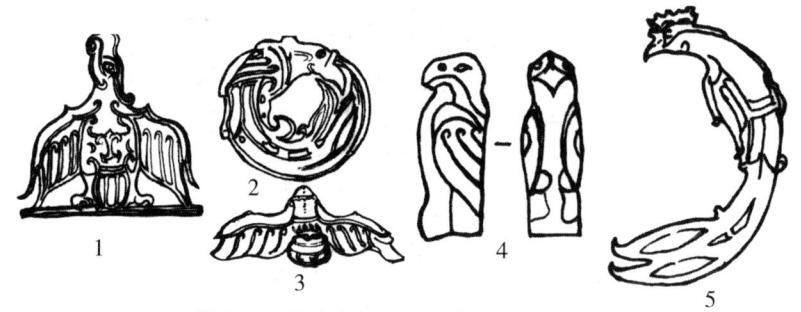

图1-6 玉鹰和玉凤:"帝史凤"的形象

(1.玉圭鹰纹,传世,龙山文化,原器藏台北故宫博物院;2.玉凤,殷墟M5妇好墓出土,或说属石家河文化系统;3.4.玉鹰或凤,湖北出土,石家河文化;5.玉凤,殷墟M5妇好墓出土。采自杨建芳等)

从龙山文化到石家河文化,直至殷商,都有精美的鹰/凤形玉佩饰出现,风格颇为相似(或说多属石家河文化一系的作品)。可以看出,鸷鸟之凤(鹏),最初以鹰鸷为母型,后来才汲收雄鸡和孔雀的美观,尤其长尾,才组合成名叫"凤凰"的神鸟。

玛雅(Maya)人风神,由太阳神、雨神凯察尔柯特尔兼任,他的主要化形是鸟蛇混融的羽蛇,在以风神格位出现时,他就长出长长扁扁的鸟喙。

古希腊的帝使赫耳墨斯(Hermes)也曾是风神。

"赫耳墨斯"有古老的印欧"母语"语源(原来有"解说""联系"等意)。

【赫耳墨斯:风神】

(早期梵语)Sarameya Sarama

(希腊语)Hermes

这个词还带有"风暴"或"曙光"的意思。"他的出生,他偷盗阿波罗的牛群——类似吠陀神因陀罗的牛，牛群是拟人化的云（引案：暗寓"风卷残云"的意思）——以及他杀害（百眼怪物）阿耳戈斯的神话，后来被认为是解释阿耳戈风忒斯（Argephontes）名称的来历，该名也可能是阿耳盖番忒斯（Argeiphontes），即'他使天空晴朗'的变体。"①

图 1-7 四天使——四风神

（《摩西和四位天使》，教堂装饰雕像，1395—1403年，作者：[尼德兰]斯吕特，尚莫尔加尔都西修道院）

作为上帝意志的传达者，四天使分布在天空的四方（有一面不得不"省略"），由他们有翅膀以及鼓起的嘴和面颊看，当初他们也代表四风。这是基督教划分并且标识四分世界的方式，也是基督教四帝使形象的展示。

我们熟悉他那带翅膀的鞋子和帽子，以及他手上所掌持的代表权力或神命的有翼双蛇杖。他借助它们翱行空中，"遨游海上，或飞行在广阔的大地上，犹如一股风"。

---

① [法]G. H. 吕凯、J. 维奥、F. 吉朗等：《世界神话百科全书》，徐汝舟、史昆、李扬等译，上海文艺出版社1992年版，第182页。

图 1-8　《奔跑的墨丘利》

（青铜，1564—1565 年，作者：[意]乔万尼·达·博隆纳[1529—1608]，现藏于意大利佛罗伦萨国立博物馆）

图 1-9　帝使：风神赫耳墨斯

（欧洲的造像）

作为风神，他的性格是多重的：捣乱，破坏，嬉戏；报道凶讯，也传播好消息；服从天帝，有时还偷盗，抢劫，但也常常帮助人。赫耳墨斯（古罗马称墨丘利）是帝使，交通之神和外交官的保护神，他的化形可能是鸟，最初是风神，这跟殷商"帝使凤"的观念十分相像。

赫耳墨斯是宙斯与迈亚（Maia）私生的孩子，被"丢弃"或隐藏在阿卡迪亚的库勒涅（Cyllene）的岩洞里——就像风藏于风穴（中国文献还说凤鸟"暮宿风穴"）。

这孩子一生下来，就十分淘气。他巧妙地爬出摇篮，攀上皮埃里亚山，偷了太阳神阿波罗（Apollo）的一群牛（或说，牛在这里象征乌云，被风卷走），藏在洞穴里，还挑出最肥的两头，献给奥林匹斯山的十二位大神（所以他是小偷和外交官的保护神）。然后他溜回自己的山洞，"像一缕烟雾或一丝秋风"，爬回摇篮里装睡。阿波罗侦知后大怒，把他告到宙斯御座之前——这位满脸严肃的大神，为一点儿大的婴儿如此善于恶作剧而失笑。这孩子因为机敏和狡猾，后来做了天帝的使节，还创造了竖琴并献给阿波罗示好，因而兼作音乐之神。

图 1-10　风之神来报告凶讯

（欧洲版画）

帝使"风"埃俄罗斯向天神宙斯报告说：阿伽门农已经战死。宙斯手执雷矢，大鹫侍奉左右。鹫像中国的"风"（凤），也是"帝史（使）"。

中国的"风/凤鸟"也擅长乐舞。

"夫大块噫气，其名为风。"《庄子·齐物论》把风称作"地籁"（籁是箫管，西文亦称为 Nay）。麦克斯·缪勒说，潘神（Pan）吹牧笛，发出"乐风"——"pan"一词与梵语"parana"（风）同源——中国上古"风/凤"亦称"飞廉"（*plam），这个词跟梵语"毗蓝婆"（pavana）有关系；而"风/凤"上古音 pam 跟 pan 或 parana 也有相近的地方。所以，鸟和风（鸟神和风神）跟音乐发生神话很有牵连，而且跟外国语言与神话有很大关系。请比较：

【风】

（梵语）parana

（希腊语）pan（潘神，谷神；pan 有"全"意）

（梵语）pavana（毗蓝婆；风神）

（上古汉语）pam，或 *plam，plum，pləm（风）
（古朝鲜语）字览
（彝语）brum
（上古汉语）*plam（飞廉：风神，风神鸟）

图 1-11 风：天帝的使者

（左：《宙斯与赫耳墨斯》；右：作为亡灵引导者的赫耳墨斯。欧洲油画）

甲骨文二见"帝史凤"，史就是"使"，可见作为风神的凤鸟是天帝的使者。风传信息最为迅速灵便。古希腊帝使赫耳墨斯，是沟通天上、人间、冥土三界的通信和交往之神。

风神赫耳墨斯是七弦琴里拉（Lyra）的发明者。他在宵行途中，以乌龟壳绷上牛皮，用羊肠连上七弦，就成了最早的里拉。他还非常乖巧地把里拉献给发怒的阿波罗，太阳神兼音乐与诗歌之神一下子就爱上了它，前嫌尽释。Lyra 或 Lyria 一名，后来成了"抒情诗 / lyric"一词的来源。

音乐是空气规律振动形成的乐音。所以东西方都有"乐风"的说法——《诗经》的"国风"或"邦风"，首先就是"土风"或"地方乐曲"，还是风传"性信息"的情歌。"马牛其风"，马/牛自身可以交流，可是"风马牛""性信息"在异物种间传播，就"不相及"，没有反应。《山海经·海内经》："鼓、延是始为钟，为乐风。"郭注："作乐之曲制。"是音乐神话关联着风，又因此关联着善于鸣啼歌舞的凤。

《山海经·南山经》说凤皇"自歌自舞"。《海内经》说，都广之野，鸾鸟自歌，凤鸟自舞。前引《逸诗》说凤凰啾啾，"其音若箫"，能够"乐帝之心"。所谓"箫韶九成"，引得"有凤来仪"，等等，都是凤鸟"音乐神话"①。这跟达尔文《物种源始》《人类的由来》所说，雄孔雀等用一流的歌舞来追求异性，是可以相互发明的。

凤凰的模特儿

上古，"大风"写作"大凤"，就是人们熟悉的大鹏（鸟）。"风/凤/鹏"，上古形音义皆通，毫无疑问。

卜辞的"于帝使凤"，郭沫若考释说："是古人盖以凤为风神。"风有好风，有坏风。大凤（大风）或大鹏，有时也会做坏事，受惩罚。《淮南子·本经训》："尧之时大风为民害，尧乃使羿缴大风于青丘之泽。"说"大风"而不说"大凤"，可证"风"物化、神化则为"凤"。郭沫若说："大风与封豨修蛇等并列而言缴，则即大凤若大鹏矣。"②这跟闻一多《庄子内篇校释》所证"大凤""大风"即"大鹏"相合。"凤或为神鸟，或为鸷鸟者，乃传说之变异性如是，盖风可以为利，可以为害也。"③这并不全是"变异"，"大凤"（大鹏）之翼能够鼓起大风，是鹰鹫类大鸟在风中翱翔的神话说法。"凤为风神的说法当是可靠的，《说文》鸟部：凤'莫（暮）宿风穴'。"④所以，在卜辞时代，较早的说法，凤是大风，即大鹏，以鹰鹫等鸷鸟为骨干（比如"少皞/帝挚"可写为"鸷"，所谓"契/昭明"是也），而不是孔雀或雉鸡，更不是极乐鸟或鸵鸟。此犹见于金玉雕刻，后来凤凰才得到高度复杂的美化、尊化和分化。

---

① 参见萧兵：《说天籁——中国音乐与诗歌美学笔记》，载《北方论丛》2004年第5期。
② 郭沫若：《卜辞通纂》，科学出版社1954年版，第398片考释。
③ 郭沫若：《卜辞通纂》，科学出版社1954年版，第398片考释。
④ 马承源：《商周青铜器纹饰综述》，见上海博物馆青铜器研究组编：《商周青铜器纹饰》，文物出版社1984年版，第10页。

图 1-12　凤凰的三种主要母型

（左上：蛇雕；右上：雌雄孔雀；下：黑长尾雉。黄文欣摄于台湾）

"凤"与"鹏"同字，号称"鸷鸟"，体形较大而强壮，飓又采取雄鸡的美丽、安详与和雅，孔雀的高贵、光艳与雍容，成为太阳王与太阳鸟的"代码"，以及吉祥与尊荣之意象。

前面讲，解开四方风秘密的关键在于"凤"。"鳳"是"风"的本字，"风"是"鳳"的假借字（本字在前，假借在后）。那么就要看看凤是什么鸟，有什么特别的名称，跟风有什么实质性的关系。

凤凰是什么鸟？或者说，它以什么鸟做模特儿呢？说法太多了，择其要者，并且举出较早的立说人。

——一种古代的大鸟，例如恐鸟或隆鸟，现在已经灭绝；

——巨大的鹰鹫，即传说里的大鹏（闻一多、郭沫若等说）；

——孔雀（章鸿钊等说）；

——雉鸡（章鸿钊、张孟闻等说）；

——鸵鸟（Forke、顾实、何新等说）；

——极乐鸟或太阳鸟（卫聚贤、周自强等说）；

——某种有待发现或"再发现"的大鸟。

这些说法都有一定道理，却不周全。比较合理的说法是，它以一种或几种美丽的大鸟为"基干"，或吸收其某些特征综合而成的"神话大鸟"

（萧兵的《龙凤龟麟：中国四大灵物探究》对四灵的母型有详细的介绍，这里仅作简介）。

图 1-13　极乐鸟

（动物艺术摄影，作者失记；右下附以极乐鸟为饰的初民）

美丽的极乐鸟是凤凰的一种母型（卫聚贤、周自强等说）。凤凰的母型可大可小，变化多端。主要要求是毛羽华丽，姿态优美，最好鸣声动听（极乐鸟鸣声不美）。

而帝使是"凤/风"，这个观念跟萨满教对风的信仰非常相似。他们有时"把风神挂靠到天神的助手之列，天体大神的降临要由风来报信"[1]。这里包含几条：

（1）风是天的气息，向四处播散，所以能够为天或天帝传达信息。

（2）风又是天或天帝意志的体现，所以是其助手或使者（陈梦家更进一步认为，四方风是四方神的使者，见《综》589）。

由此还可以引出——

---

[1] 孟慧英：《尘封的偶像——萨满教观念研究》，北京出版社 2000 年版，第 345 页。

（3）如果天帝已人格化，那么一般说，动物化（禽鸟形）的风自然是其属下，有如人类驯养禽兽。但是，风神也可能人格化。

（4）如果人格化天帝保留着动物（禽鸟）化形，而且是"高级"的（比如最雄鸷的鹰鹫，最艳丽的雉鸡、孔雀），那么，其使者或助手一般是较"低级"的（例如各种"凤属"、小凤的母型，亦即被看作凤凰子属的各种"神鸟"）。

（5）四方的风，自然也是四方的神鸟。

凤跟龙同样是混合型的神话动物，取象的依据很多，有关其母型（model）的说法，都存在争议。

龙的躯干主要是蛇，早期还较多地组合进蜥蜴和鳄鱼乃至昆虫（金龟子幼虫等）的体征。凤，最早是"鸷鸟/鹰鹫"之类，相当凶猛。后来才强调其华美、祥和、尊贵，孔雀的冠羽和毛色、孔雀跟雉属的长尾，也较早成为凤凰形象的取材要素。

萧兵的《龙凤龟麟：中国四大灵物探究》一书，一大收获是，凤跟龙之本来，同样可大可小，变化多端：从蚯蚓到巨鲸，龙都能够取材；凤的母型，大到鸵鸟、大鹫，中等的孔雀、雉鸡，小至极乐鸟、蜂鸟，都可能成为凤凰的模特或取材的依据。

以上说明，中国风或风神，主要以凤鸟或大鹏的形象出现，而凤凰最早的母型是鹰鹫。倒过来说就是，高贵的凤凰曾经担任风神之责。

（1）凤凰曾担任帝使或天使，播送天的气息，传达天帝的意志；

（2）大凤、大鹏能够扇动大风，直到制造风暴；

（3）凤凰，暮宿风穴，那是它栖息积蓄力量的处所，希腊的风也有风穴。艾兰说，"四方"是神灵之乡，是四风的处所。[①] 那就得有四个风穴。从哪个方位吹出来的风就叫什么方的风。这跟普通的理解没多大龃龉，倒增加了趣味。

---

① 参见［英］艾兰：《龟之谜——商代神话、祭祀、艺术和宇宙观研究》，汪涛译，四川人民出版社1992年版，第92—93页。

图 1-14 沟通阴阳二界的赫耳墨斯

（瓶画，作者：[希腊]欧佛罗尼斯）

赫耳墨斯召唤睡神许普诺斯与死神那托斯抬起萨尔珀冬的尸体。死神和梦神也是游动的，所以有翼（梦神和睡神有时长着蝶翅）。

这就导引出我们最主要的看法：风神或帝使主要是"凤"，而四方风名首先是四方凤名——让我们先集中注意于其"本义"而暂时忘记它的"假借义"吧——那么，四方风就应该是不同种类的凤鸟。或者说，四方风全都是某种凤鸟或凤属神鸟！

卜辞明明白白这样写着，简直没有秘密可言。

（1）东方风"劦"就是"协凤"（鹓），"俊"就是"俊凤"（鵕鸃），南、西、北各风也都是不同的"凤鸟"；

（2）方名（神名）一般与风名对应，互文，也可能是鸟；

（3）方名、风名可能跟殷商某一先公先王先妣或文化英雄对位，这一条基本是假设，最受专家的怀疑［千万不要抓住这一条，就否定第（1）（2）条］；

（4）方名、风名有时还兼涉某种自然神，尤其是太阳神；

（5）方名、风名并未最后定型，偶有异文。

图 1-15　大鸟：风神

（动物摄影）

大鸟飞行要利用风力。看起来大风是由大鸟扇起来的，所以大鸟往往被看作风神，风神也多具有鸟形或鸟翼。

诸说里，我们还要特别提到日本学者森安太郎的论文《凤与风》，它写于 1961—1964 年间，发表在京都女子大学《人文论丛》第 6 辑上，收在《黄帝的传说》里。① 森安氏因"风/凤"的通假和互喻关系联想及《山海经》四方风多是鸟名，跟我们暗合。但我们的论证与大部分论证结果不同。

德国人汉斯·比德曼似乎朦胧地感觉到四方风的命名是跟四个方向的凤鸟相联系的。他的《世界文化象征辞典》说：

> 由于风习惯于来自某个方向，它因此而得名［如西罗科风（sirocco）或布拉风（bora）］。……在古代中国，风原先被尊为一种鸟神——这也许是凤凰的原始形式。在这里，人们也是根据四个罗经方位来给风命名的。②

可惜说得太含糊了。但能这样看，已是难能而可贵了。

除了多数专家所重视，却未免夸大的四方与四季的关系之外，陈梦

---

① 参见［日］森安太郎：《黄帝的传说——中国古代神话研究》，王孝廉译，时报文化出版企业有限公司 1988 年版，第 124—125 页。
② ［德］汉斯·比德曼：《世界文化象征辞典》，刘玉红、谢世坚、蔡马兰译，漓江出版社 2000 年版，第 72 页。

家对方名、神名隶定、解说略有不同，而有重要见解："四方之神主司风与日月（案：此据《山海经》等），则四方之风应理解为四方之神的使者。卜辞因祭四方之神而及于四方之风，卜辞之风为帝史（使），与此正相适应。"①

他大胆指认，东方之"折"即少皞"挚"（案：约当契-昭明），并且推论"卜辞中四方之名乃是四方之帝名"②，暗示四方之（神）名可能跟殷商某帝（下帝）、某祖（先公）对应，这是重要的进展。杨树达也说，方名原是人神的专名（《积》③53）。可惜他们都没有升堂入奥，洞幽烛微。

近年出现的新说中，郑杰祥文较得其正。他指出，四方神名多与鸟，特别是跟先公所化的神鸟相关，是四方原始部族方国的"鸟图腾神"，跟玄鸟或凤鸟是殷商的总"图腾"一致。④郑慧生认为，这也证明，殷人可能已经建立四方与四季的时空对位思维模式；他们已经准确认知并确定四季的变化。⑤可惜二文都没有看出四方风原即四方凤鸟，可谓失之眉睫。时空对位之说，我们略有保留。

风为什么分为"四"或"四方"？

现在简单交代风分四方而各有专名的原因。

出于生产和生活的需要，也由于自然变化、太阳运动的启示，初民很早就有二方或二向、四方或四向的观念。甲骨文里已经有"东""南""西""北"规范的写法，证明前此很久就知道四方。大约六七千年前，安徽含山凌家滩就出现一种"藏"在玉龟甲里的"玉

---

① 陈梦家：《殷虚卜辞综述》，科学出版社1956年版，第588页。
② 陈梦家：《殷虚卜辞综述》，科学出版社1956年版，第590页。
③ 《积》：《积微居甲文说》，杨树达著，中国科学院1954年版。
④ 参见郑杰祥：《商代四方神名和风（名）新证》，载《中原文物》1994年第3期。——编者注："风各"应为"风名"。
⑤ 参见郑慧生：《商代卜辞四方神名、风名与后世春夏秋冬四时之关系》，载《史学月刊》1984年第6期。

版",上面刻着像八卦的图形,用圭为箭头,指示着四面八方,它又关联着新石器时代常见的八角星纹※;说明那时不但四向,连八方观念都有了。有了四方观念,经验到四面来风,也就很容易被概括为四方风或四风。特别是在旷野或海洋里的感受。住房子要选向,朝南是首选,朝东则多一些信仰或风习的原因。那样一来,什么方向来风,也容易感觉得到。《宇宙的划分与中国神秘构型》一书,对这些也有介绍,可以结合起来阅读。

图 1-16 《枫鹰雉鸡图》里的雄鹰

(右为细部,作者:[宋]李迪,原图藏于北京故宫博物院)

"草枯鹰眼疾。"鹰的雄鸷和勇猛,成为世界艺术家喜爱的主题。殷商前后,中国就有若干精美的鹰的造型,直到近世而不辍。鹰是凤鸟较早的母型。大凤凰或大鹏鸟,原来就是被高度夸大的鹰鹫。

高度的具象性和形象性是神话思维的重要特征。

我们可以用雌、雄、大、小等界定、区别牛马或猪羊,但在上古时期几乎每一生命阶段的家畜都有专门名词,例如《诗经·七月》的"献豜于公,言私其豵";现代语言里保留其遗迹,像"貐"(母猪)、"獠"(公猪)、"羔"(小羊)、"驹"(小马)等,就是例子。神话思维有其特殊的抽象,这就有点像苏联作家尼古拉耶娃论形象思维时说的，它的抽象往往跟具象融汇在一起。神话有"抽象神"或"概念神"，除了抽象之上帝以外，有真理女神、正义女神和嫉妒女神、复仇女神等。希腊神话保存较好，这种神就"多"。中国的"燧人""有巢""神农"三氏（或三皇），就是后起而又初级的"抽象神"，但概念化程度不高。这反映在语言里，就是四季各有专称（不用一季、二季、三季、四季），也有专神；十二月，印欧神话、中国神话不但各有专神（见于《楚帛书》等），亦有具体的专称：西方完整保存，中文则留残迹（如见于《七月》的蚕月、阳月），还有众所周知的黄道十二宫。这也就是四方之风各有专神和专名的思维学原因。

图 1-17　有翼的四方风神

（"黄道带"圆盘，犹太会堂装饰画，采自［美］坎贝尔《神话意象》[The Mythic Image]）

四角有翼的人神，可能为四方风神。中心是日、月之神话意象。外圆为黄道十二宫星座符号。这虽然出现在犹太教殿堂，但仍是地中海周围"西方"古老宗教的宇宙观念。

再举个例子。战国时，《楚帛书》四角已有"四木"，且里面已有类似"四神"的说法，而且有专名。

这些虽不是四灵或四鸟，却同样是以四种神物来标志时空序位。所谓四鸟，甚至四蛇（四龙）应该也有这种标识四分法时空的符号功能。

$$
\text{空间模式}
\begin{cases}
东——折：鹥（鸟）——青木：秉——青龙——春 \\
南——微（鸟）——朱木：且——朱雀——夏 \\
西——彝（鸟）——黄木：玄——白虎——秋 \\
北——夗：鹓（鸟）——黑木：涂——玄武——冬
\end{cases}
\text{时间模式}
$$

当然，这只是我们的构拟。甲骨文四方方名（四鸟）指示四季的功能不明确，《楚帛书》四木的指向又对着"隅"，似乎"偏离"，没有后来的四灵那样严整，卜辞中四鸟的色泽更是模糊，但这也说明它的古老和可靠。

前文交代，"四"之类模式数字及其观念早已明显建立，这已是华夏先民的集体表象和原初哲学。"4 这个基数和以 4 为基数的计数法"，如列维－布留尔所说，应该起源于集体表象里太阳运动的时空序位，即四季的交替，四向的划分，以及与它们"互渗的四个方向的风、四种颜色、四种动物等"①，一起构成了原始科学和哲学的分类和归类的逻辑机能。

四方风与四季的关系

"方"分为四而有专神，"风"定为四而有专名，学者们早已注意其缘由。但是，关于方神名和风名，胡厚宣只是发掘出甲骨文的几种记载，说《尚书·尧典》"所谓四方之'民'与'鸟兽'者亦与甲骨文及《山海经》之四方名及风名（暗）合，虽间有似不相同，然其转变演化之迹，固明白可辨也"②。还来不及探讨它们的含义和形成的原因。

杨树达先生揭示，"甲文之四方，因其神人命名之故，知其与四

---

① ［法］列维－布留尔：《原始思维》，丁由译，商务印书馆 1981 年版，第 200 页。
② 参见胡厚宣：《甲骨文四方风名考证》（1944 年版影印本），见胡厚宣：《甲骨学商史论丛初集》（"民国丛书"系列，第一编），上海书店 1989 年版。

时互相配合",即时空对位,其意可嘉。他认为,四方神都"职司草木","(东方)析谓草木之甲坼,(南方)荚谓草木之著荚,(西方)夷谓草木之垂实,(北方)宛谓草木之蕴郁覆蔽"①,等等,却是舍近求远,失之迂曲的。陈邦怀先生则发挥、补充其说,无大发明;他将它们整理成"春生,夏长,秋收,冬藏"之一贯"系统"②,也嫌牵附。

杨向奎先生认为,四方和四方风雨的出现,证明殷人已经知道气候和农业生产的关系,"正好是古代历法的先声"③。因为风跟季节关系密切,"风调"也就"雨顺"而"年丰"。

王小盾赞成诸家"四方/四季"对应的公式。他简括并补充,四方风名与四季特征有内在的联系。

  东方 析——(春季)草木萌芽而出。
  南方 因:殷——(夏季)万物殷盛。
      微:凯——欢乐。《诗·邶风·凯风》:"凯风自南。"
 疏引李巡:"南方长养万物,喜乐,故曰'凯风'。"
  西方 彝:夷——(秋季)肃杀。
      韦:介(大:泰)——大即泰。《尔雅·释天》:"西风谓之泰风。"
  北方 勹:夗(人形侧俯)——(冬季)万物藏伏。
      殹:烈(列)——《诗·七月》:"二之日栗烈。"
  "总之,'四方风'可以理解为四季之风。"④

仅就具体诠释而言,这里问题也很多。"因"可否释"殷","微"可否释"凯","韦"可否释"介",都证据薄弱,后两者语音相去更远。

---

① 杨树达:《积微居甲文说·卜辞琐记》,中国科学院1954年版,第55页。
② 参见陈邦怀:《殷代社会史料征存》,天津人民出版社1959年版,第4—5页。
③ 杨向奎:《中国古代社会与古代思想研究》(上册),上海人民出版社1951年版,第143页。
④ 王小盾:《中国早期思想与符号研究——关于四神的起源及其体系形成》(上册),上海人民出版社2008年版,第417页。

"韦"为什么是"泰",勹为什么像"伏",在训诂上也有漏洞。

连劭名也认为,"商人的四风实际上就是四种气候,同时也是四季的象征",而且四方神名跟八卦里的四种卦名相同,"殊名同义",这就是:

东方	析	震	《释名·释天》:"震,战也。……又曰辟历,辟,析也,所历皆破析也。"
南方	因/微	离	《广雅·释诂》:"微,离也。"
西方	夷	兑	《尔雅·释言》:"夷,悦也。"《易·说卦》:"说言乎兑。"
北方	勹(伏)	坎	《易·说卦》:"坎为隐伏。"

这里,我们采录了他的主要文献依据,说明这个解释在一定程度上能说得通。但是,至少北方方名释"勹(伏)",说不过去。其他亦颇有牵强或望文生义之处。

冷德熙略采连劭名之说,认为八卦来自八方(此说正确),八方来自殷商四方神、四方风、四方土(社),方名与四卦(名)暗合(见上);后天卦位与另外四维(乾坤巽艮),"疑也是从商人方位神名演化而来"[①],这一看法同样机械或勉强,但理论上有些意义。

冯时认为:"殷代四方风反映了殷代分至四节及其时的物候现象,从而构成了殷人独立的标准时体系。这一体系是殷人制定历法的一项重要依据。"[②] 用力甚勤,也比杨向奎等的笼统说法"具体"。殷商四方方名、风名由于时空对位等方面性思维模式的作用,对历法的制定、节气的运作确实有重大关系。但四方风名,乃至方名都是凤属(神鸟),它们跟《左传》昭十七年司理分至启闭的候鸟不同,跟季节、时分、物候并没有那样严整、确定和直接的联系,与四季的联系至少也是"隐蔽"的、间接的。我们的着力之处,便在这方名、风名的由来,以及它们的对应,涉及它们的"能指"和"所指"(例如与先公、先妣的联系);一般的意义或

---

① 冷德熙:《河洛之学源流略记》,载《中国文化》1991年第2期。
② 冯时:《殷卜辞四方风研究》,载《考古学报》1994年第2期。

功能，则偶尔提到，因为诸家所说已较充分。

李学勤赞成常正光《殷代授时举隅》一文将四方风与授时联系起来的做法，指出："实际上四方风刻辞的存在，正是商代有四时（四季）的最好证据。析、因、彝、伏（四）方名本身，便蕴涵着四时的观念。"①

常正光还揭示，准确确定"四向"，必须在一天之内测量"出日/入日"的日影，画出东西轴。"人们在东西线基础上测得南北线，有了南北线即中线，人们就可以测量太阳直射中线时槷表影最长到最短便是由冬至到夏至的数据。这个表影之长与短两个数据的中间数，就是春分与秋分时表影的长度。"②确定了二分、二至的日期，四时就确定了。测方与测时结合起来，再参照四时常规来风的方向，四方风的观念就逐渐建立起来了。

如同爱弥尔·涂尔干所说，在上古的几乎"所有思想体系中，季节的重要性和空间的重要性都是相比肩的"；而且，一般说来，"只要方位一定，季节就必然和方位点联系在一起，如冬天和北方、夏天和南方等等，都可以以此类推"③。不仅中国之为然。但事物总有一定发展过程，殷商时代的四方与四时是否就严密对应了呢？

所以，四方风完整而严格地反映"四方/四时"的对应，此说应该有所保留，有所限制。王小盾说："太阳在一天之内的小循环[以（引案：殷商）八王符号为代表]，同它在一年之中的大循环[以（引案：少皞）四鸟符号为代表]，曾被商民族及其先民设想为两种同构的运动；当时人并曾把同一个空间坐标作为描写两种时间循环的基础。"④这有可能。神话思维中，确有时空混同或时空对位的图式；但是否严整，

---

① 参见李学勤：《商代的四风与四时》，载《中州学刊》1985年第5期。
② 常正光：《阴阳五行学说与殷代方术》，见［英］艾兰、汪涛、范毓周主编：《中国古代思维模式与阴阳五行说探源》，江苏古籍出版社1998年版，第253页。
③ ［法］爱弥儿·涂尔干、马塞尔·莫斯：《原始分类》，汲喆译，上海人民出版社2000年版，第76页。
④ 王小盾：《中国早期思想与符号研究——关于四神的起源及其体系形成》（上册），上海人民出版社2008年版，第421页。

则应根据时代、民族、地区或环境以及许多条件来决定。"祖尼（Zuni）人，即曾把东西南北四个方位，认同于地、水、火、风四个元素，以及秋、春、冬、夏四个季节。"①殷商的四方与四风神鸟却未跟时节八分（二分、二至、四立）相应；它跟《左传》所说，郯子所述的四鸟分司有隐蔽联系，却并不相同，王小盾非常强调殷人民俗中对一年及对一天的二分，春秋二季或"寅宾出日/寅宾入日"，认为"作为帝使的'风'或'凤'，原来对应于日出及日落，而不对应于四方或四时"，这令人怀疑；"后来出现的四方之鸟，其实不过是东方振羽之鸟和西方鸷击之鸟这两种太阳神鸟的分化"②，这更不符合目前所见四方/四凤/四风的明确四分。东方是"析"，他也承认，对应于"挚"，却为什么不是鸷击之鸟。南方之"兇"或"因"母型为鹰、鹞或鸮，也并非振羽之鸟，而更可能是善于捕掠之鸟。

复案：帝少皞（挚）登上尊位之时，"凤鸟适至"。因为凤鸟"知天时"：一来风（凤）反映季节变化，二来神鸟知道天命与国运之对应，所以飞来加强少皞的合法性。虽然殷商所祀的四方凤鸟之神，其活动特征，虽不与季风绝对相应，但总是有关系的。在萨满教观念中，"这种（季节）风不是随便吹起的，风生有因，风生有根，有的飞禽深知这种风的起因"，例如，"天鹅、大雁等鸟类，每当秋季南归之前，就要利用'札达'季风"③。这样，四向的风、风神鸟与四季的风、四季特有的鸟（如候鸟），便有一定对应关系（虽然并非绝对）。这也有助于我们理解殷商等上古群团的风为什么要分成四方（或四时），而四方之风为什么多化形为鸟。又例如，布里亚特人就把"候鸟利用的风叫作'鸟的札达'（即'梭布尼札达'），含意指因鸟类而起的

---

① ［德］卡西尔：《象征形式哲学》（第二卷），耶鲁大学出版社1955年版（英译本），第86页。
② 王小盾：《中国早期思想与符号研究——关于四神的起源及其体系形成》（上册），上海人民出版社2008年版，第433页。
③ 乌丙安：《神秘的萨满世界——中国原始文化根基》，上海三联书店1989年版，第38、39页。

风"①。所以,东风叫作"俊风",就是鵻鶨之风;西风叫作"彝风",就是鸡雉之风,等等。季节与方位与风向以及鸟类的活动有一定的对应关系。但殷商的风神鸟并不都是候鸟,而且可大可小。

图1-18 蜂鸟:风神

(左:蜂鸟;右:纳斯卡高原巨画,秘鲁,航拍,线图)

跟知了(蝉)差不多大小的蜂鸟,竟被美洲原住民的一支当成风神。或说,仅仅因为它飞止自如,风一般灵活,又能发出嗡嗡的声音。

可能早期的凤鸟跟龙一样可大或小,变化多端。如秘鲁纳斯卡高原巨画里出现的长嘴蜂鸟,把它放大了千万倍。据说,这也跟风、四方风的信仰和祭仪有关。

东边来的风,不是简单地叫作"东风",而叫"协"或"俊",亦即,四方或四风不用通常的东南西北来指称或定位,或者既用标准的符号来指称,又各有自己特定的专名。这当然是原始思维或神话思维,亦即原始性语言具象性的产物。原始性思维也能够独特地抽象,但是具象性特强。所以原始语言具象压倒抽象,专名多于共名,既表现出浪费和贫乏,又展示着具体和生动,给视听以强烈的印象,富于诗性和野趣。所以原始性思维主要体现为神话思维,有人就用它代替"歧视性"的"原始"思维。神话思维的研究十分繁杂,中国大陆刚刚起步,可谓方兴未艾,这里只能稍作牵涉。

以鸟为主导的物候,可以标示季节,源于殷商等古人对于神鸟(或鸟图腾)的坚定信仰:它们不但能够定位,划分空间;而且能够报时,

---

① 孟慧英:《尘封的偶像——萨满教观念研究》,北京出版社2000年版,第351页;参见乌丙安:《中国民间信仰》,上海人民出版社1996年版,第33页。

反映时间（而时空在特定语境中体现出规律性对应乃至转换）。这在前举《左传》昭十七年里就说得非常明白。

> 我高祖少皞挚之立也，凤鸟适至，故纪于鸟，为鸟师而鸟名：凤鸟氏，历正也；玄鸟氏，司分者也；伯赵氏，司至者也；青鸟氏，司启者也；丹鸟氏，司闭者也。……

按照晋杜预等的注解，鸟儿们司掌分工大致是：

玄鸟：司分 [春分 / 秋分] —— 燕：春分来，秋分去

伯赵：司至 [夏至 / 冬至] —— 伯劳：夏至鸣，冬至止

青鸟：司启 [立春 / 立夏] —— 鸧鹒：立春鸣，立夏止

丹鸟：司闭 [立秋 / 立冬] —— 鷩雉：立秋来，立冬去（入大水为蜃）

当时是否已划分并配搭得如此严整，还很难讲——凡是后人转述的种种整齐而规范的秩序，都颇可疑——但春秋以来，古人对此类传说深信不疑，我们不妨将其纳入民俗传说研究。大体承认，在一定历史时期，某种鸟类活动与季节的变换有密切关系，还可能跟风的方向相关联，且都已被古人感知。

诸家对此都有精细的阐释，王小盾曾予以概括和补充。"商民族把凤鸟视为风神……早在新石器时代（引案：指少皞挚或"析/昭明"时期），商民族就是一个根据鸟候来定时令的民族……少皞民族和后来的商民族的早期历法，采用了根据候鸟活动以确定一年中八个主要节气（引案：二分二至四立）的形式。"[①] 这跟农耕活动关系特别密切。农耕的季节性、阶段性迫使人们去确认四时、四方乃至四方风，而它们的确认又转回来

[①] 王小盾：《中国早期思想与符号研究——关于四神的起源及其体系形成》（上册），上海人民出版社2008年版，第419页。

帮助农业生产,这样就容易造成对四季神、四方神和四方风神的信仰,形成一定的仪礼和风习。

胡厚宣早就指出,"四方风"的信仰,跟农业生产关系很大。"殷人以四方各有神灵,掌握农作的丰歉。既贞四方受年,又常祭祀四方,以祈年侑雨,四方者,不啻为殷代农业神。"①

萧良琼说:"商人的四时观念里既有客观的季节概念,又与人的农事活动揉合在一起,作为四季标志的四方风、四方、四时、四鸟,对后世的阴阳五行说有很大影响。"②他还说:"四方神的性质,可不可以主要是分管四时农事的神呢?"③

哪一个方向来的风,强度如何,温度高低,湿度怎样,跟特定地区的农业状况、作物收成是有密切关系的。墨西哥谷地的情况最为明显。在阿兹特克人的观念中,东方和东方风最好,南方却很坏(中国古代则崇南抑北,重东轻西)。"因为肥沃的维拉克鲁斯(东方)沿海平原是季节性雨水的实际发生地,当墨西哥湾受到中央高原冷风侵袭时,热气流受压就引起降雨。"这对农业当然有利,南方却很贫瘠。"这样,地理概念与宗教概念便结合在一起了。"④所以,古代阿兹特克有一部分,包括他们的后裔,信奉四方风教。在美国电影《云中散步》里,葡萄收获时,赤脚踩葡萄以便酿酒的妇女,先要向四方(风)敬礼。"如果没有四方风(神)的允许,我们就不会有收成。"商人发祥于滨海地区,到殷墟时期农业已较发达。信仰四方风是自然的事。

---

① 胡厚宣:《释殷代求年于四方和四方风的祭祀》,载《复旦学报》(社会科学版)1956年第1期。
② 萧良琼:《从甲骨文看五行说的渊源》,见[英]艾兰、汪涛、范毓周主编:《中国古代思维模式与阴阳五行说探源》,江苏古籍出版社1998年版,第225页。
③ 萧良琼:《从甲骨文看五行说的渊源》,见[英]艾兰、汪涛、范毓周主编:《中国古代思维模式与阴阳五行说探源》,江苏古籍出版社1998年版,第224页。
④ [英]乔治·瓦伦特:《阿兹特克文明》,朱伦、徐世澄译,商务印书馆1999年版,第180页。

图 1-19　风神埃俄罗斯吹动奥德赛的船帆

（采自英译本《奥德赛》插图）

风神埃俄罗斯吹动奥德赛的船帆，却使他去而复返。上古滨海人"风"的观念是跟"帆"联系在一起的——中国"风"字的声符就是"凡"，上古没有唇齿音，大致读作"篷"，跟"风／凤／鹏"的读音一致。

宋镇豪据《中国自然地理》（科学出版社 1984 年版）等书揭示：

> 我国华北东部和长江中下游南部地区，受水系山脉网格状地貌组合类型特征的制约，地区性季风环流和寒温海流变迁的影响最为明显，冬季冰风凛冽的极峰主要徘徊于淮河与长江之间，夏季风盛行时多雨。造就了（包含商人在内的）这一带先民对风、雨神崇拜的盛行。[①]

[①] 宋镇豪：《夏商社会生活史》，中国社会科学出版社 1994 年版，第 484 页。

而四方风神的规范，如宋镇豪所说，正是"以季风型气候盛行区的东部地区的原始风神信仰为素材基础的"[①]。

更简单一些说，什么方向来的风，跟季节变化有关系，而季节的正常与有序，影响植物的生长和农业的收成。所以古人很重视测风定候——其用途对航海、游牧、农稼关系都很大，很难说对谁更直接、更重要一些——何况风雨相依，它们的调适对作物影响更大。所以卜辞既祭风又有宁风之禳，其意图全在祈求风调雨顺，从而年丰人寿，国泰民安。最明显的是，卜辞或风雨并祭。

其风？

桒于河，年，有雨。（《合》28259）

"河"指河神或先公。"年"或指祈年之祭即与"年成"相关。

尞风（祭西方风），惟豚，有大雨。（《合》30393）

无怪乎《淮南子·地形训》说："八极之云，是雨天下；八门之风，是节寒暑。"气候变化当然决定着庄稼生长与收获。有时候风雨"对立"，既要宁风又要祈雨。

惟犬用／其宁风雨？

庚申卜，辛至于壬，雨。

辛巳卜，今日宁风／之夕雨。（《小屯南地甲骨》2772）

癸未卜，其宁风于方，有雨。（《合》30260）

当然，也可以解为：宁风达到目的，但仍有雨。它们对殷商时代的生产、生活关系都很大，这是四方风信仰产生的重要原因。

丁山把四方方名、风名解释得十分复杂，而间有可采之处。他的总看法是："殷商时代四方风名，确涵有四时节令的意义；其四方神名，则全是天空上的岁次，与'羲和月母'之神的关系很密切，但与周以来'天

[①] 宋镇豪：《夏商社会生活史》，中国社会科学出版社1994年版，第485页。

子有方望之事，无所不通'，更有不可分割的因缘。"① 可惜对风名的诠释在整体上是不准确的。至于四方之空间模式与四季之时间模式的对应，特别是四季观念的确立，郑慧生文曾做过较详细的论证②。理论上的依据和意义，可参看叶舒宪《中国神话哲学》第三章。

严一萍大体也采用"四（方）风"跟四季以及植物生长状况相对应的说法，更着重指出它们跟农业社会的祭仪关系密切。其公式大致如下：

　　东：春——温风——植物的发芽
　　南：夏——热风——植物的生长
　　西：秋——凉风——植物的结实
　　北：冬——寒风——植物的枯死③

图 1-20　风伯

（中国古代坊间图像，采自《搜神记》插图本等）

中国文献里的风神图像都不怎样古老，但还算朴素。就像西方世界的风神，多有一个风袋，由其中放出"气"来。

---

① 丁山：《中国古代宗教与神话考》，龙门联合书局 1961 年版，第 95 页。
② 郑慧生：《商代卜辞四方神名、风名与后世春夏秋冬四时之关系》，载《史学月刊》1984 年第 6 期。
③ 参见严一萍：《卜辞四方风新义》，载《大陆杂志》1957 年第 15 卷第 1 期。

好风与坏风

有的古代民族相信,风既然与季节、气候变化关系很大,影响农业的收成,那么,肯定是好风赐予丰收,坏风破坏庄稼。

希腊人相信风神,尤其是西风之神,能够给予丰收。

诗人巴克基利得斯曾描写一位农民虔敬地祭祀西风。

> 欧得摩斯在田庄建这庙宇,
> 奉祀诸风中最柔和的西风,
> 他祷告它前来相助,让他
> 从培植的麦子穗很快簸出谷物。
>
> （水建馥译）

中国古代向风神祈求丰收,比较少见,但仍有似涉"求年"者;前举的古印第安人等也有类似观念或仪式。

中国的东风被称为"俊风"。春风化雨,所以《夏小正》说正月有俊风。后来称南风为凯风。"南方长养万物,喜乐,故曰凯风"(李巡说)。西风凛冽,或称"泰风"。尝疑与"泰逢"对音,虽然涉及台风,但有时却被视为吉神(参见《中国文化的精英——太阳英雄神话比较研究》等)。北风厉寒却隐伏着春暖,而且能冻死"害人虫"。

俄耳甫斯教派神话有一种独特的观念:风是极为原始的蕃育力量——它似乎相当于中国古代哲学有生命之"气"的一种含义:能够涵养生物的孳长与繁衍。

小爱神厄罗斯(Eros)由混沌(Chaos)产生的"宇宙卵"(cosmic egg)里飞出,这个教派的"祷歌"之58称颂他——

> 双重天性,异常灵敏,掌握世界之匙:
> 天宇、海洋、大地以及孕育一切的风,
> 绿色果实的女神为着凡人滋养了这风……
>
> （吴雅凌译）

可见风能孕育一切。也许，它就是气态混沌的具体化；易言之，团旋着微粒的混沌，以"风/气"的形式孕育了万物。只是中国"风育"的观念没有如此强烈而明确。

阿里斯托芬喜剧《云》（第693—707行），甚至将风与宇宙卵融汇起来叫作"风卵"。它生出情爱之神厄罗斯——他也跟风化为一体：

> 他像旋风一般，背上有灿烂的金翅膀……

"请把我的枯死的思想向世界吹落/让它像枯叶一样促成新的生命。"（雪莱）除了风能带来丰殖之外，西风还是使一切生物"怀孕"的神风。古希腊俄耳甫斯教派"祷歌"之81就是祷求西风《泽普斐柔》的诗。她不但预报春风来临——像雪莱《西风颂》所唱，"冬天来到了，春天还会远吗？"——而且使万物妊娠蕃育。

> 西风哦，孕育一切，空气的流浪者，
> 温柔低语的拂动，带来如死的安眠，
> 春天的风在草场游荡，为港口挽留，
> 你为船只送来闲懒锚地和轻柔空气；
> 好心地来吧，吹拂吧，属天的神哦，
> 你翅膀多轻盈，你形如空气不可见。
>
> （吴雅凌译）

这在神话学里叫作"风孕（型）"母题。例如《博物志》等书记载，"女人国"不需要男人，把身体张开，让风一吹，就怀孕了。因纽特人，日本北海道的阿伊努人（虾夷），北欧的芬兰先民，都有类似的"风孕"神话。既然西风（在中国则是东风）能孕育一切，当然也能使万物繁庶。

但是卜辞更多见宁风的祭祀礼仪式或者巫术，"宁"的就是不好的风，太热或太冷的风，太干燥的风，或者对农业、人民生命财产有极大危害的狂风，包括西风和西北风（但是希腊的西风却是春天一般的好风）。和风细雨便能带来温润与丰饶。中国人的神话思维充满辩证法，有惠气也有厉风。殷人等虽以鸟为神、为图腾，但异化或作恶、伤害生命财产的大风（大鹏），却不惜射之、却之、攘之。对风同样两手准备。

南欧或东南欧的古希腊人,赞美西风。

然而,在一般欧洲人心目中,西风跟肃杀的秋天联系在一起,不免凌厉而可畏。一方面,她是"秋之生命的呼吸",另一方面却把花木或其种子带到"死亡"的冬天。在雪莱的颂歌里,西风——

> 你无形,枯死的落叶被你横扫,
> 有如鬼魅碰上了巫师,纷纷逃避:
> 黄的,黑的,灰的,红的,像患肺痨,
> 呵,重染疫的一群:西风啊,是你
> 以车驾把有翼的种子催送到
> 黑暗的冬床上,它们就躺在那里,
> 像是墓中的死尸,冰冷,深藏,低贱……
>
> (查良铮译)

这样的风令人敬惧,悚畏,把希望深深埋藏,将祝愿暗暗道出。

图1-21　西风之神

(欧洲绘画)

近世欧洲,西风之神逐渐变得凶暴;但是,古希腊的西风(神)却相对善良和温柔。她带来花果和丰饶的谷物。人们祭祀风神,主要就是祷求风雨调适,宇宙有序运动而又平衡。

日本有风祭。主要内容为镇风,使大风、狂风"镇静",近于中国的宁风。

当然也有使用激烈手段的时候（像中国后羿的"缴"大风，射大风）。"'抑风'这种对风的手段，虽然听起来是柔和的，但它是杀风的，就是有着对风的'克杀'、'击攘'的意思。"①

和歌有"信浓地樱花盛开，风祝斋日不懈怠"。其民俗背景是，诹访神社设风祝之官，"在春之初的一百天间，避免日光暴晒，只是在居室安心静养。这样，在这一年中，就是期待不遇强风而有好收成"②。仍然是祈祝风调雨顺、五谷丰登的意思。

必要时，要举行"塞风窟窿"的仪式。中国（还有希腊）古人认为，风住在风穴里，模拟性地把这微型的风穴堵起来，或做米饼供奉风洞，"就可能把恶风挡在里面，让它再也不出来"③。

中外都有风穴神话④，据说喀尔马克人（Kalmuk）曾"移石塞穴，未克成功"⑤。从小及大，用堵窟窿的模仿巫术，可能使风穴封闭，恶风不致任意横行。

云南怒江傈僳族有宁风的祭祀。"为了解除风灾，人们在风灾来临时祭祀山鬼。"其仪轨是：

> 由氏族或家族的长者持酒一碗，以一片树叶蘸着泼洒四方，并念咒语，对山上的精灵说："管岩石的鬼，管树林的鬼，我用花花的碗盛着我没吃过的酒，先给你吃，请你别吹倒我们的庄稼，要保护我们的庄稼，风吹到山上去吧！"有时，人们对

---

① ［日］吉野裕子：《阴阳五行与日本民俗》，雷群明、赵建民、井上聪译，学林出版社1989年版，第99页。
② ［日］吉野裕子：《阴阳五行与日本民俗》，雷群明、赵建民、井上聪译，学林出版社1989年版，第101页。
③ ［日］吉野裕子：《阴阳五行与日本民俗》，雷群明、赵建民、井上聪译，学林出版社1989年版，第97页。
④ 萧兵：《楚辞新探》，天津古籍出版社1988年版，第98—101页。
⑤ 张星烺：《中西交通史料汇编》（第五册），中华书局1978年版，第141页。

风吹起牛角或羊角,认为这也可以止住风。①

这是为了禳解狂风对庄稼的破坏,主要手段也是"宁"。王小盾注意到卜辞之"风"多被视为厉恶,常常作祟或构祸。但如果只看到人与自然的冲突或对抗,"四方风神遂因为它们对农作物的危害,而被视为厉神"②,那就极不全面。他似乎忘记了自己也证明过的四方风神多与被崇拜的太阳相关,并且跟祖先神(先公、先王)叠合。四方凤鸟的母型多是益鸟、善禽,被视为美或吉祥之物。周汉厌恶的鸱鸮,由于保粮灭鼠被殷人看好,甚至与先公配搭。

对于凶恶的暴风之类,确实是要宁、要攘、要毕的。这里特别介绍"磔犬宁风"之俗。

> 于帝史凤(风),二犬。(《通》398,《珠》935)
> 宁风,北巫,犬。(《明续》③45)
> 宁于四方,其五犬。(《明续》487)
> 宁风,巫、九犬。(《库方》④992)
> 惟犬用,其宁风、雨?(《小屯南地甲骨》2772)

再看文献。

《礼记·月令·季春三月》:"命国难(傩/却)九门,磔攘以毕春风。"

汉郑玄注:"〔阴气〕害将及人。又磔牲,以攘于四方之神。"

《周礼·春官·大宗伯》:"以疈辜祭四方百物。"

汉郑玄注:"披磔牲以祭,若今时磔狗以止风。"

《尔雅·释天》:"祭风曰磔。"郭注:"今俗当大道中磔狗,云

---

① 杨建和:《怒江傈僳族的宗教信仰》,见宋恩常编:《中国少数民族宗教初编》,云南人民出版社1985年版,第223页。
② 王小盾:《中国早期思想与符号研究——关于四神的起源及其体系形成》(上册),上海人民出版社2008年版,第433页。
③ 《明续》:《明义士藏殷墟卜辞》续集,[加]明义士编,1918年版(参见其《甲骨研究》,齐鲁大学讲义,1933年版)。
④ 《库方》:《库方二氏藏甲骨卜辞》,[美]方法敛、白瑞华编,商务印书馆1935年版。

以止风。"

丁山说，这主要说的使狂风停息的巫术。

问题是怎么"磔"。《礼记·月令》郑注："磔，攘也。"

《说文》卷五桀部："磔，辜也。"前引《周礼》"疈辜"，所谓"疈"，有剖判义；辜即刳。段注云："凡言'磔'者，开也，张也，刳（辜）其胸腹而张之，令其干枯不收。"就是剥下狗皮，用架子撑起来，使其不收缩，以抵御恶风。

《淮南万毕术》更进一步："黑犬皮毛，烧灰扬之，以止风。"

陈梦家说："凡此汉世磔狗（皮）止风之法，和卜辞以犬宁风的记录是相符合的。"（《综》576）

汪宁生用边疆民俗以证。云南西双版纳爱伲人（阿卡），"每当春季寨中有人生病，则杀狗而破其腹，以竹木棒撑开其皮，悬于'寨门'上空。迎风飘扬，直至枯干，谓如此可以辟邪免灾"①。他认为，风不但指流动的空气，还兼指风邪之病，"风寒"之疾。

风为什么怕狗呢？这里也有个"尅胜"的道理。一物降一物。古代民俗以为，有一种鬼车鸟（可能从猫头鹰妖魔化而来），本来有九颗脑袋，俗称"九头鸟"，夜晚飞临民宅，鸣声凄厉，其家必有病殃，直到死亡。亏得猛犬扑上，咬掉它一颗或八颗头，灾害才降低。至今恶鸟畏猛犬——连狗皮都能阻挡由妖鸟变成的恶风。这是后世传言，可作间接证据。

殷墟卜辞中确实较少见惠风以及向风祈求丰穰之记录。但是有类似祭祀四方风四方之祭。②殷墟卜辞表明，"方祭"仪式亦称"求于年"，目的是向四方之神祈求好收成。《诗·大雅·云汉》："祈年孔夙，方社不莫。"郑笺："祭四方与社。"《诗·小雅·甫田》："以社以方。"郑笺："秋祭社与四方，为五谷成熟报功也。"卜辞有"癸卯，贞：东〔方〕

---

① 汪宁生：《古俗新研》，敦煌文艺出版社2001年版，第169页。
② 参见［英］艾兰：《龟之谜——商代神话、祭祀、艺术、宇宙观研究》，汪涛译，四川人民出版社1992年版，第95页。

受禾，北方受禾，西方受禾……"（《佚》①1956，《续》②2·29·7）"受（授）禾"，一般认为是赐予丰收的意思。前举《合》14295就有禘于南方风"崒年"的记载。

四方（神）与四风（神）是互为策应的，有时其名称还相互为义或者暗通。

没有报功返本于四方，却完全攘却宁辟四风的道理。因为，如王小盾所说，"当时人乃把风看作方神的象征"③。同理，对于四方或四门，凶咎或危害者也要"磔犬"攘厌，一如对待厉风或恶气。傩仪所谓"杀四方"或"开四门"，就带点黑巫术之意。

必须注意：前举《合》14295武丁卜辞，祭祀四方与四风（凤）而祈年，全用最隆重的"禘"礼——有向恶厉用"禘"的吗？——目的在崒年（祈年）。这因为风（凤）是帝使，地位不低。祈年是卜问而又祷祝（丰收），向四方、四风求年，难道仅仅因为他们是危害农作物的厉神吗？

四方有神有帝，所谓"方帝"（《综》579），是祈年对象。"戊戌卜，崒年于帝。"（《库方》1738）帝使之风（凤），当然也可能赐予丰年。所以，艾兰说，"方"是形上的神灵所在，"是掌管雨水和丰收的'风神的住所'"④。

风名、方名与地名、祖名

又者，宋镇豪先生提出一种看起来很合理的地名理论。他也承认："四方名和四方风神名，有一身内寓方位、地域和春夏秋冬四季的意义。"而方名确实曾用为地名。

---

① 《佚》：《殷契佚存》，商承祚编著，金陵大学中国文化研究所1933年版。
② 《续》：《殷虚书契续编》，罗振玉编著，1933年版。
③ 王小盾：《中国早期思想与符号研究——关于四神的起源及其体系形成》（上册），上海人民出版社2008年版，第435页。
④ 参见［英］艾兰：《龟之谜——商代神话、祭祀、艺术、宇宙观研究》，汪涛译，四川人民出版社1992年版，第95页。

东方	王共步于析（《合》24263）
南方	呼师般往于兊（《怀特》①956）
西方	于韦（《英藏》②1290）
	呼犊（《怀特》96）

所以，宋镇豪说："四方名大致本自实际地名，是商代具有地望标位意义的地点。"③ 这是颇有理据的，但解释与地名对位的四方风名，用以记地的缘由，就感到困难。我们暂时也不知道这（由个别到"一般"）"地名"是否实指，所指何处。而且，以先公先王之名标识其曾"建功立业"之地，并不罕见。例如"唐"可指成汤，也是地名。"土"可以是"社"，也或指"土方"，先公"相土"也以"土"为名（不知道人名、地名孰先孰后）。

类似地名说者，王迅认为，泰山南部有沂水，字从"斤"，由于东方"传统的农业与手工业工具斤和木作技术著称"，所以水称"沂"，而东方方名称"析"④，似乎有理。但斧斤之用，由石而铜而铁，相当普遍；地方得名则有一定"偶然性"——例如，其他三方又由于什么而得名的呢？

与宋镇豪、王迅的方名、方神特指实有地望的看法相近，伊藤道治认为，四方的方神（乃至风神）的成立，有政治地理上的依据，以及由其带来的宗教根由。这就跟陈梦家、宋镇豪等的看法相似，把四方神看作地方神（我们则认为，是中央政权分管四方之神）。

四方可以指围绕在殷商中心区或文化核心区周围的诸方（四方）。诸方有自己的方神，征服敌方同时必须战胜敌方的方神。某方不仅意味着方国，"在某种意义上也包括各国族所奉侍的神"；而"把大量分散在这种殷周围的各国之神加以统合，抽象化，分为东西南北，便成了四方之神"⑤。

---

① 《怀特》：《怀特氏等收藏甲骨文集》，许进雄编，多伦多，1979年版。
② 《英藏》：《英国所藏甲骨集》，李学勤编。
③ 宋镇豪：《甲骨文中反映的农业礼俗》，见王宇信、宋镇豪主编：《纪念殷墟甲骨文发现一百周年国际学术研讨会论文集》，社会科学文献出版社2003年版，第365页。
④ 参见王迅：《东夷文化与淮夷文化研究》，北京大学出版社1994年版，第130页。
⑤ ［日］伊藤道治：《殷代史的研究》，见［日］樋口隆康主编：《日本考古学研究者中国考古研究论文集》，蔡凤书译，东方书店1990年版，第225页。

这是有一定道理的。但要说各方方神之名系由方国得来（例如南方方神"长"就是处在殷南的"长方"之神），便缺乏根据。因为四方方名、风名基本都是商的神鸟专名，跟鬼方、犬方、虎方等毫无关系。有关系的倒可能是商人自己的先公、祖先神。

但宋镇豪等的理论性见解还是独特而重要的。

> 四方风神信仰，有其多元性、方位性、地域性、候时性的四大特征，是由商王朝继承及整合四方地域固有的风神宗教信仰而来，四方风的实际辨识，与《尧典》观测地纬有东南西北地域大范围之别，意义是类似的。[①]

不过，如上所说，四方（神）与四方风所反映的"方位/时序"对应观念是否如此成熟很难说，毋宁说它更具有质始性和随机性。

我们并不专治殷商史，不敢多事牵涉，而只想从人类学的视角对殷商的信仰，尤其是神话民俗做些考察。

如上所说，我们的基本看法是：甲骨文明明说，所谓风名是凤鸟之名（只是凤可假借为"风"字，本字当然是本位性的，发生在前，假借在后），"凤名"的指称或内涵只能从凤鸟神鸟去寻找——怎么能够移近就远、舍本逐末去虚构什么草木禾稼生长或岁名节气的系统呢？

好在《尔雅》《说文》《广雅》等辞书已为我们提供了四方（或五方、八方）神凤与雉鸡的名称，虽然错位或差讹之处颇多，毕竟还有痕迹和规则可寻；我们完全应该而且能够运用文献训诂之学将它们考据出来，复原出来。虽然可能"误读"或"过度诠释"，但是基本思路对头就不会南辕北辙。郜书燕说，我们的差错完全可能经过诸家的指导和修正而走向正确。

[①] 宋镇豪：《甲骨文中反映的农业礼俗》，见王宇信、宋镇豪主编：《纪念殷墟甲骨文发现一百周年国际学术研讨会论文集》，社会科学文献出版社 2003 年版，第 365 页；参见宋振豪：《夏商社会生活史》，中国社会科学出版社 1994 年版，第 485 页；宋镇豪：《中国风俗通史·夏商卷》，上海文艺出版社 2001 年版，第 651—652 页。

第二章 鸟：风神，四方风神

四凤与四鸟指向

中国古代最古老的辞典《尔雅》，字书《说文解字》有四（五）方雉鸟或神凤，具体配搭与名称虽然跟甲骨文四方风不大一致，但可以看作四方凤的珍贵遗留，何况还有或显或隐的密合之点。这又可以反过来证明四方风确实是由四方神鸟来担纲为"神"（如前所述，雉鸟是凤凰的一个母型），有些与四时或四季不无关系。然而，更要注意的是，这四方神鸟还有指向的功能。

奇妙的是，新石器时期，南方的河姆渡文化"陶纺轮"上就有四只尖嘴的神鸟将世界四分，其利喙指向四方（六合羊角山出土者，繁化为五鸟）。

四川成都金沙出土的晚商"金牌饰"，中心分明旋转着"太阳火"（更多的图案，是以圆轮或"十"字、"卍"等表示太阳）。而四只飞鸟，也最像以长颈瘦身的孔雀为母型的凤凰，有尖锐的喙和强壮的爪，强调其为鸷鸟，这可以使同类图纹得到合理诠释。殷墟的"四螭中柱"青铜盉，则以螭龙（或具鸟喙）标示四向。南方铜鼓四鸟更是围绕着太阳星飞旋，它们承袭着金沙四凤鸟的构形。这类图形并非罕见，我们举出主要是其有钩曲,暗示其能旋转的例子,表明它仍存在风向标或风车的影子。而青铜"阳燧"用四龙表示四向,意味深长。

图 2-1　五鸟涡状纹陶纺轮

(左:江苏六合程桥羊角山遗址出土,1998年,直径5.8厘米;右:河姆渡"四鸟"绕十字飞翔图纹,供参照)

或说此轮刻的是"五角星",每一尖角均生出"翅膀"[①]。其实这是由五只大鸟构成的旋涡形,内圈有点像五角星。它完全继承河姆渡文化陶盘"四鸟"旋转的构图手法,却又能使它凸显出"意义"。五只鸟嘴都兼具指向功能,还暗示纺轮旋转及其方向。独特的只是所指为五方而不是四方。或说五方指向容易造成混乱,此图已高度抽象化,不再着重于指向。

这些都为后来标识天上星区四向的苍龙、朱雀、白虎、玄武四神,以及龙凤龟麟之四灵做了先导(参见《龙凤龟麟:中国四大灵物探研》)。而其实具有指向意旨的四鸟,不是构成"十"字,便是绕着圆物,暗示它们也是太阳神鸟。这样,可以进一步推论甲骨文四方凤鸟,正是以太阳神鸟兼指四方而充当四方风神。

更值得注意的是,太平洋彼岸印第安人图案,包括古代秘鲁彩陶纹饰,也有跟河姆渡四鸟图十分相似的表现手法。那肯定借以表现四方,只是不知道它们怎么指向罢了。

---

① 参见郑岩:《飞翔的纺轮》,载《文物天地》2002年第3期。

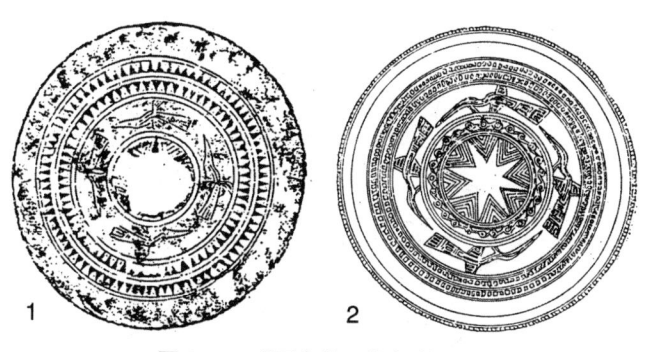

图 2-2　"四鸟绕日"铜鼓图纹

（1.云南江川李家山出土铜鼓，M33：20；2.越南东山型铜鼓）

铜鼓图纹虽然晚在西汉以后，但是它的构图和意蕴，却与河姆渡"四鸟－十字"图纹趋同：四只大嘴犀鸟（古称"运日"）或翔鹭绕着中心之太阳星飞翔，动感极强。鸟喙所指，提醒人们注意四向。它有助于理解四鸟（或五鸟）绕"十"飞行图纹的意旨。

说鸟形"十"字图案或柱头立"鸟"，都是鸟图腾柱的"遗像"，当然会遭遇许多困难和质疑；但持此说者注意到，所谓"表"或"柱"，正是"古代用于立杆测影的木柱子，故云'鸠知四时之候'或云'司至是也'，是在立杆测影中确定夏至点与冬至点"[①]，这就涉及太阳神鸟测定时/空变动的功能，有如日鸟所栖的扶桑若木，也是太阳所出没的神树、圣杆，可测定宇宙时空；而其世俗形式，无非"立杆测影时立于地平日晷东侧的表木"[②]。这个说法推求过甚，但可供参考。

纳西族以四鸟划定四季：

    布谷鸟："春"　　义：风季·布谷鸟（鸣）

    野　鸭："夏"　　义：雨季·野鸭（鸣）

    大　雁："秋"　　义：花季·大雁（鸣）

    白　鹤："冬"　　义：雪季·白鹤（鸣）

[①] 陆思贤：《神话考古》，文物出版社1995年版，第72页。
[②] 陆思贤：《神话考古》，文物出版社1995年版，第73页。

图 2-3 原始"四向图":以鸟喙指示四方

(1. 浙江余姚河姆渡陶豆图案,采自林华东;2. 美洲护星贝盘雕刻,约公元1000年南密西西比河流域,美国田纳西州;3. 秘鲁瓦里文化彩绘陶缽,公元9世纪,本图复见)

以四鸟标识或指示四方,这种暗寓着宇宙观的图纹似乎是世界性的。它们的共同特征是用鸟的尖嘴作为指示器,指出四方。中央往往构成"十"字类图案(有的还有象征太阳的八角星)。这也告诉我们,《山海经》帝俊"使四鸟",就是指令四方鸟神控驭四方。

有人说:"按照这种鸟类交替活动的规律,兼顾对自然物候以及天象运动变化的长期观察、认识,便产生了不同的季候观念。"① 这里依然保留着相当成分的神话思维具象性特征,但是四方风与四季风配搭没有这样整齐。

他们以春天为"风季","春"字象形文上为天盖,其下为≡即"风"(跟旋风不同)。有时作"≡"下有布谷鸟头,"布谷为春鸟也"。同理,野鸭、雁、鹤分别为夏鸟、秋鸟、冬鸟。

---

① 李国文:《东巴文化与纳西哲学》,云南人民出版社1991年版,第29页。

图 2-4　纳西族象形文四季之鸟

（采自《纳西象形文字谱》，第106页，第60—63号，配以动物摄影）

纳西族四季分别以鸟表示，但不与四向、四风对应。

图 2-5　纳西象形文字"春"

（《纳西象形文字谱》，第106页）

斑鸠"叫"来了春天，并且催人下地"布谷"。

但这四种鸟没有与四向联系起来。它们的四向象形文，东、西与日出、日落相连，南北则以河水之下游、上游表示[①]。

[①] 参见方国瑜编撰、和志武参订：《纳西象形文字谱》，云南人民出版社1981年版，第106页。

帝俊或俊风在《山海经》内外

四方风里的东风或称俊风，与东方祖神帝俊相合。不妨由它说起，中原典籍并非一处也没有触及（帝）俊和他所掌管的俊风。

例如《大荒东经》说：

> 大荒之中，有山名曰鞠陵于天、东极、离瞀，日月所出，名曰折丹——东方曰折，来风曰俊——处东极以出入风。①

清代吴任臣《山海经广注》引用《大戴礼·夏小正》云：（正月）时有俊风。吴氏猜测道："俊风，春月之风也；春令主东方，意或取此。"但《大戴礼》原文却是：

> 〔正月〕时有俊风。俊者，大也。大风，南风也。何大于南风也？曰：合冰必于南风，解冰必于南风，生必于南风，收必于南风，故大之也。②

清代王聘珍《解诂》引《说文》："南风曰景风。"《尔雅》："景，大也。"这是因为他们看不到甲骨文四方风名，更不知道它的民俗神话学意蕴，只把风名当作形容词而不是专用名词（人神之名）来训释。

帝俊亦即帝舜。王国维以后，多少人摈斥此说，却都没有真正驳倒（参见《山海经的文化寻踪·传说篇》）。在徐州铜山汉画像里，"鸟耘象耕"之帝舜图里，明白画着由他控制风神。

森安太郎对较他所构拟的"相通"字丛的古音：

俊　　tsiwən

舜　　siwən

舛　　tiwən

春　　tiwən

---

① 袁珂：《山海经校注》，上海古籍出版社1980年版，第348页，简称袁注。
② （清）王聘珍：《大戴礼解诂》，中华书局1983年版，第26—27页。本书引此，一般仅注页码。

从而指认:

> 舜字是以舛为声符,而舛,扬雄作踳(见《说文》引),踳以春为声符,可见舜和春字音可以互通(舜之所谓"推"义,略)。……于是即可推定《大戴礼·夏小正》所载春正月所吹的"俊风",原义就是"春风"。《山海经》中以东风为春(俊)之说,于是可解。①

图 2-6 东风催春

(《春》,油画[部分]15 世纪,作者:[意]波提切利,现藏于意大利佛罗伦萨乌菲齐美术馆)

长着鸟翼的东风神吹出了春天,使草木丰茂,爱情萌生,一切都变得那样美好。

---

① [日]森安太郎:《黄帝的传说——中国古代神话研究》,王孝廉译,时报文化出版公司 1988 年版,第 125—126 页。

他认为，舜是春神、农神，这跟"俊/田畯（畯田）/俊风"对应之说也是大致合拍的。可惜森安此文还没有注意到俊与甲骨文四方方名、风名的关系。

俊风是东风，是春风，是生命和太阳神之风。

春天是万物萌生的季节，神话中，一切生命体都在冬天死亡并在春天来临时复活。所以西方的复活节"Easter"的词干是东方"east"。

埃及主神兼太阳神奥西里斯（Osiris）冬天死去；春天到来时，他的妻子伊西斯（Isis）化作一阵春风，将他像地底的种子那样吹醒，重新萌芽、生长。他们都是土地丰沃、庄稼茂盛的象征。大地回春之时，一切都苏醒并茁长。波提切利的《春》，也是由长翅膀的东风神吹出了春天。

图 2-7 汉画里的风伯

（1.徐州洪楼画像石；2.3.武梁祠画像石，后石室；4.徐州铜山李庄，M1 画像石；5.江苏盱眙东阳木椁墓天井浮雕，西汉）

汉画风神多已人格化，但也有保存着鸟翼或鸟爪的。

所以，前举美国电影《云中散步》也说到，阿兹特克人在收获的时候，要向四方风致敬，感谢它们带来了丰收。此属古印第安人之"四方风教"，跟中国的四方风信仰极为相似。而四方以太阳所出的东为首，四季以春为首——一年之计在于春。

玄鸟与凤凰

至于为什么用某种神物标志某种时空，恐怕跟神物（动物/植物/无生物）的崇拜有关（包括旧说"图腾机制"作用）。这里最明显的是帝俊们使四鸟。这跟夷殷的鸟崇拜完全一致，但这种类图腾机制已相发成熟而又繁复。甲骨文四方方名、风名不但全部是（凤）鸟，而且本身带有宇宙符号的意味。"天命玄鸟，降而生商。"这当然是"异类祖先"神话（旧说图腾也应该严格定位在非人类或超现实的血缘联系上，即其想象性的交配–生殖关系）。但是玄鸟已不仅是一般的生物学意义上的鸟，而且是一种神秘的社会学–宇宙学符号。它不仅是黑色的鸟（如燕子），还可以尊化为、美化为、神化为凤凰（在《楚辞》里赐孕致贻的是玄鸟，也可以换位为凤凰）。凤凰也可以称燕。《尔雅·释鸟》就说："鹖（燕），凤"，其雌"凰"。正像列维–斯特劳斯所说，它们"是一个借助生物来表示的真正的系统，而非生物本身，它构成了思考的对象，并为人们提供了概念工具"①。所以，《左传》昭十七年鸟名/鸟官才如此复杂，甲骨文四鸟才既可名风又能标向。

"所有这些观念从一开始就包括在一个复合的表象（引案：例如自然–'祖灵'信仰）中，这个表象具有集体的和宗教的性质，在它里面，神秘的因素遮盖着我们叫做实在的那些因素。"②所有自然的成分（例如太阳/风/鸟）都有二重的性质：物质的兼精神的，俗的兼圣的，科学的兼宗教的，哲学的兼美学的。决不能硬作分割或执其一偏。这也是《山海经》等几乎所有"怪物/人神"的基本特质。当然，仅就四方风而言，"在这些因素里也包括了神秘的互渗的媒介——4个数，因而这个数具有极为重要

---

① ［法］列维–斯特劳斯：《野性的思维》，李幼蒸译，商务印书馆1987年版，第168页。
② ［法］列维–布留尔：《原始思维》，丁由译，商务印书馆1981年版，第206页。

的作用,这个作用很难为逻辑思维所再现,但它是原逻辑所绝对必需的"①。"原逻辑"的提法,已遭到当代人类学的严重质疑和批判,但互渗原理和模拟巫术理论同样有可取之处。"神话思维"包括模拟、象征、隐喻的多样化运用,四方观念、四方神、四方凤鸟与四方风以及祖先神之间的分分合合,整体与部分对位,是神话思维复杂运作的结果。

图 2-8 玄鸟

(1.上古器饰中的凤鸟;2.3.毛羽近黑色的雨燕、苍鹰;4.金文《玄鸟妇壶铭》;5.为玄鸟冠日,证明其为太阳神鸟,商代铜尊铭文;6.朱雀,与中心的太阳有密切关系;7.8.是可能由玄鸟升华而来的古老凤鸟,供对照)

"玄"字最初的意思,是悬吊着两粒蛋或果,后来指赤黑色和神玄。玄鸟最初是赤黑色的鸟,主要是燕子。但在神话里,若干神秘性的鸟,如鹰、鸦、雉,直到凤凰,都能称为玄鸟,意思也慢慢变成"神玄之鸟",原来面目反而模糊了。

《大戴礼·夏小正》以俊风(东方风)为正月之风。可见某方之风在特定条件下可与某个季节相对应(这是许多研究四方风的学者努力要达成的系统化之成果)。可惜太不完整了。目前,可确定"俊"主要是东方/春天的风或鸟。

《礼记·月令》仲春之月的标识是玄鸟(郑注云"燕")。

---

① [法]列维-布留尔:《原始思维》,丁由译,商务印书馆1981年版,第206页。

玄鸟是春天之鸟，跟东方结合就有了燕子之神或青木之神：句芒。

作为候鸟的燕子是性爱、蕃育、吉祥和富足的象征。郑玄注还特别提到燕子赐孕的故事（亦即《商颂》的"天命玄鸟，降而生商"）。如上所说，燕子和锦雉（东方之凤鶠鷞，即"俊鸟"）都被整合并提升为神玄之鸟：凤凰。

伊藤道治认为，四方神跟四方风神是紧密联系着的，四方较抽象，可以借较为具体可感的四方风来认定或表达。也"可能认为用眼睛看不见的神是跟风一起来的。这大概因为在风和神之间没有严格的区别而致"[①]。但是，四方风神鸟却比风本身更具感性，因此神话思维更突出四方凤鸟的标识作用。俊风或俊凤（鶠鷞/锦鸡）代表东方，为四方与四方凤（鸟）体系起了奠基性、引领性的作用。

图 2-9 冠饰鸟形的太阳神巫

（玛雅雕塑，摄于玛雅艺术展览会）

太阳神巫或太阳神冠戴鸟形或者鸟羽，表示他的归属或神格、神性。这里，鸟与太阳是互拟关系：太阳可能变成鸟，鸟也可以标识太阳。这种冠饰鸟形或鸟羽的神巫，专

---

① ［日］伊藤道治：《中国古代王朝的形成——以出土资料为主的殷商史研究》，江蓝生译，中华书局 2002 年版，第 43 页。

司太阳的运行和祭祀,地位要比一般巫师高。太阳神本身是最高级的天体神、自然神。

不同时空的不同人往往会依据对象(或崇拜物)的某一特性取义用譬,使同一事物展现出不同的意义与符号功能。这是类比或类似联想的多义性或博喻性的原始思维依据。

以美洲印第安人心目中的啄木鸟(类)为例,列维-斯特劳斯指出,他们注意的是"非常不同的细节"以及或真实或假想的特性:北美大草原印第安人相信"红顶啄木鸟可免于猛禽的袭击,因为从来也找不到它们的尸身";上密苏里河流域的泡尼人,"把啄木鸟和暴风雨联系起来";奥撒格人"则把这种鸟与太阳和星星联系起来"。在亚洲,婆罗洲人则认有一种小栗啄木鸟(Blythipicus Rubiginosus),是胜利者的代表,"他们认为这种鸟的叫声含有一种胜利感和庄严的告诫声调"①。我们在分析鸟、鸟羽和羽冠、羽饰的象征功能时,千万不要漠视这种多样性、多义性和多喻性,而不要局于一隅,执于一偏。

在中国较多被用为头饰或仪舞道具的是锦鸡或孔雀的尾羽,这是为了使神与神巫神圣化,与凤凰搭上关系。众所周知,原始的装饰不仅为了审美,还"具有神秘的性质,并且赋有巫术的力量"。装饰鸟或鸟羽,例如鹰形或鹰羽,"使插戴它的人赋有鹰的力量,敏锐的视力,智慧,等等";印第安人把啄木鸟等美丽的羽毛看作雨、太阳、风的象征,从而把酋长的羽冠当作神权、政权、军权"三位一体"的标志。在墨西哥回乔尔人(Huichols)看来,"健飞的鸟能看见和听见一切,它们拥有神秘的力量,这力量固着在它们的翅和尾的羽毛上。巫师插戴上这些羽毛,就'使他能够看到和听到地上地下发生的一切'……"②

---

① [法]列维-斯特劳斯:《野性的思维》,李幼蒸译,商务印书馆1987年版,第66页。
② [法]列维-布留尔:《原始思维》,丁由译,商务印书馆1981年版,第289、29页。

图 2-10 鸟：装饰的不同取向

（左上为啄木鸟；右上为翠鸟；左下为玛雅陶罐上的饰羽武士；右下为苍鹭）

啄木鸟、翠鸟的羽毛色彩艳丽，最常被用于装饰，但不仅为了美。由于鹰素称勇猛和机警，装饰它的羽毛使人勇武，还可以获得其灵性。

《诗·邶风·简兮》里诱惑性的万舞，舞者"右手秉翟"，翟是长尾山鸡，其羽可舞可饰。《左传》昭十七年"翟雉"，孔疏引或说："其羽可持而舞。"舞人中巫师以其为舞，不但模仿其美丽多姿，还可能获得它的某种神性。

从这里可以看出，上古装饰鸟羽的巫师或巫王（priest king）职司或特性很不相同，上古有关鸟的信仰、取向或意旨是多样的。南方铜鼓图纹上巫师繁多的羽饰具有招引魂灵、召唤风雨、威慑敌害等多重功能。

为什么一个太阳或一种风的象征，如此不单纯呢？

神话思维不仅是具象的，而且是游动不定的，是开放中和未完成的——正如形象的符号从来都是处在"拓扑学"的空间里而不时地"飘浮"。

太阳和鸟可以象征许多事物，它们本身也有许多象征、符号来标识；其"分类"更是非常繁复而且奇特，纯粹的理性很难予以完全把握或诠释。

图 2-11 饰羽的"鸟舞"

（左上：中国南方民族的"芦笙舞"；右上：萨满饰羽的"鹰舞"，采自黄强、色音；下：印第安的《鹰舞》和《壮士舞》）

羽毛是最重要的装饰，但取义和取向大不相同。"芦笙舞"的羽毛能带来爱情和丰收，还能驱魔。萨满"鹰舞"是追思或招引亡灵，借以登天。印第安人模拟雄鹰，为的是取得其勇敢和敏锐，不过祈求风雨是较为普遍的目的。

某种鸟可以因其不同特征而标识某一事物、某一方面，一切都依语境或上下文来确定。

列维-斯特劳斯提醒说："这些例子有助于我们理解，不同的种族怎样能在其象征方式中使用同一种动物（或其某一部分躯体、器官），却又采用这种动物的一些互不相干的特性：栖身处、气象联想、鸣叫声，等等；活的或死的动物。此外，每种细节特性都可以用不同的方式来解释。"①

图 2-12 太阳神控制风神

（左：特舒布，太阳轮之前的鹰形神，亚述绘画，约公元前 890 年；右：作为"东风之神"的英雄建速须佐之男命，日本绘画）

由于初民认为太阳运动决定方向、风向和季节（风），所以风神、四方风一般由作为"天体神"之首的太阳神来控制。"太阳轮"前面，四周或下面的大气与天空之神、风神、鸟形神，就说明它们由太阳神来支配。

图 2-13 风神？风巫？

（锦瑟纹饰［残片］，河南信阳出土，战国）

专家们多说，这是楚的巫师。或然。但从张口风神造像来看，这也可能是风雨巫师在举行呼风唤雨的仪式，中间者扮演风神嘘吐风气。还有个辅证：它具有鸟爪和"退化"的翼。

---

① ［法］列维－斯特劳斯：《野性的思维》，李幼蒸译，商务印书馆 1987 年版，第 66 页。

在玄鸟或"玄鸟/凤凰"的特性考察中,最触目的便是其母型或形态变动很大,影响对其神性的理解;从而,对它们所黏附的尊神(包括方神、风神)的神格也不容易辨识,重要原因之一就是神话思维的多变性。

太阳(神)控制风(神)

有的学者因为甲骨文四方风名有变动(参见《缀合》261,《掇》1·158,本书第3页),东方风名是"劦"(协),以为《山海经》或误,甚至擅改经文。

这不仅是传闻异辞,也许理由还更古老。我们发现,不但四方方名,而且四方风名都跟殷商某一先公、先王或英雄祖先暗合,它们都是某种凤鸟的专名。换言之,某一方中某方风,都由一位(或多位)传说先祖 – 人神来主持,他们自己也有这种凤鸟的化形。"帝俊/田畯/俊风/鵕凤"就是一个例子。

俊风是由帝俊亲自来掌管的最重要的风:在时间上属春,在空间上位于东方。日出东方,古人或以为东风之起与日出同步,所以由太阳神来主持(太阳神往往升格为天神、主神,即所谓"帝",或与传说始祖叠合)。例如,古希腊太阳神 Solar 兼为东风(神),拉丁文"东风神"一词写作 Solanus,其词干 Sol,本义即"日神",所以东风实是太阳风,即太阳神主掌之风。这就像新西兰的主神莫利(Mauri),既"握执诸风",自己"又是东风"一样。① 这也跟成都金沙的金饰片上四方风绕着太阳旋转一致——这也是我们所再发现的围绕日轮飞旋的四方风:标识四方的凤鸟!他们主掌的方位、事物既相对稳定,自身又变动不拘。凤鸟本来就该在高天之中、太阳照临下飞翔!

帝俊(鵕鶿)以日神鸟而司掌东方风,这是跟太阳神的高格位相合的。饶宗颐指出:"古代远东和近东都特别尊重日神。巴比伦人称日曰 utu,其史诗亦言'升于东山而沉于西山',呼山曰 sddwum,好象卜辞

---

① 参见[英]柯克士:《民俗学浅说》,郑振铎译,商务印书馆1934年版,第144页。

的'出入日'。"① 殷人向四土（案：或四方）求年。巴比伦也有类似祭法和观念。尼普尔（Nippur）四土颂说无灾害封锁之日，民斯无敌。

图 2-14　法老：太阳的子孙

（左：埃及法老图坦卡蒙木乃伊金棺覆罩；中：鹰神庇护法老；右：鹰与蛇王之碑）

埃及法老自认太阳的子孙，多由太阳（神）授孕圣处女而生。他们以鹰、眼镜蛇等为神圣标识，有时自身还能化形为太阳鹰。

> 于斯时也，东土（shubur）则沃野千里，皆正道之地；
> 南土（sumer）则充满和气，为王族政令大行之邦；
> 北土（uri）各应其所求；
> 西土（martu）则既安且康。
> 普天之下，民俱时雍。
> 于巨神恩立尔（Enlil）同声共赞。②

这的确极像中国的四方、四土（或四社）之祭，内容都是求福消灾，而都由最高神主掌。"大神恩立尔是造分天地的大气之神。可以和我们的造福主能为日月之行的帝俊相比拟。"而如前所说，恩利尔以大气之神与主神兼掌暴风雨。

---

① 饶宗颐：《四方风新义》，载《中山大学学报》（哲学社会科学版）1988 年第 4 期。
② 饶宗颐：《四方风新义》，载《中山大学学报》（哲学社会科学版）1988 年第 4 期。

太阳神可以兼为风神，主要原因是，特定时空里，太阳在天宇之中，是最显眼、最光亮、最温暖的天体，被认为天神之长、天象之主，它主持风雨雷电的活动，有单项也有多样的。例如宙斯、奥丁以"潜在的太阳神"的资格主掌雷电，玛雅太阳神、雨神凯察尔柯特尔（等）有时也兼掌风。

日本则以太阳英雄建速须佐之男命执掌东风。

玛雅有一件风神造像启示无穷。它是前古典时期（前60—100）作品，于墨西哥恰帕斯州伊萨帕地区出土，是一个面具形陶罐。它大张着嘴，吐出各种风，或说是巫师或祭司在呼风唤雨。但多数专家认为它是风神造像，而类似的一件头上有玉米穗的太阳神造像也同样大张着嘴，暗示太阳神也能召风，跟高卢风神造型相似。

图 2-15 玛雅风神或祭司

（面具形陶罐，墨西哥恰帕斯州伊萨帕出土，前古典时期［前60—100］，现藏于墨西哥人类学博物馆）

或说这是祭司，他在发出"巫音"。在后古典时期（900—1250），此类面相都属于风神。可与中国类似造型比照。或说巫师在呼风唤雨。

奇妙的是，陕西安康柳河湾出土一件仰韶时期的陶制面具，也张着大嘴。或以为在发出"巫音"。这里"巫音"的用意何在？不也很可能在呼唤风雨吗？

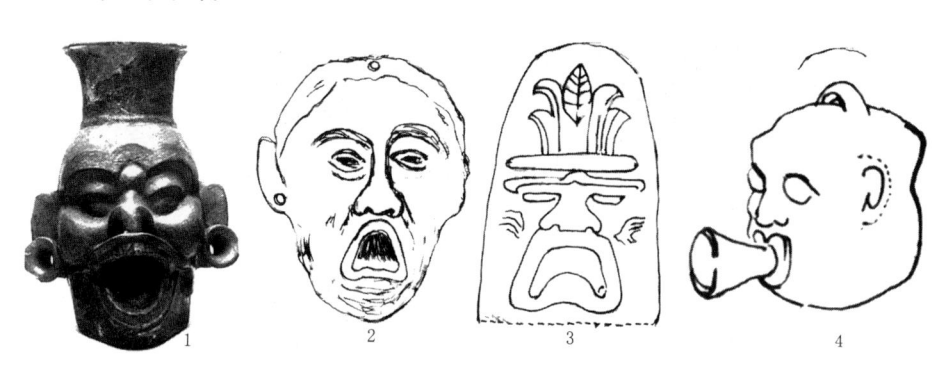

图 2-16　风神造像

（1.玛雅风神陶罐，此图复见；2.陶土面具，陕西安康柳河湾出土，仰韶文化；3.石刻太阳神造像，或兼风神，玛雅文化；4.高卢风神，1 世纪左右，罗马帝国）

玛雅风神张着大口，召唤或者吹出各种各样的风；这里的太阳神同样张口，是否暗示日神也可召风？高卢的风神不过在大嘴上接个喇叭罢了。"原始"时期中国的张口面具极为罕见，性质、意旨不明，或说发出"巫音"。以玛雅风神大张其口推论，它也可能在呼风或吐风。

卜辞里"禘"礼最高。对四方、四方风都用禘，对东方"析"（折/昭明）又单独用"禘"（见《缀合》261），就因为风神多与先公黏合，而东风地位很高（"折/昭明"为契子，与契合为"少皞/挚"一代，地位亦高）。东风原由太阳神、主神兼掌，后来也许觉得不能让始祖神事必躬亲，就改由他的子孙或部属来分担——这种具体职责或业绩的下移，在神话史上或称"退位神"，颇为常见，并且成为主神性格和事迹模糊抽象的重要原因（参见《中国文化的精英——太阳英雄神话比较研究》对于"太阳-天神"，特别是东皇太一，以及二郎神父子性格的研究）。

下面我们就要看到，"俊风"就是"俊凤"，也就是《西山经》钟山之子"鼓亦化为鵕鸟"的鵕鸟（郭注音"俊"），其母型为"鵕𪄳/锦鸡"，它就是帝俊或东方风神的鸟化身。

"俊风/鵕鸟"的再发现，又一次证明了《山海经》的古老性与可靠性，也为四方神、四凤神黏合祖先神、英雄神提供了一件样板、一个启示。

图 2-17 与凤鸟混融的帝舜

（《舜耕历山》壁画［局部］，张一民创作）

画家参考神话学家袁珂等的见解，将化形"鸟工"或"鸡凤"的帝舜（帝俊）与凤凰绘为一体，并采用传统说法，将舜的四目或重瞳处理成有两个瞳仁——四眼或四面是太阳神的重要特征。重明鸟就是四目太阳神鸟。

图 2-18 夒，夋，俊？

（甲骨文选录）

这是殷商最高祖神"夒/夋/俊"的一种写法。

卜辞里这位尊崇的先公或"高祖"，一般都释"夒"（我们也觉得它以"夒"若猱之形对应着"俊"），但是吴其昌等迳定为"夋"。因为它鸟首人身，有如人形之玄鸟（句芒亦鸟首人身）。"玄鸟即夋也，夋为玄鸟，宜夋状为鸟喙人身矣。"①

袁珂企图调和其鸟头与人（猿）身之冲突。他说，此字有尖尖的鸟嘴（也可状猿吻之突出），有时还似乎生着两角（案：徐亮之说是头部畸变）。"综合起来看，东方殷民族所奉祀的上帝帝俊，就是一个长着鸟的头，头上有两只角，猕猴的身子，脚只有一只，手里常常拿了一根拐杖，弓着背，一拐一拐地走路的奇怪生物。"②

我们觉得还是释为"夋"较合适些——它是相当于"俊"的（详见《山海经的文化寻踪》"传说"部分的论证）。

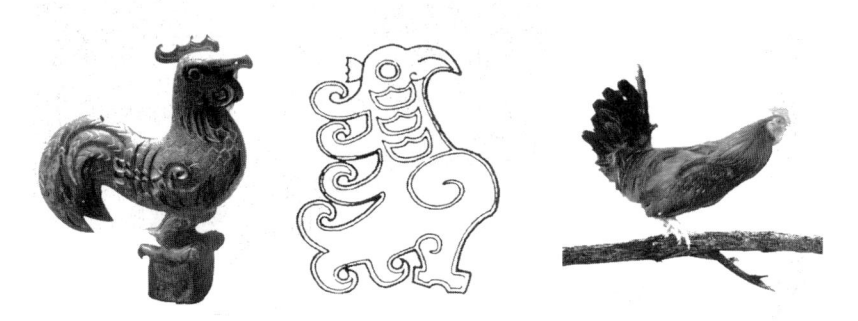

图 2-19 雄鸡，凤凰取象的一种依据

（左：青铜雄鸡，四川广汉三星堆器物坑出土，商代晚期；中：商代鸡形玉凤；右：雄鸡照片）

"雄鸡一唱天下白。"公鸡勇猛好斗，还能报晓司晨，叫出太阳来，冠、羽美丽，雄鸡，无非野鸡、山鸡，所以有时被看作太阳神鸟（例如天鸡），有时还被当作凤凰形象的重要元素（主要取其冠、羽的美丽）。帝舜（俊），也有材料说是鸡（或雄鸡）"投胎"的，所以是帝俊或俊凤的一个化形。

帝舜在传说学上相当于帝俊。

帝俊化身为俊凤，为鸡鸟，为踆乌，帝舜也有鸟化身。

最明显的是古本《列女传》等书说，舜奉命修仓廪的时候，是"鹊汝衣裳，鸟工往"的，后来还穿着"鸟工衣裳"飞去，逃脱火焚仓廪之难。

---

① 参见吴其昌：《卜辞所见殷先公先王三续考》，载《燕京学报》1933年第14期。
② 袁珂：《中国古代神话》，中华书局1980年版，第142页。

如袁珂所说，知舜必化而为鸟，始能飞去。

另一晚出的证据是，《法苑珠林》卷四九引《孝子传》云："舜父夜卧，梦见一凤凰，自名为鸡，口衔米以哺己，言鸡为子孙，视之如凤凰。"这就表明舜是凤凰投胎的——鸡或雉鸡，是凤凰取象的一个依据。

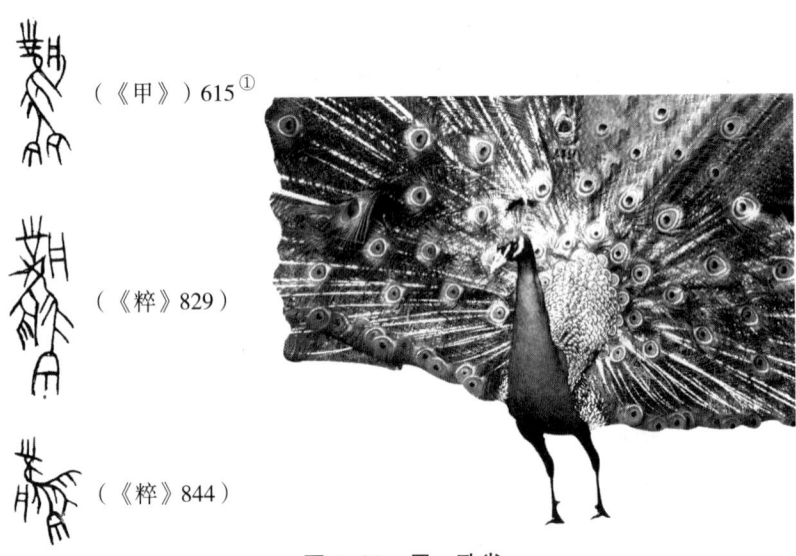

（《甲》）615①

（《粹》829）

（《粹》844）

图 2-20　凤：孔雀

（左：甲骨文"凤"；右：孔雀）

甲骨文的凤字有华丽的冠羽和长长的尾巴，体型健俏（用"凡"字做音符），有的尾巴上有孔雀那样的眼形翎，说明孔雀确实是凤凰的重要取象依据。

帝俊使四鸟或四兽

《山海经·大荒东经》："有芍国，黍食，使四鸟，虎、豹、熊、罴。"又："有中容之国。帝俊生中容；中容人食兽、木实，使四鸟，豹、虎、熊、罴。"

《大荒东经》司幽之国，帝俊—晏龙—司幽—思士一系，"食黍，食兽，

---

① 《甲编》或《甲》：《殷虚文字甲编》，董作宾编著，商务印书馆1948年版。

是使四鸟"。郝疏说"亦当为虎、豹、熊、罴";又帝俊—帝鸿—白民一系,也"使四鸟:虎、豹、熊、罴"。

《大荒南经》,帝俊、娥皇生三身,姚姓,"黍食,使四鸟"。

《大荒东经》,帝俊生黑齿,"姜姓,黍食,使四鸟"。

《大荒东经》说:"有五采之鸟,相乡(向)弃沙,唯帝俊下友。帝下两坛,采鸟是司。"采鸟,鸾凰之佐,是帝俊使四鸟之证。"四鸟"就是帝俊可"使"的"下友",而且确实指鸟(凤属)。

徐旭生《中国古史的传说时代》指出,所谓"生",可以指由帝俊集团来控制或者分裂出来的氏族,这些帝俊"生"出的氏族同"使四鸟"有关系者"已经过半"。①

《大荒北经》:"有叔歜国,颛顼之子,黍食,使四鸟,虎、豹、熊、罴。有黑虫如熊状,名曰猎猎。"

如果把"使四鸟"看作一项鉴定族别的指标的话,这东北夷先祖之子肯定也是帝俊部属。

现在再把"使四鸟"的人神或邦国归纳一下。

使四鸟:虎、豹、熊、罴(虎豹或作豹虎)

芶国("芶""为""妫"是驯象之状,舜、俊之"姓")

中容之国　　帝俊(中容为帝俊所生)

白民(白民为帝俊之后)

叔歜国　颛顼

玄股

三身之国

使四鸟者:

司幽之国　帝俊

帝俊、娥皇(姚姓,即妫姓)

帝俊—黑齿(姜姓)

---

① 徐旭生:《中国古史的传说时代》(增订本),文物出版社1985年版,第73页。

可以说，全属东方夷殷系统。只有颛顼一系属东夷分支之东北夷，也几乎全是帝俊及其属国能使四鸟（黑齿为"姜姓"较为特殊，疑误）。

最现成的解说是，这四鸟便是帝俊掌管的四方之神，四方凤鸟神（由此亦可证凤鸟分别代表四方风）。

图 2-21　"五采之鸟，相乡（向）弃沙"

（繁化的玉璧，传世，战国—两汉，采自钟见慈）

作为"帝俊下友"的"五采之鸟"，应该是卜辞所说"帝史（使）凤"之类，它们在太阳的照拂下翩翩起舞（沙就是婆娑之娑，"弃沙"，诸家多说舞蹈之意）。此枚玉璧虽时代不明或较晚，但必有古老之蓝本。"璧"在特定语境中代表太阳或天。其下似像天盖或祭堂。《大荒东经》说："帝（俊）下两坛，采鸟是司。"好像跟此图有些关系。

较特别的是四鸟之下，全是猛兽。

四鸟还有两种读法。

（1）"鸟"只是个符号，统指鸟兽。郝氏笺疏就说："经言皆兽，而云'使四鸟'者，鸟兽通名耳。使者谓能驯扰使之也。"其所以用"鸟"总括之者，夷殷以鸟为图腾，特尊之耳，渐成常语。（2）四鸟犹四方之鸟；四兽，或说是俊部"四分图腾"。旧人类学用图腾和所谓"分图腾"的理论来解释帝俊（俊鸟）与其所属四鸟或四兽的关系。恩斯特·卡西尔说，成熟的图腾制度企图"把所有个体的、社会的、精神的和物质－宇宙的实在编织成图腾亲缘关系"；而且往往以"分图腾"来标识某一空间（当然与其原住区域相关），四向观念成立以后，便以四个"分族"或其图腾（四种动物或四种植物）当作四方的标志（badge）。① 所谓"四神"或"四灵"便是这种"分区－定向"机制的保存。帝俊四鸟恰恰就是四方之鸟，都是图腾鸟，是凤凰的分身，当然可以标识四方和四方风，而与文献、卜辞所见若合符契。而四兽，是四鸟之下的"分图腾"或"再分图腾"。这个说法理据不足，暂且存疑。

图 2-22 上帝耶和华与"四鸟怪"

（《旧约》插图，铜版画，作者：[德]卡罗斯菲尔德）

耶和华左右有四只鸟翼怪神：鹰/狮子/公牛/女首鸟身怪。最初应是鸟形四方风，它们的形象在后世大为改变，但仍留下遗痕。跟"帝使凤"同样，他们是天帝的使者。

四鸟的形象，马承源揭示，良渚文化"神鸟"跟东夷的鸟祖灵崇拜有潜在的联系。特别应该注意帝俊使四鸟这个指标性的神话意象（《山海经》里的使四鸟与夷殷的关系，请参见《山海经的文化寻踪》）。

---

① 参见[德]卡西尔：《神话思维》，黄龙保、周振选译，中国社会科学出版社1992年版，第98页。

如果把良渚文化玉器上组合神像（即通称"神人兽面"者）当作一方的主神，则左右两神所配置的就有四鸟。可惜它们多数是分层的。

商代早期的青铜器纹饰，就存在配置飞鸟兽面纹。商代中晚期青铜器的纹饰中，配置有鸟或四鸟的兽面纹是非常普遍的一种意象，一直延续到西周早期。①

但是，我们要注意把意义性的跟纯属装饰的繁化区别开来。

图 2-23 成双作对的神鸟

（1.象牙版，浙江余姚河姆渡出土，新石器时期；2.玉琮，神面和双鸟图纹，上海福泉山出土，良渚文化；3.青铜器座，浙江绍兴306号墓出土，战国；4.双鸟图纹，《父庚觯》纹饰，西周早期；5.青铜卣，传世，晚商或西周初）

这些神鸟往往成对出现，占据重要位置，上下"层"合起来看就是四鸟，或说即四凤神，恐怕不确。但它们都分别在"日轮"、大神或神圣符号的两侧，与"帝史凤"的观念有暗合之点，值得钩稽，却很难说它们就是天帝的使者，说是部属较为谨慎。

---

① 马承源：《商周时代火的图像及有关问题的探讨》，见马承源：《中国青铜器研究》，上海古籍出版社2002年版，第411页。

马氏指出:《山海经》中帝俊的子孙们获得使四鸟的神职,它的来源应该和帝俊所具有的神权有关系,使四鸟是神的属性的具体指示物。①

但他说同样使四鸟的颛顼及其子孙叔歜"与东夷无关",却是失察,他们是东北夷的祖先(神),甚至可以说是东夷的分支。

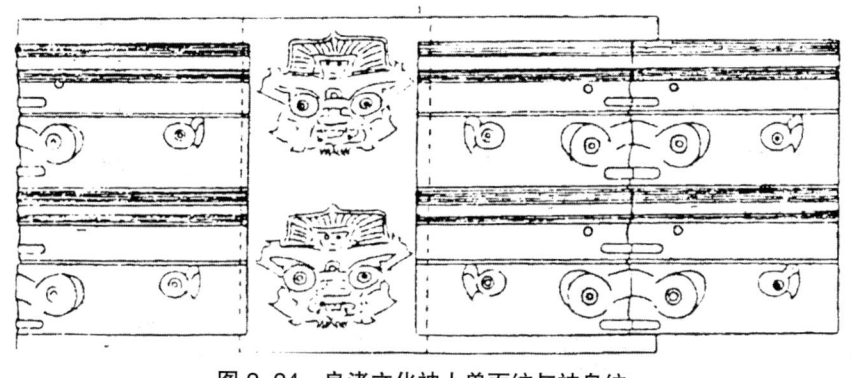

图 2-24　良渚文化神人兽面纹与神鸟纹

(良渚文化简式神人兽面纹玉琮,兽面纹两旁有神鸟,浙江余杭反山 M12:98;中为神人兽面纹)

良渚文化已有鸟形象。见于玉琮者多分列于作为大母神或女战神的"神人兽面纹"两旁。跟帝俊使四鸟,恐无直接联系。

马氏有关兽面(纹)或神人兽面(纹)支配"四鸟(纹)"的说法,似乎受了林巳奈夫、华西里耶夫等所持饕餮(纹)(兽面纹)是天帝或太阳神说法的暗示,把它们旁边的二鸟或四鸟当作帝史凤之类。但是林氏、华氏的理论本身只是不可靠的假说。饕餮是大腹能吃的"怪兽",主要功能是辟邪(马先生也主此说),不能仅由其佳目(good eyes)与太阳等值,就认定其为"日神","饕餮/天帝"的说法更无根据(萧兵的《中国上古图饰的文化判读》对此二说有详细评论)。这样就很难拿"兽面-四鸟"跟"帝俊使四鸟"类比。如上所说,良渚神人兽面纹旁二鸟,至多说明良渚文化已有鸟的信仰,上承河姆渡文化,下接大汶口文化、龙山文化。二

---

① 马承源:《商周时代火的图像及有关问题的探讨》,见马承源《中国青铜器研究》,上海古籍出版社 2002 年版,第 411 页。

鸟或分列于太阳两侧，确实与太阳崇拜相关。商周彝器兽面旁双鸟或四鸟多属繁饰。否则很难解释夷殷祖灵鸟会落到为饕餮扈从的地步。马先生也说过，商器纹饰以鸟为中心者少之又少。中心是重要大神或符号，鸟是辅佐性的，与帝史凤确有相通之点，但不能证明它们就是天帝使者，更不能证明居中者必是天帝或太阳。

这样，诸家仍为四鸟却指四兽而困惑。我们总希望有个"合乎理性"的解读。但是如上，四方凤名明明全是"鸟"，而《尚书·尧典》却说"鸟兽孳尾""鸟兽希革""鸟兽毛毯""鸟兽氄毛"。这也许可以为帝俊使四鸟、四兽，却"偏称"四鸟作一解释。

图 2-25 四鸟／四兽的 X 形组合

（1. 内蒙古鄂尔多斯市出土青铜器图纹；2. 鄂尔多斯式青铜牌饰，内蒙古乌兰察布市凉城县永兴毛庆沟出土，M44：5；3. 岩画，蒙古国布拉根盟达兴其楞苏木阿斯朗特岩画摹采，盖山林供稿；4. 青铜牌饰，内蒙古赤峰市出土）

四兽（或四鸟）X 形组合，利用它们巨大的喙或角指向四方。图左是变形的羊或鹿（鸟？），图右则明确地是羊。这对辨认河姆渡指向四鸟大有好处。就艺术而言，不但生动地体现由抽象到具象的逆向演进过程，还提供了巧妙的图案组合方式。其在观念上的意蕴有待分析，但这是一种宇宙性或生命性符号殆可判定。

徐旭生说，这也许因为这些兽生着鸟翼①；它们或是"帝俊所征服的四氏族的图腾"②。

陈勤建的诠释是：有意将兽说成鸟，因为鸟是尊贵的"图腾"，是"标识"③，而兽不过是附属，或由鸟所衍化。

这确实比较近理。但我们无法证明这里的虎、豹、熊、罴已被安上翅膀，也很难从有待证明的尊卑关系去说明它们。

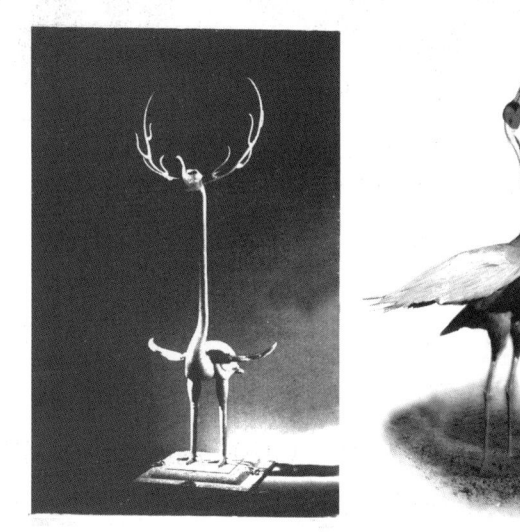

图 2-26 鹿角立鹤：风神飞廉

（青铜，湖北随州市曾侯乙墓出土，战国；右附鸣鹤）

鸟/鹿或其混形，是风神飞廉的标准形象。大鸟每与狂风相连，鹿的敏捷快速则与风产生类似联想。有的群团认为，鹿（尤其是有翼的鹿）是狂风、干旱或烈日的意象。这只有角飞廉的躯干是鹤，证明战国的风神鸟、凤鸟的形象已渗进鹤的要素。"鸟/兽"在风神身上混形。所以四鸟可以代表四鸟兽或竟四兽。

在"原始"时期，鸟/兽的混形（或由此引出某种泛称或特征）是极为多见的——社会学家说这表示两个氏族（Gens 或 Clan）的联合，却不一定。

《山海经》有大量"鸟/兽"合体动物，有的鸟长着兽角或龙首。有

---

① 参见徐旭生：《中国古史的传说时代》（增订本），文物出版社1985年版，第73页。
② 参见徐旭生：《中国古史的传说时代》（增订本），文物出版社1985年版，第73页。
③ 陈勤建：《中国鸟文化——关于鸟化宇宙观的思考》，学苑出版社1996年版，第70页。

的兽长着鸟翅、鸟爪或鸟喙。但我们更重视的是鸟兽混称,或以兽称鸟,或以鸟称兽。或如帝俊所使四鸟却又是四兽。这些都有待更合理的解释。

图 2-27 修颈长足的凤凰:仙鹤的要素

(左:立凤伏虎鼓架,湖北江陵楚墓出土,战国,复原图;右:鹤舞,刘为强摄)

立凤可能是美化的风神飞廉,它征服了猛虎——风生从虎,但是神鸟比猛虎更强大,更神速,更威猛——楚人重凤,用它来扫除一切妖孽。战国以后,凤的身子逐渐高挑,看来除了鹰雉以外,还吸收了仙鹤的某些特征。

中国后世凤鸟或风神的"改型"之一飞廉亦鸟亦兽的形象,亦颇具启发。飞廉不仅善于飞,"朔风卷地百草折",也善于奔跑,于是令人想起鸵鸟或仙鹤的长腿(乃至鹿或马的四腿)。它们也是凤凰取象的根据之一。利普斯《事物的起源》说:"在古代许多地方,太阳是从水面升起的,而鹤由于它的红腿被相信与火相联系,因而也就是与太阳相联系。"① "凤/飞廉"作为帝史或太阳使者的形象是综合性(甚至是鸟兽混形)的,确实采纳了善于驰飞的鹤的要素。《文选·七命》李注引《山海经》说,"丹穴"之山,有神鸟,"其状如鹤,五采而文,名曰凤皇",可见凤凰形体确有像鹤的地方。

张岩对帝俊"使四鸟"的解说:这讲的是箭靶(侯),是"鹄",是鸟的象征物,或者是栖在"侯上"的鸟。② 但《山海经》这里明明讲的是作为部从的四种鸟或四种猛兽,并不涉及射侯,即箭靶。

---

① [德]利普斯:《事物的起源》,汪宁生译,四川民族出版社 1982 年版,第 342—343 页。
② 张岩:《〈山海经〉与古代社会》,文化艺术出版社 1999 年版,第 326 页。

图 2-28　帝舜（帝俊）之"畯田"；象耕鸟耘

（帝舜"象耕鸟耘"图，江苏徐州铜山小李庄苗山 M1 出土，汉代画像石，前室南壁门西）

作为太阳神、东风神的帝俊（帝舜）兼为农神，即"畯"，他象耕鸟耘，驯牛牧马，并且遥遥控制着日、月和风神——这些天体，或为帝俊夫妻所"生"，或为其化形。耘田之鸟呈孔雀形凤凰之状，也是他的一个"化身"。以鸟耘田，除草食虫揉土，是上古生态农业的一种。这个绝妙的措施，以及它的仪式化，都有助于农业丰收。

这四鸟在理论上是多义的：它们是始祖神的部属，自身又是控制四方的祖灵鸟（也许兼为方神或风神），它们是四方的标识物（符号）和保卫者，本质上等于保卫（太阳神）轩辕和颛顼四方台坛的四神蛇——后来的四神或四灵，便是由它们演化出来的。由于它们自身复杂，与四方风神直接关联，所以特别专论于此。

又者，甲骨文有"畯四方"之祭（参见《后》[①]2·8·1）。畯四方显然是祭田畯（农神）以求年。《周礼·籥章》"以乐田畯"，郑玄注引郑众曰："田畯，古之先教田者。"《诗经》屡及田畯。毛传："田

[①]《后》：《殷墟书契后编》，罗振玉编，1916 年版。

大夫也。"朱熹《集传》："田畯，田大夫，劝农之官也。"《豳风》的《七月》，《小雅》的《甫田》与《大田》都有春耕时祭祀农神或先祖，"田畯至喜（饎）"的记述。《傩蜡之风》揭示，这是田官代表农神行使"初食权"。如《说文》卷十三田部所说，"畯，农夫也，即先农，死而为神则祭之"。饶宗颐指出："古代祈年于田祖，田祖亦称为畯，即后代的先农。……（畯）四方为祭方之祭，有时为宁风。"他还敏感到，甲骨文东方风为"协风"（还有"俊风"），当与春天籍田的蕃殖礼相关。[①]——我们觉得，作为先农（创造农业）的"田畯"跟造物主、太阳神兼东风神之始祖帝俊也是对位的、叠合的，具有促进蕃育的职能。西方太阳之 sun，原来也是生殖者的意思；"畯四方"可读为田畯、畯神或竟"卑化"的帝俊，祀祭于四方，也可以是祭祀田地四方之神。这就是所谓"以社以方"。

图 2-29　天鹅：鸿鹄

（美好景象图片公司图片，采自《旅行家》杂志）

或以为雪白的天鹅（古人称为鸿鹄）是帝喾的鸟化身，这一观点有些道理，但证据不足。古人以为天鹅美丽而高贵，它的血与肉都非常珍贵，吃了可以长寿，由"癞蛤蟆想吃天鹅肉"的俗语可以窥知。它的羽毛也可制成各种饰物。或说因其美丽、硕大却能高飞，初民或亦视为太阳神鸟，或"白凤"。

[①] 饶宗颐：《四方风新义》，载《中山大学学报》（哲学社会科学版）1988年第4期。

殷商的传说先祖，名称颇多。高祖夒（猱），见于卜辞，跟文献中的帝喾、帝舜、帝俊对位。王国维、郭沫若、闻一多都力证其为一。"俊/舜"同音，"夒/喾"叠韵——现代学者或因其声纽相去太远，深表怀疑。《山海经的文化寻踪》从各方面证其确为一人。"夒/俊/舜"相当于喾，他们都与鸟相涉，"喾"则不明确。有人说喾应是鸢，也是一种鸟，如鹄。证据缺乏。

吴其昌暗示，喾曾化身为鹄。他说，《楚辞·天问》"缘鹄饰玉，后帝是飨"，这一句"尤不可解"，假定解为鹄，"告名而鸟身，以玉饰之，飨之以帝后"①，可以吗？意指"鹄"或是"告/俈/喾"的鸟化身。何光岳就说：

> 《帝王世纪》云："帝喾击磬，凤皇舒翼而舞。"说明喾为鸟夷的首领，受到殷人的崇祀。喾即以鹄为图腾。鹄亦即天鹅，天鹅多白色，与玄鸟恰成为白族、黑族及夋的赤族、益的黄族形成了鸟夷的四大支，还有凤夷，共五大支。②

我们觉得，喾为鹄的说法，证据还不足，至少不像帝俊、帝舜化身为凤鸟那样明确无误。我们在《楚辞新探》里曾假设"缘鹄饰玉"是刺取鹄血、装饰瑞玉向天帝祈寿，按照吴、何说即喾吃鹄，就有澳大利亚原居民"因特丘马"（Intechuma）仪式食用图腾的意味，可惜证据不足。

严一萍指出，《尚书·尧典》里帝尧分命羲和、羲仲观象授时，也为了"劝民农作"，不误时分。"此与甲骨文（禘祭）四方风为求年一脉相承。"③

---

① 吴其昌：《卜辞所见殷先公先王三续考》（节录），见吕思勉、童书业编著：《古史辨》七（下），上海古籍出版社1982年版，第337页。
② 何光岳：《东夷源流史》，江西教育出版社1990年版，第7页。
③ 参见严一萍：《卜辞四方风新义》，载《大陆杂志》1957年第15卷第4期。

图 2-30　帝喾曾化形天鹅?

（左：天鹅；右：《丽达与天鹅》，油画，意大利列奥纳多学派，1500 年，现藏于意大利博尔格赛美术馆）

与帝俊同格的帝喾，与天鹅古称"鹄"同音，有的学者就以为"喾/俊"曾化形鸿鹄，即白凤，或以其为个人图腾。此说待证。但是希腊天帝宙斯，除化形鹰鹫外，确曾变为天鹅，诱惑丽达，成为大量绘画的题材。

宋镇豪引卜辞，禘于四方，在每一方及风名下，都有"牵年"之文（参见《合》14295），就是祈求年成好的意思。可见四方风之祭跟祈求丰收确实有关，这跟前举"畯四方"仪式的意旨完全一致。传说中舜用鸟耘田，是诱使大鸟或群鸟在水田里啄食新翻土块中的草籽、害虫（包括虫卵），并且把水浸泡过的泥块踩碎，鸟粪还可肥田，便于播种。它的仪式化，也有祝祷丰殖的意思。或说，这是上古幼稚形态的"生态农业"或"集约农业"，由神话传说"保存"下来，弥足珍贵。

四种雉和四方的凤鸟

四鸟或四方之凤，目前自以甲骨文四方风名为最古老。它一变而为《尔雅》《说文》四方之雉，再变而为《说文》四方凤鸟，三变而为四灵。

但它基本属于较古老的四鸟标识时空的符号系统。先看四雉。《尔雅》《说文》雉类甚多，很难识别。这里只说与四方（或五方）雉有关者。

《左传》昭十七年说到（鸟形祖灵的）"少皞/挚"的时候，描述他们"纪于鸟"，以神鸟为符号，包含职官称呼，"为鸟师而鸟名"，相当繁复。其中，"五雉为五工正，利器用、正度量，夷民者也"。杜预略采《尔雅》，贾逵（孔疏引）补其"分工"，略作：

西方	鷷雉	攻木之工（木）
东方	鶅雉	抟埴之工（土）
南方	翟（鸐）雉	攻金之工（金）
北方	鵗雉	攻皮之工（水）
（中）伊洛之南	鷮雉	设五色之工

这里当然略具五行色彩，但不严格，姑为附注如上。

其所以用伊洛之南为"中"，因为此时已将伊洛地域视为世界之"中"，基本是周人的五方观念。

图 2-31　白腹锦鸡和白鹇

（动物摄影）

_{雉鸡的毛羽华丽，动作娴雅，是稍后的凤凰的母型之一——楚人不识凤，山鸡当凤凰。它的品种繁多，古人也有四雉、六雉等的划分。四雉有如四方风神鸟，但并不对位。金雉或锦鸡最漂亮，古人叫作"鷩雉"或"鷮鷮"。太阳兼东风神"俊"的化形即为锦鸡。}

五神雉名称在读音上颇为接近，其间或有可转之道，颇疑都从"雉/翟"一名分化。

希、辈声近，如希、微之可转。

鸀、鹔是一声之转。

"鸀/俊/折/鹙"音声也大同小异。这是否暗示它们都是出于"雉"音?

"鸀"在历史地理上是有着落的。

甾(方)屡见于卜辞,曾为武丁所伐。李学勤说,武丁伐甾大胜,"一次便屠杀了2656人,于是甾就灭亡了"[①]。或说,他们原来都是"鸟图腾团"。何光岳说,"甾,当以鸟为图腾",引《尔雅》《说文》为证。鸀雉,毛羽黑色,淄水、缁衣都有"黑"意。山东博兴(古之蒲姑、勃姑)之东有淄水与临淄,"当为甾族(原)所在地"[②]。

可见鸀雉并非虚设的名字,跟甲骨文四方风名颇有些瓜葛。这就证明,宋镇豪等说方名"折"等出于实际地名是有些道理的。

"雉"也称翟。《尔雅》《说文》五雉以翟为中心或基干。

这里可考的是《尔雅》《说文》之"鵃",上古音定纽幽韵,读 dǐeu,可以转为"翟",杜注南方鸟也作"翟雉"。

雉　　dǐei　　定纽脂部
鵃　　dǐəu　　定纽幽部
翟　　dǐăuk　　定纽药部　　(郭锡良拟音)

它们的读音,大体能够通转。

《山海经·西山经》女床之山,"有鸟焉,其状如翟而五采文,名曰鸾鸟,见则天下安宁"。可见《山海经》是把翟(雉)当作鸾凤之类的。郭注:"翟,似雉而大,长尾。或作鷤,鶅,雕属也。"《西山经》西王母玉山,还有食鱼的"胜遇"鸟,也"其状如翟而赤","其音如录,见则其国大水",不知何鸟。这跟使四鸟而又兼为东风神的俊凤或帝俊关系特大,所在要多说一些。

《尔雅》南方雉,释文也作"翟"。

[①] 参见李学勤:《殷代地理简论》,科学出版社1959年版,第76页。
[②] 何光岳:《鸟夷族中诸鸟国的名称和分布》,见刘敦愿、逄振镐主编:《东夷古国史研究》(第二辑),三秦出版社1990年版,第63页。

《说文》卷四羽部："翟，山雉尾长者，从羽从隹。"《尔雅·释鸟》又有"鸐，山雉"，郭注"长尾者"，即此。《左传》昭十七年孔疏引樊光曰："其羽可持而舞。"《诗·邶风·简兮》"右手秉翟"，即持此雉尾以诱惑异性。《博物志》说，翟雉长毛，雨雪（时）惜其尾，栖高木杪，不敢下食，往往饿死。

案：翟雉，长尾山鸡，跟所谓"锦鸡/金雉/鷩雉"略有不同。山鸡全身铜赤色，有黑白斑点，背部闪耀金光，尾部长达三尺余，宜执其而为舞具。锦鸡的最大特征是头上有金色冠毛，体以朱红为主而五彩斑斓，常作观赏鸟。这就是帝俊所化的鷄鷄。

可惜除了中央的"翚（雉）"以外，"鸐"可能跟东方的"折（鷙）/焦明/俊（鸟）"对应，对于"希""尊"几乎一无所知（只是"希"与上甲"微"一音之转，可能是后者所化的南方神鸟而误编为北方神雉，且与"晞微"之晞对应，参后）。

《说文》还有一种四方凤鸟的专名，与四雉似亦有关。

东：发明／南：焦明／西：鹔鹴／北：幽昌

这是五行式四方配置。如上所说，《说文》四方凤鸟（中央即凤凰，略），目前只有"焦明"可与甲骨文东方"俊凤"（鷄鷄/锦鸡）或"折/鷙鸟"相比照，方位还不同，母型和色泽也不十分清楚。

鹔鹴，可由白色骏马名"骕骦"推出其为白色神凤（或说其为东北夷"肃慎"之神鸟）。甲骨文北方方神"夗"为雗雉，母型是信天翁，也是白色。但《后汉书·五行志》鹔鹴"鸠喙圆目"，"至则疫之感也"。宋代罗愿《尔雅翼》以其为雁属。《楚辞·大招》有此，洪补："长颈绿身，其形似雁。"说则有异。

幽昌因其"幽"或为黑色（但"昌"有明盛义），却没有旁证。"昌"与"明"同样表示它跟太阳（鸟）有关。"幽"与"殷""鷃"或有干涉。

可见其与"东－春－青""南－夏－红""西－秋－白""北－冬－黑"的五行配色还不密合。

此四（五）方神凤之名虽不古老，但也不完全是汉人附会而另有依据。也可能，原来整齐的配搭，由于时间的漂洗，历史的冲荡，反而零散、混乱或者冥昧。不过只要谨慎而有条件地进行整顿或修补，还是可能窥见上古信仰风习的一些影迹的。

图 2-32　鹔鹴等的可能母型

（左上：野鸭；左中：灰雁；左下：红胸黑雁；右上：信天翁；右下：白天鹅）

《说文》西方白色神鸟——鹔鹴，较大可能是白凤，母型为信天翁等，有如雉雏。这证明四（五）方神鸟或凤凰，有现实母型，有根据。有些材料说，鹔鹴母型是雁鹅，有些雁、鸭、鹅确实美丽，但有可能，具有雁形的白天鹅，古人以为是特大的雁，称其为"白凤／鹔鹴"。这几种鸟（多属候鸟），不易区分。

这样我们似乎可以说，东部夷人集群大致以候鸟的来去确定季节——

　　玄鸟：司分——春分

　　句芒（燕子）：春天——东方"木"之神

它同时是东方的标志。

遗憾的是，其他三方／三季没有这样明确的配搭。

易言之，四方鸟还没有同时兼为四季鸟，所谓五行也远未系统化。

以上古代字词书里四雉与四方凤可比照如下表：

系统	方位	鸟名	模特或母型及说明	色泽
《尔雅》《说文》四方雉鸟	东	鶅/甾	甾、焦、俊双声，"孳（尾）"音亦近鷞䳜（锦鸡）	朱红，五彩斑斓
	南	翬（翟）/𦫵	翟雉（翟、雉与"夷/彝"语音相干）	以赤铜色为主
	西	鷷/蹲	某种雉（尊与彝可能互换）	
	北	鵗/稀	可能与上甲微之微对音，暗含暮光晞微之意；又与"希革"之希对应	
《说文》五方神鸟	东	发明		
	南	焦明	鹭鸟（鱼鹰）/锦雉（鷞䳜）	青绿（？）朱红（？）
	西	鹔鹴	雁/水鸟（或即"爰居/信天翁"转化）	白色
	北	幽昌	"幽"与"殷""鷖"或相干涉	黑色（？）
	中	凤凰	鹰鹫—雉鸟—孔雀等	五彩

由此表也可以隐约看出，四方神鸟的配搭跟四季、色泽多少是有些关系的。

第三章 各古老民族的风神及四方风

西亚的四方风

我们强调，各种凤鸟之所以成为（四方）风神，除了我们反复论述的"凤/鸟"互拟的自然主义神话学解释之外，主要是因为东部崇拜太阳的夷殷群团以鸟为祖先或者说图腾，他们崇拜的神鸟常与自然力相混融。最显赫的太阳，其中栖息有玄鸟、离鸟、三足乌或凤凰（当然它们也可相互转化，神话学称它们为"太阳神鸟"），头上戴着简化日芒的太阳；而司风之鹏凤或飞廉，掌雨的屏翳（鹥），都主要化形为鸟。郯子说："我高祖少皞挚（东方风之'挚/契/昭明'）之立，凤鸟适至，故纪于鸟，为鸟师而鸟名。"（《左传》昭十七年）许多鸟成了他们的部属、职官，或者说成了天象地物的管理者。"凤鸟氏，历正也。"晋代杜预注："凤鸟，知天时，故以名历正之官。"跟《尚书》羲、和之官相近，有如后来的"钦天监"。他如玄鸟司"分"，伯赵司"至"，一年中的四分、四至，都由神鸟司理——它们的掌司风雨，也就在意内了。

但是，风神具有鸟形、鸟翼或鸟性，不仅中国，世界一些古老民族也是如此。而且，风神往往升格为天之神。最明显的，除中国外，还有西亚。

世界各古族的风崇拜里，两河之间美索不达米亚平原，或范围更大一些的西亚，风神情况比较复杂，特别是神性或神格，比较多变。

苏美尔较多暴风或暴风雨之神，但不一定都是恶的。

  阿达德（Adad） 后来腓尼基也以之为风神
  特舒布（Teshubu） 暴风雨之神兼战神
  恩利尔（Enlil） 以"主神"兼司暴风雨

一般认为，他们信仰与四向联系的四方风神，但也有七风之神。

勒威说："许多文献都只提到为四大方向（那就是相当于我们罗盘上所标志的四个方位）命名的四种主要的风。可是……在这种将地平面划分为四部的办法之前，显然还有一种为它所取代的由七风规定七个主要方向而将罗盘七等分的体制。"①这个说法不一定可靠。一般说来，六方、七方、八方都是在二分、四方的基础上逐渐划出的。乔治·汤姆逊也支持四风早于七风。

他们大都有翼，有的还有蜂鸟或飞虫式的四翼。翅膀标志他们与天、天空的联系。

风雨跟雷电之神往往互兼，他们手中常常拿着三股叉形状的雷矢或箭石，象征闪电。

这里，必须注意主神恩利尔意思是风之主人、空气之王（或"埃科尔/风主"）、"阵风"。

或说，他起初"代表湿润的春风"，跟帝俊代表早春二月的"俊风/协风"十分相似；但"他也是飓风之神，他的武器是洪水和大风"②，赐福降灾，主宰人类命运，终于升格为主神。

  尽管他主要是广义的大气之神。然而，恩利尔仍然是种种

---

① ［英］勒威：《星期的起源和最古的西亚历》，第7—8页；转引自［英］汤姆逊：《古代哲学家》，何子恒译，生活·读书·新知三联书店1963年版，第88页。
② 于殿利、郑殿华：《巴比伦古文化探研》，江西人民出版社1998年版，第108页。

毁灭性飙风的司掌者,他用风摧毁仇者以及他所敌视的城市。①他的儿子同样与暴风相关。

战神:尼努尔塔/宁吉尔苏

他有翼,控制四方风——四方风也长着鸟翼。

图 3-1 主神恩利尔,兼摄风神

(据苏美尔滚筒印章图案摹绘)

西亚主神恩利尔(及其子尼努尔塔/宁吉尔苏)兼领风神格,就像殷商始祖兼太阳神帝俊(及其子昭明/后羿)兼任东风神(或西风神)一样。气象是由太阳运动决定的。

这样,他就从风主生长为统摄一切的神,"被视为丰饶和生命力之神以及不可制驭的自然力之神",这"自然力"仍主要是暴风雨或"大气"②。他像四季循环那样,能死而复生,控制天空和地下世界。他手下的恶风胡姆巴巴(Humbaba,或译芬巴巴)被英雄吉尔伽美什(Gilgamesh)杀死之后,十分气愤,英雄只好把恶风的头颅献给他。像大风一样——

恩利尔!他的有力的呼喊,他的神圣的话语,无所不在!

---

① 参见[苏]谢·亚·托卡列夫、叶·莫·梅列金斯基等:《世界各民族神话大观》,魏庆征编译,国际文化出版公司1993年版,第619页。
② 魏庆征:《古代两河流域与西亚神话》,北岳文艺出版社、山西人民出版社1999年版,第495页。

他口中之言不可更易,他所判定者亘古如是。

他抬头眺望——振动山岳!

他施放光芒——贯穿山岳!

(《恩利尔,无所不在……》,苏美尔文献)

图 3-2 苏美尔人与闪米特人的四翼风神

(左:亚述风神造像;右上:苏美尔人四翼女神,或说即伊什塔尔;右下:神秘的翅膀,作者:博斯基乌斯,1702 年)

许多民族的风神都是鸟形或带翼,证明风与鸟之间的互喻关系。或说左边就是亚述的恶魔帕祖祖。

于是,他逐渐升格为像希腊的宙斯,北欧的奥丁,殷墟卜辞之"帝"那样,掌握天上人间一切的祸福、丰歉和水旱、灾祥的高级神或至上神。"恩利尔为使天与地分离之神,并促令'田野的种子'从地下滋生,使'一切有益者'见之于世;发明锄,以利农耕以及种种劳作,并赐予'黑头者'。"这里包含一些好风吉雨的特性。他似乎掌握四季变化(因而涉及四风之控制)。在夏与冬的神话里,"恩利尔为一切树木和谷物的造化者,他并使'寰宇'笼罩一派丰饶和欣欣向荣的景象,指令冬为'众神中司掌农事者',主管生命之水以及大地繁生的一切"①。

---

① 以上引文参见[美]塞·诺·克雷默:《世界古代神话》,魏庆征译,华夏出版社 1989 年版,第 76—77 页。

这有助于我们理解四向、四风与四时的相对应关系。

他也是智慧、创造和语言之神。

> 恩利尔的话是一阵风,人们无法看见,
> 他的话是滚滚向前的无敌的洪水……①

图 3-3 西亚暴风雨之神

(左、中:暴风雨之神阿达德;右:特舒布,暴风雨之神,雷电之神或兼战神)

除了四方风神之外,苏美尔-巴比伦还有暴风雨之神。他们多以鸟翼为表征,以三股叉形状的雷矢或箭石为标识。后来,这些神为腓尼基人等所承袭。

他们的风神大多长着四个巨大的鸟翼(后来,闪米特人风神形象似之)。怪风、恶风之神,形象也大体如此,记载更明确一些。

阿达德是公元前2000年,两河平原最重要的风暴之神。他手握箭石,实即雷矢(或闪电束),而兼为雷电之神,常常站在公牛背上——有时他被赋予巨大的鹰翅,甚至能发动洪水。但正如一切"风"或"风神"都具有两面性一样,他也送来及时雨和可资灌溉的河水,赐予丰收。

---

① [法] G. H. 吕凯、J. 维奥、F. 吉朗等:《世界神话百科全书》,徐汝舟、史昆、李扬等译,上海文艺出版社 1992 年版,第 77 页。

神话里有对他们的称颂。假如他生气——

> 天上，阿达德收集起雨水；
> 地上，洪水淤滞，春潮不再泛滥。
> 大地的丰饶消失不见。①

与之相近者，有暴风雨之神，勇武好战的特舒布。

古埃及人认为，寒冷的北风是由太阳神阿蒙（Amon）喉中吐出的。除埃俄罗斯以外，希腊人其他的风神长着翅膀，或有鸟的化形。最古老的风神，帝使赫耳墨斯就以翼为其标识。

闪米特的风神长有四翼，两翼向前，两翼向后。有时它被混同于亚述人的恶魔帕祖祖，后者同样长着四只翅膀。如前所说，苏美尔-巴比伦已见此种形象。

北欧人以为，刺骨的寒风，是由大鹰赫拉斯瓦尔格尔（Hraesvelgr）扇起来的。

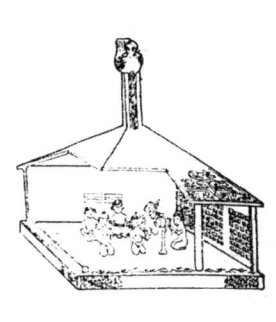

图 3-4 中国兄弟民族的风神

（左：作为参照的战国南方"灵屋"，绍兴 M306 出土；中：白族纸马；右：萨满教神幛）

中国南北方某些民族里的风神或风神鸟往往担负引导亡灵的职责，沟通"天/人/

---

① 参见［法］G.H.吕凯、J.维奥、F.吉朗等：《世界神话百科全书》，徐汝舟、史昆、李扬等译，上海文艺出版社 1992 年版，第 88 页。

冥"三界，可以跟绍兴 M306 灵屋上的大尾鸠对照。

在北方萨满教系统里，各方或各向之风，不仅跟某些候鸟的迁徙相联系，有的神话还认为风是鸟翼扇起的。

古代玛雅人的太阳神、雨神（亦即主神）凯察尔柯特尔兼为风神，此时他生出鸟喙。

乌拉尔语系萨莫迪语族里，涅涅茨人以为"风为巨鸟明莱由 7 双铁翼所造"①。

风神多化形为大鸟，但阿兹特克人的战神兼风暴之神却是再小不过的蜂鸟："威奇洛波奇特利"——南方蜂鸟。他接受"人牺"，其标志是：左腿上的蜂鸟羽毛，一条火蛇，和弯成蛇形的曲杖。② 可见风神鸟有多种形状。

案：苏美尔 – 阿卡德文化除了有四方风观念之外，苏美尔英雄史诗《吉尔伽美什》也出现了天神刮向妖怪芬巴巴的八种风暴：

> 大风，北风，〔南风，旋风〕
> 暴雨的风，凛冽的风，卷起怒〔涛〕的风，
> 热风，八种风朝他呼啸，
> 直冲着〔芬巴巴的〕眼睛横扫。③

这是四方风的繁化，所谓"八面来风"。

前举的暴风雨和大气之神恩利尔，不仅"在任何情况下被视为至高之力的象征，而且"被描述为来自四方之风"④。易言之，他像帝俊一样，控驭着四方风；而且，有时能够一身而化为四风，这跟帝俊不大一样。

---

① ［苏］谢·亚·托卡列夫、叶·莫·梅列金斯基等：《世界各民族神话大观》，魏庆征编译，国际文化出版公司 1993 年版，第 58 页。
② 参见［法］G. H. 吕凯、J. 维奥、F. 吉朗等：《世界神话百科全书》，徐汝舟、史昆、李扬等译，上海文艺出版社 1992 年版，第 617 页。
③ 赵乐甡：《世界第一部史诗吉尔伽美什》，辽宁人民出版社 1981 年版，第 48—49 页；参见《吉尔伽美什——巴比伦史诗与神话》，赵乐甡译，译林出版社 1999 年版，第 39 页。
④ 参见［苏］谢·亚·托卡列夫、叶·莫·梅列金斯基等：《世界各民族神话大观》，魏庆征编译，国际文化出版公司 1993 年版，第 619 页。

图 3-5　四翼鹰头神

（浮雕，伊拉克尼姆如德地区出土，亚述帝国，约公元前 9 世纪）

鹰头神保卫生命树（他手上提着的是"生命之水"），并为之"授精"。或说，这是"风播花粉"的神话诠释。这样，他就可能兼为（四翼）风神。可与闪米特人的四翼风神相比照。

可见苏美尔－巴比伦也有四方风的观念与信仰，饶宗颐早有证明。他曾引据巴比伦《开辟史诗》（*Enuma-eliš*）第四版，指出其中已有强大的四风，诸神用以对付反叛者蒂亚玛特（Tiamat）。"彼（上神）乃布下罗网，纳蒂阿默（Tiamat）于其中。彼安置四风，使它无所逃（于天地之间），（是为）南风、北风、东风、西风。"楔形文 ulu 表示"四风"。其四方风专称如下：

南风　sūtu

北风　istāun

东风　šadū

西风　amwru

其后又有七风之称,"最厉害之风名曰 imhullu,一般称风为 sûrum,亦表示'以息相吹'的气"①。

南风很厉害。在阿卡德神话中,他是降魔的战神尼努尔塔的襄助者。有一次,他掀翻阿达德的渔船,阿达德立即折断他的翅膀,但是天神安努却袒护他。② 因为南风不向大地吹拂已有多日,严重威胁宇宙秩序和万物生长。③

在《开辟史诗》里,其表达似更繁复。

饶宗颐译:

> (马独克)张一巨网,将罗彻墨于其内,
> 复设四风围绕之,务使无可遁逃;
> (四风也者)南风、北风、东风、西风(是也)。
> 擎兹(神)网以近彼躯——乃其父安訾所赐者;
> 彼又发动魔风伊呼噜(Imhullu),同旋风、暴风、
> 四方风、七方风、旋风与无比之狂风;
> 彼即驱策此等七位风神共趋阵前,
> 为煽动彻墨内部,使其不稳,彼等遂皆起而随之,
> 少顷,至尊兴作洪水滔滔,此尤其有力之武器。④

马尔杜克(Marduck,或译马独克)是英雄神,兼领太阳神格。他在上天的"映象",日神沙马什(Shamash),控制着各种风。但是由圆柱形印章来看,他要通过战斗,才能控制"风神"(例如鹰首狮身怪),控制它看守的生命树。

饶宗颐雅译《近东开辟史诗》,即巴比伦-阿卡德的《埃奴玛·埃立什》,

---

① 饶宗颐:《四方风新义》,载《中山大学学报》(哲学社会科学版)1988年第4期。
② 参见[苏]谢·亚·托卡列夫、叶·莫·梅列金斯基等:《世界各民族神话大观》,魏庆征编译,国际文化出版公司1933年版,第619页。
③ 参见[美]塞·诺·克雷默:《世界古代神话》,魏庆征编译,华夏出版社1989年版,第105页。
④ 饶宗颐:《近东开辟史诗》,辽宁教育出版社1998年版,第40—41页。

说:"四方风"乃天之神安拏(Annu)所创造。

> 安拏(Annu)带来生出四方风,
> 畀付其威力,以成为造物之主。
> 彼风行天下,以为扶摇惊飙之驭。
> 彼遂掀起巨浸,以骚扰彻墨(Tiamat)之所。①

赵乐甡译为"四重风",反而模糊,但好懂一些。

> 阿努(Annu)造了四重风(而且)刮了起来,
> 将(它们)交付他们掌握之中,
> 他造了〔　　〕,安置了旋风,
> 他造了溪流,扰乱蒂阿玛特(Tiamat)。②

赵乐甡译《埃奴玛·埃立什》(即《开辟史诗》),其中有一大段,可与前引饶译对读。

> 他(Marduck)还做了一张网,为将蒂阿玛特收入其中。
> 为了使她的人无一逃脱,就将四种风,
> 南风、北风、东风、西风布置好。
> 他将〔祖父〕阿努的赠物,全放在网边。
> 他做成凶风、沙风、雷雨,飓风(?)四种恶风,
> 四种风、七种风、旋风,这些无敌的风。
> 他将所做的七种风拿了出来,
> 它们(即将)使蒂阿玛特心里慌乱,就挤到他背后,
> 主带着他强大的武器,洪水,
> 乘着恐惧无经的暴风雨的车子……③

阿努(Annu,或译安拏、安努)是天之神,天象之风当然由他所赐;但仍由太阳神(马尔杜克)驱使,跟帝俊掌控"四风"一样。

---

① 饶宗颐:《近东开辟史诗》,辽宁教育出版社1988年版,第25页。
② 《吉尔伽美什:巴比伦史诗与神话》,赵乐甡译,译林出版社1999年版,第182页。
③ 《吉尔伽美什:巴比伦史诗与神话》,赵乐甡译,译林出版社1999年版,第199—200页。

魏庆征的译文似有所增润，但其意思更加明确：是太阳英雄马尔杜克召唤其祖父天之神阿努所创造的"四方风"来围困女水怪蒂亚玛特。

> 他（Marduck）制一巨网，以将提亚玛特（Tiamat）罩住。
> 并唤来（四面）之风，使之无法逃脱，
> 南风、北风、东风（以及）西风。
> 此风，为其祖父安努（Annu）所赠，他将风带在身边。
> 他造成伊姆布卢：恶风，卷风，飓风，
> 四方之风，七方之风，旋风，无可比拟之风。
> 他施放其所造之风，接连七度；
> 将提亚玛特，卷在其中。①

奥弗编，毛天祐译《太阳之歌》，似乎有些误解："他（Marduck）使四面生风，这样她（Tiamat）就逃不掉了。他把南风和北风，东风和西风带到网的近处，网是他的父亲阿努给他的。"②

恶风或台风的由来

对于风灾，上古人民一定印象深刻。所以，既有风神，也有怪风，或者风怪。苏美尔-巴比伦史诗和神话里，山林精怪胡姆巴巴本身便曾管辖怪风。一般说，"天象"都有两种：一种是善的，一种是恶的。殷墟卜辞有宁风之祭，跟文献说的磔犬宁风一致：禳逐的是为害的大风。所以太阳英雄后羿要射"大风"（大鹏）中其膝，因为它害人。风有时会挣脱上帝或太阳的控制，所以要"宁"要"射"。胡姆巴巴，克拉克·霍普金斯介绍说："他的声音犹如飓风呼啸，他的呼吸导致狂风，他的口中喷出焰火。"

---

① 魏庆征：《古代两河流域与西亚神话》，北岳文艺出版社、山西人民出版社1999年版，第52页。

② ［美］雷蒙德·范·奥弗：《太阳之歌：世界各地创世神话》，毛天祐译，中国人民大学出版社1989年版，第176页。

英雄吉尔伽美什是他的死对头,就像后羿与"大风"(大凤/大鹏)。而雷电执掌者大天神也要追击可能象征怪风的狮身鹰翅之格里芬(Griffin)。

对于邪风,除了禳祓、宁伏、绥靖之外,还可能施以暴力镇压,就像前举中国的"磔犬攘风"那样。为了帮助吉尔伽美什,太阳神沙马什刮起"八种暴风"来镇压胡姆巴巴的邪风,可见东西方都认为风由太阳来管理或控制。

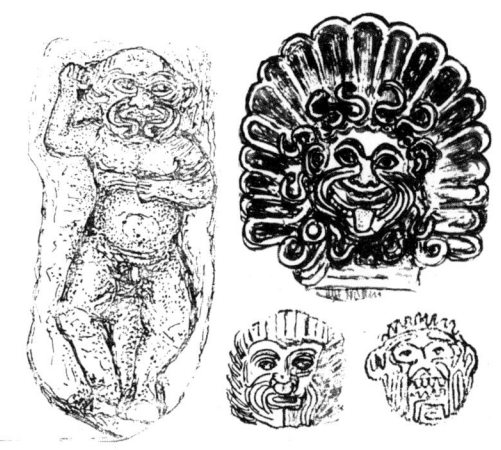

图 3-6 西亚恶风之神胡姆巴巴

(由各种造像描制)

胡姆巴巴是西亚恶神,他能够喷发巨风,头发或胡须幻化为毒蛇——这是希腊水怪戈尔贡-墨杜萨的重要特征。他是英雄吉尔伽美什的老对手。

苏美尔-阿卡德-巴比伦的风或风神,多数暴烈乃至凶恶的缘由,苏联学者阿法纳西耶娃认为,两河平原可怕的洪水泛滥并非由于海水暴涨,而是"骤降暴雨所致;在两河流域(特别是北部)的宇宙起源说中,暴风雨和飙风之神的作用,同此不无关联"①。这样,颂歌说恩利尔的"语言"(或武器)既是风又是滚滚向前的洪水,就好理解了。

---

① [苏]B.K.阿法纳西耶娃:《苏美尔-阿卡得神话》,见[苏]谢·亚·托卡列夫、叶·莫·梅列金斯基等编著:《世界各民族神话大观》,魏庆征编译,国际文化出版公司1993年版,第618页。

所以，他们也有宁风之祀——隆重如大牢之祭，目的在转化其消极面为积极面，例如降赐甘雨和丰年。古苏美尔典籍歌颂道：恩利尔，无所不在……

祭品聚集于库中，
贡品陈于主殿，
奉献于埃库尔，天蓝色的寺庙。
恩利尔！宇宙间最佳的耕者，
主宰一切生命的牧者，
…………
丰饶自天宇降下雨泽！
越接近大地，它越是富有成效；
大地的成果繁茂丰盛！①

图 3-7 马尔杜克与鹰头狮身怪搏斗

（巴比伦圆柱印章图案）

太阳神马尔杜克与鹰头狮身怪搏斗，后者可能是格里芬的一个形象，可以看作怪化的风神，太阳神要控制风，有时要通过暴力。格里芬保卫生命树（右侧），好像和风吹拂草木，使其生长。马尔杜克要跟它争夺生命树（包括人类生存）的控制权。

必须再次申明，西亚的风并不都是凶恶的，他们也欢迎善良与吉祥

---

① 魏庆征：《古代两河流域与西亚神话》，北岳文艺出版社、山西人民出版社1999年版，第229、231页。

的好风。据勒威《星期的起源和最古老的西亚历》介绍，他们的七风状貌如下：

（一）"和风"或"生命之风"被描绘成具有人类的形态；

（二）"保护风"被形状为具有鸟类的容貌和翅膀；

（三）"带雨风"被表现为穿着鱼鳞披风，上面的水点还被说成具有洁净的作用；

（四）（五）"带雨风"也同样被描绘为披着鱼鳞披风，具有使植物繁殖生长的特别功能；

（六）（七）"暴雨风"以铜角和武器为代表，并伴有闪电以及破坏和摧残等等的性能。①

乔治·汤姆逊说，仔细归纳一下，"事实上就只有（人、鸟、鱼、角）四种"，逐渐凑成七数，"显然四点制是比较古老的一种"。从多数图像资料看，鸟的化形或具有的鸟翼为多数，无论是单个、四位或者八方的风神多是如此。看来东西方的风神多数都跟鸟有关系，或者带有鸟的外形，特别是翼翅——他们都是飞行者、翔游者、鼓动者。

这里最有学术兴味的是希腊恶风之神提丰——就是"台风/Typhon"，它长着巨翅。一般只知道它有一百只头，是海底或冥土的巨蛇。但是，蛇（鱼）与鸟不但冲突而且能够相互转化，就像鲸鲲变成大鹏。提丰也具有鸟的特征或形状。

（百首巨蛇梯丰）身上披着羽毛……
传说梯丰是破坏性很大的龙卷风之父。②

这见于赫西俄德《神谱》："提丰也生了带来潮湿的诸狂风之神。"③

---

① ［英］汤姆逊：《古代哲学家》，何子恒译，生活·读书·新知三联书店1963年版，第84页。
② 参见鲁刚：《世界神话辞典》，辽宁人民出版社1989年版，第821页。
③ ［古希腊］赫西俄德：《工作与时日　神谱》，张竹明、蒋平译，商务印书馆1991年版，第51页。

图 3-8　雷电之神追击怪兽

（尼纳特庙壁画摹本，两河流域，尼姆拉特）

苏美尔－巴比伦许多自然神、祖先神都带有巨大的翅膀。或说，这也是巫师的装饰。这位天气神手持箭石、雷矢或闪电束，正在追击一只怪兽。或说这牛头狮爪的怪鸟或怪兽象征业已妖化的阿达德，"风暴"。或说，它就是狮身鸟翼的格里芬，象征狂暴的"大风"（怪化的大鹏鸟）。

由于古代字书没有"颱"字（现在简化作"台"），有些语言史家就说古汉语没有"台风"一词，那是通过阿拉伯的 Túfān 由西方 Typhon（强大之风）"借"来的。

其实，上古"台风"，就是能够"动天地之气"的泰逢（见于《山海经·中山经》等）。泰、台都是"大"，"逢/风"音近。泰逢就是台风之怪，大风之神。

其演化公式大致是：

【台风】

（上古汉语）大鹏：泰逢：大风（凤）→

（中古汉语）泰逢：台风

（古代希腊语）Typhon, Typhoeus, Typhuon（大风

怪）→

（英语）Typhoon（强大之风）→

（阿拉伯语）Túfān（大风）

（现代汉语）台风（最大的风）

这里，对本题关系最直接的，正如"泰逢/台风"化形为"大鹏/大风"一样，Typhon（提丰/大风怪）也长着鸟翼或满身羽毛（详细讨论，可参见叶舒宪、萧兵、[韩]郑在书的《山海经的文化寻踪》等）。可见希腊有古老的大鸟风神或风怪。它的名称，东西方还可能有某种途径、某种形式的交流。

"十"字形鸟羽风向标：四鸟纹之前导

为什么风神跟鸟的关系特别密切呢？

《禽经》说："风禽，鸢类，越人谓之风伯，飞翔则大风。"

大鸟起飞时，一般是逆风，以便利用空气升力上扬。鸟翅膀扇动，似有大风，加上大鸟有时在大风里出现，初民便认为，风是鸟翼鼓动的。所以大鸟司风，风神也多具鸟形。

初民测风的办法很多。最简单的是看树梢或炊烟的动向。航海群团可能更多看鸟的飞行姿势。农耕群团关心风与季节、与时令的关系，但要分析鸟群在不同季节、不同气候、不同风向里的活动规律，不是容易的事。由于鸟、鸟羽及其飘动形态的启发，可以用一根或数根鸟羽绑在木条上看它"运动"的方向，这就是最早的"测风仪"。慢慢地，将四支鸟羽绑在"十字架"上，并且加上中心套管让它自由运动。

由新石器时代彩陶上的类卍字纹，也许可以推知，当时已有以鸟羽"十"字"风车"测定风向的技术设置，不知是否以"鸟形"为指向器。

用鸟羽做风向标，不容易在图案上表现，用鸟表示"羽毛"（或直接用鸟或其喙"标向"）则方便得多。下文会讲到，彩陶上已发现四鸟纹（也许可以说，四鸟纹或四凤图跟这种"十"字风向标有源流关系）。

图 3-9　彩陶里的十字风车或风向标

（彩陶器及其纹样，马家窑文化马厂期等，注意其多已变形）

初民或以鸟羽测风。在"十"字杆上系以四根鸟羽，就能够测知四向来风——这是原生态的风向标或风车，从此可以窥知风与鸟的关系。

简化形式的鸟羽或鸟形风向标，最明显的就是前举见于马家窑文化马厂期的彩陶图案（略作简化，如下图）。

图 3-10　风向标

（据彩陶纹样构拟）

它仍以鸟翼或鸟羽飞扬表示四向。专家们或称"风车形"，说对了一半。玩具跟实用器之间的互动是很常见的。它成了原始"十"字风向标。

图案要求规整，即几何线形化，所以风向标鸟羽被"条纹化"，越到后来越难辨识，以致不为考古学家所重。

从此可窥知，卍、卐形（所谓曲折纹十字、火纹十字）的一种取象依据，便是这种鸟羽十字风向标。

这就是最早的、形制确定的测风仪或风向标。为什么是"四出"或"十"字形的呢？因为初民已经由太阳的时空运动认知了四方或四向（起初只知东/西二向），用"四出"较易指明（四方）风向（从安徽含山凌家滩"八圭"纹玉版看，初民认知四向是成文史以前的事情）。它在马家窑文化的彩陶纹饰里已有极为近似或略有变形的再现。

图 3-11　类"十"字风车图案或其变形

（马家窑文化，参见张朋川：《中国彩陶图谱》第 178 页）

马家窑文化彩陶里有一些类似"十"字形风车的图案，有的顶端还绘出羽形。有人认为是卍字纹或其变形。其实都是"十"文化字群的分支。这里应注意的是跟原初"十"字形风车的可能关系。当然，如专家们所说，卍和卐形纹，更可以重现"太阳火"意象。

这个发明实在了不起，它在文化与科学上引起的效应或发展十分惊人。

这是最早的"风车"。后来利用风力、水力的风车、水车都导源于此。飞机的螺旋桨也渊源于此。

这也是小孩子玩的风车。而与此相关的，简单的双翼或四翼竹蜻蜓是直升机的前导。玩具启发技术革命。

它的发明跟"十字架"（Cross）、"十"（巫）纹、卍形等都有关系。所以，有学者认为初民用鸟羽来测定风向，就是后来候风鸟或风向鸟、相风仪之类风向标的由来。他们把"风"跟"鸟"联系起来（刘宗迪等说），可惜我们不能准确知道初民在什么时候用鸟羽测风，风向标、相风鸟之类在什么时候发明出来。

宋镇豪论述四方方神、风神的信仰与祭祀的意义说：

盖古代风神信仰的多元性，乃有取特定方位地望名以系之，或将有关风神纳为某方神的下属神。古有"登观以望，必书云物"，其中即包括测风伺候，故此等行事，寓类似的内涵。①

所以，四风之神与窥测风向的活动与装置有很大关系。

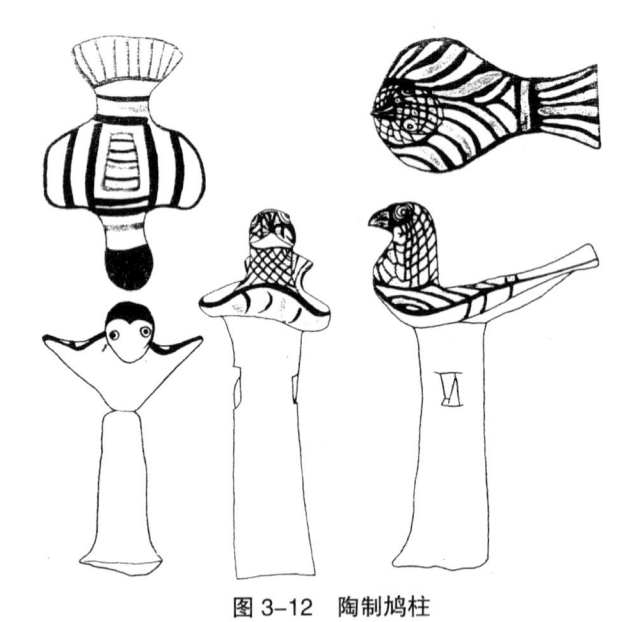

图 3-12　陶制鸠柱

（河南辉县出土，战国）

斑鸠形的大鸟栖息在短粗的柱子上，姑称"鸠柱"。用途不明。其形制与绍兴 M306 青铜灵屋上的鸠柱十分相似。

现在我们来看文献上具象的风向标。

晋王嘉《拾遗记》说，帝子少昊氏（我们认为相当于"挚/昭明"）与皇娥泛舟海上，"以桂枝为表，刻玉为鸠，置于表端"，借以指示方向和时间，因为鸠鸟"知四时之候，故《春秋传》曰：'司至'者也"（今本《左传》以伯赵即伯劳司"至"）。

这就是古老的观风鸟传说。

---

① 宋镇豪：《甲骨文中反映的农业礼俗》，见王宇信、宋镇豪主编：《纪念殷墟甲骨文发现一百周年国际学术研讨会论文集》，社会科学文献出版社 2003 年版，第 365 页。

《左传》昭十七年,"少皞"(挚/昭明)是"以鸟名官"的,当然可以很现成地证明风神鸟既是殷商先公的化形又是他们的部属。其中,涉及鸠鸟的就有五种之多。"五鸠,鸠民者也。"具体分工是:

祝鸠	司徒
雎鸠	司马
鸤鸠	司空
爽鸠	司寇
鹘鸠	司事

它们是什么品种,为什么会担任如此重要的职责?除图腾制旧说外,已复杂得很难说清道理。但最可能因为它的活动跟季节变化相关,所以"刻玉为鸠,置于表端",可以测风知候。

"知四时之候"的斑鸠,应候而鸣,有"布谷鸟"的别称;跟雎一样,还是媒妁和性爱的象征。这就是《左传》昭十七年"司(农)事"的"鹘鸠",它"谷""谷"地叫。杜注说:"春来冬去,故为司事。"孔疏引孙炎说,就是"鸣鸠"(在《离骚》里它依然报时而且为"媒"),而见于《礼记·月令》。是古代物候学的观察对象。"司事"绝不仅是营造修缮。

后来,绍兴战国306号墓出土"鸠柱灵屋",铜表上依然站着"大尾鸠",但那主要是祖灵鸟兼引魂鸟,意义、功能比木表玉鸠观风广泛多了。

这种引魂鸟跟萨满教里引导魂魄或巫师飞行的风神鸟十分相似。东北亚的索罗杆,美洲的图腾柱,日本的"鸟居"与之类同,它们的功能也颇复杂。

前文说,古希腊"帝使/交通之神"赫耳墨斯,他身上和他的宝器之上都饰有鸟翼,原有风神的性、格,也负担着导引亡灵的职责。他的名称之一,Psychopompus,就含有"灵魂引导者"的含义。成为灵魂的普赛姬(Psyche),就是由他引导着飞回小爱神厄罗斯身边的。

图 3-13　玉鸠，或鸠杖首

（1.玉制鸠杖首，西汉，采自徐正伦；2.3.商代玉鸠，传世；4.5.为鸠的各种传世造型）

古人或初民以为斑鸠知天候、识季节，鸣声如"布谷"，时节一到，鹈鸠先鸣，所以候风鸟多制为鸠形。斑鸠还是性爱、生命力、长寿或灵魂的象征。

绍兴战国墓（M306）的"大尾鸠"，也可以视为"刻玉为鸠，置于表端"的物象再现，虽然不一定用以指向。①然而跟指向的"相风鸟"或"候风仪"的联系肯定是存在的。略举几条记载。

《太平御览》卷九引汉代郑玄《相风赋》："栖神乌于竿首，候祥风之来征。"

晋崔豹《古今注》："司风鸟，夏禹所作。"（后唐马缟《中华古今注》略同，"司"作"伺"）

《三辅黄图》："〔建章宫〕铸铜凤高五尺，饰黄金，栖屋上，下有转枢，向风若翔。"引郭延生《述征记》："长安宫有灵台……上有浑仪，张衡所造；又有相风铜乌，遇风乃动。"

---

① 参见《绍兴306号战国墓发掘简报》，载《文物》1984年第1期。

图 3-14 鸠柱灵屋

（鎏金青铜，浙江绍兴 306 号战国墓出土）

灵屋本来用以厝棺或栖灵，屋顶的大尾鸠具有招魂的功能，屋里的乐队就是在祭祀或招引魂灵。鸟栖高柱，跟东北亚的"族杆"（索罗杆），美洲的图腾柱十分相似。

这说明中国古人曾以鸟的造型为仪具测定方向或风向，只不过图案所示为静态，相风仪则示动态而已。

"夏禹所作"云云，当然不可靠。《宋书·符瑞志》有一番考证。《周礼》辨载法物，莫不详究，然无相风"，此非西周前物明矣，他以为是秦人所作。"战国并争，师旅数出，县乌之役，务察风祲，疑是秦制矣。"（《御览》卷九引）盖与兵阴阳家相关联，待考。

《淮南子·齐俗训》说："'俔'之见风也，无须臾之间定也。"灵敏度极高，微风即动，经常转悠，很像前举简式十字风车。杜石然等说，殷墟卜辞已有"俔"字，"它可能是一种在长杆上系以帛条或鸟羽而成的简单示风器"[1]。殷商已清楚辨识四方来风，且有固定名称；示风器，恐怕不会如此简陋。

---

[1] 杜石然、范楚生、陈美乐等：《中国科学技术史稿》（上册），科学出版社 1982 年版，第 193—194 页。

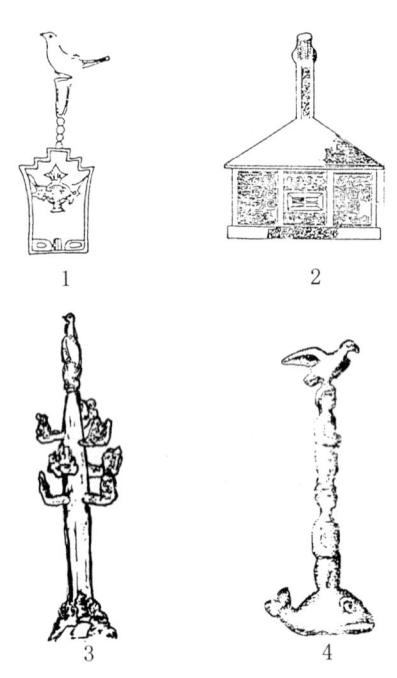

图 3-15 鸟立神柱

(1."鸟立山头"玉牌饰,传世,良渚文化或龙山文化;2.鸠柱灵屋,浙江绍兴 M306,战国;3.陶扶桑,河南济源出土,汉代;4.鱼载"立鸟人像柱",北美印第安人)

环太平洋文化区有所谓"totem pole"(图腾杆),有些像崇拜神鸦的满族"杆子",其中"鸟立柱端"者,跟测定风向的风向标、相乌杆有些关系。以鸟羽或鸟形测风,跟以鸟为风神的信仰,也许是互为因果的。

此"俔"字十分复杂。

清代庄逵吉说,《文选》注引此作"綄之候风也"。高诱注:"俔,候风者也;世所谓'五两'。"许慎注:"綄,候风也;楚人谓之五两。"王念孙《读书杂志》说,《道藏》本《淮南子》作:"俔,候风雨(羽)也。"("羽"误作"雨")《广韵》:"綄,船上候风羽。"《北堂书钞》舟部卷二〇引注云:"綄者,候风之羽也。"《御览》引许注略同。《玉篇》等亦若此[①],是以鸟羽制作示风器(原始候风仪)。

[①] 本书引用《淮南子》,均据刘文典:《淮南鸿烈集解》,中华书局《新编诸子集成》本 1989 年版,一般仅标明册次、页码;此处为下册,第 167 页。

图 3-16　"风向标"纹样的变形

（彩绘陶器，器盖或器腹图案，河南辉县出土，战国）

"风向标"图纹在战国犹有遗留，但已极大变形，却仍似风车。

李约瑟《中国科学技术史》据此记载，说雅典测风塔上安德罗尼库斯（Andronicus）安装风标，约为公元前150年，约略与"统"同时。

《论衡·变动篇》："旌旗连旒，旒缀于杆，杆东则旒随而西。"这样"示风器"可兼为简单风向仪。观其转速又能估计风速。《三辅黄图》卷四引郭延生《述征记》："一曰：长安灵台上有相风铜乌，千里风至，此鸟乃动。"似乎是说千里以外起风，"相风乌"都能转动，而且传达风速。竺可桢先生曾推测汉代可能尝试制作过"风速计"[1]。而殷墟卜辞已有"大风""小风"之区别记载，可见其时"已有按风力划分风级的初步概念了"[2]。

---

[1] 参见竺可桢：《竺可桢文集》，科学出版社1979年版，第208页。
[2] 温少峰、袁庭栋：《殷墟卜辞研究——科学技术篇》，四川省社会科学院出版社1983年版，第157页。

以上说明原始气象——风的测定跟鸟的飞行和鸟羽的启示分不开，此与以鸟为风神互为因果。比鸟羽测风进步一些的就是把测风器制为鸟形。这不但有美学上的原因，也因为古人信任并且利用（神）鸟的灵性。所谓"鸠知四时之候"，所谓"栖神乌于竿首，候祥风之来征"，皆是此意。而殷墟卜辞以掌司方位与风向的凤鸟命名四方风，也是出于同样思维与心理。唐代李淳风《乙巳占》说，用木作"三足乌"，由风吹羽带动，"风来乌转"，以阴阳学说为解："羽以用鸡，取其属巽（案：巽为风位），巽者号令之象，鸡有知时之效。羽重八两，以仿八风；竿长五丈，以仿五音。"可见鸡亦神秘。又说："乌象日中之精，故巢居而知风，乌为先首。"太阳神鸟是司理或控制风与风向的。

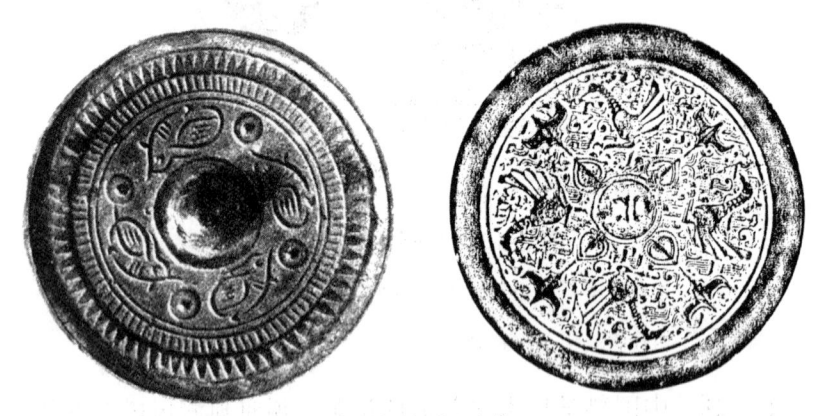

图 3-17 铜镜"四鸟"

（左：西汉"四鸟"铜镜；右：原称"凤鸟纹"，现藏于上海博物馆）

战国秦汉以来铜镜也有以四鸟来标识四向的，不知道是否还有别的用意。但它的"中心"（镜纽），或圆圈，或多角星，或大"十"字，或莲花，大都标示"太阳"。

四鸟指向与四方风

殷商的四方神、四方风崇拜，绝不是来自"空穴"，而是有"前史"的，而且跟旋转式四风或十字风标的符号相联系。已知四风神或四方神，首先是四方或者四种凤鸟。这种四鸟并呈的图像已相当大量地见于中国由新石器时期到青铜时期的文物。其著者如下：

马家窑文化彩陶

河姆渡文化陶豆

良渚文化陶器

最重要的是跟三星堆文化颇为相近的，可以早到晚商的一件"四凤"标识：四川金沙（文化）遗址出土金箔。金箔中心呈圆形，周延有旋涡式类羽纹，专家们已认定其为放射"日芒"的太阳；围绕太阳的是四只图案化的巨爪凤鸟，但这绝不仅仅是"太阳神鸟"。凤就是风，列于四向的四凤就是四风——四方风神鸟。这是惊人的发现，它与甲骨文四方神、四方风的观念完全一致。

还必须注意它们的程式化，或高度抽象、变形。说明此前可能有更写实的造型，而且极可能是跟前举的四鸟形风向标构造有紧密关系的。

专家们认为，金沙遗址作为古蜀中心，出土大量礼仪性用器，出现一些与宗教有关的特殊遗迹，很可能是包含祭祀场在内的都邑，时代在商代后期、西周早期，古蜀是商周的一个侯国或属国。

图 3-18　四方凤鸟与太阳

（或称"太阳神鸟金箔"，四川成都金沙遗址出土，约在商代晚期）

四只巨爪凤鸟围绕着放射羽状光芒的太阳旋转，这分明表示四方凤（风）神在太阳（神）控驭之下活动。它可能是初期四鸟形风向标的"平面图"，现已成为"中国文化遗产"的光荣标志，为中国和世界民众所知。

我们最关心的是，包括"太阳神鸟金箔"在内的金器、玉器和某些铜器"在西周早期的地层中才开始出现"；而且，"这些器物与三星堆一、二号坑的同类器物相同或相似，其时代与一、二号坑的时代接近，至少不会相差太远"①。这样，它们就与三星堆所反映出来的晚商文化有明显的联系，尽管地方色彩强烈，仍可以由它们推测殷商文化的某些信仰或宗教神话观念。

谭继和敏锐地提出，所谓"金牌饰"是古蜀的标志物，但只提到它体现太阳崇拜的层面。

"四凤朝阳"金箔和金、玉"蟾蜍"状物作为蜀人文化心理认同的物化标志。前者表现了对"日中有三足鸟"的太阳神的崇拜，后者表现了对玉兔蟾蜍的月神的崇拜。它们应是巴蜀文明形成时期的标志物……②

要补充的是，它们同样也是殷商神话宇宙观和天体、天象信仰的扩充或延伸，这种太阳鸟的信仰或四方风的崇拜，又是跟现世的实用工具性的四鸟风向标或者玩具风车联系在一起的。

黄剑华觉得："四只飞行的神鸟，则给人以金乌驮日翱翔宇宙的联想。"③如此看来，这四只鸟除了是明明白白的四只风神鸟或四凤绕日飞行之外，还有将宇宙分为四分的初步构想。

由金沙绕日四凤上溯到河姆渡文化陶豆上的四鸟，就知道这个以"以鸟示向"或者"分区"的传统，率先在中国东部和东南部滨海地区建立以后，一直到战国、汉代，都没有断绝过（例如见于陶罐、铜镜、铜鼓等等）。

这件极珍贵的陶豆，出土在河姆渡文化第Ⅱ层（T233①M4：1），"四鸟"刻画呈风车形，据参观所见，相当草率、粗糙，这里只能采用专家

---

① 朱章义、张擎、王方：《成都金沙遗址的发现、发掘与意义》，载《四川文物》2002年第2期。
② 谭继和：《巴蜀文化研究的现状与未来》，载《四川文物》2002年第2期。
③ 黄剑华：《太阳神鸟的绝唱——金沙遗址出土太阳神鸟金箔饰探析》，载《社会科学研究》2004年第1期。

规整化的线图（我们手头仅存速写图）。林华东描述其为"当中缠绕在一起、外端上下左右相互对称的两对形同钩状利刃的图画"——实是突出利喙的鸟头，它们像在旋转着指示风向，所以是风向标的艺术化形象；又的确如林所说，"蕴含着深奥神秘的宗教色彩"①。

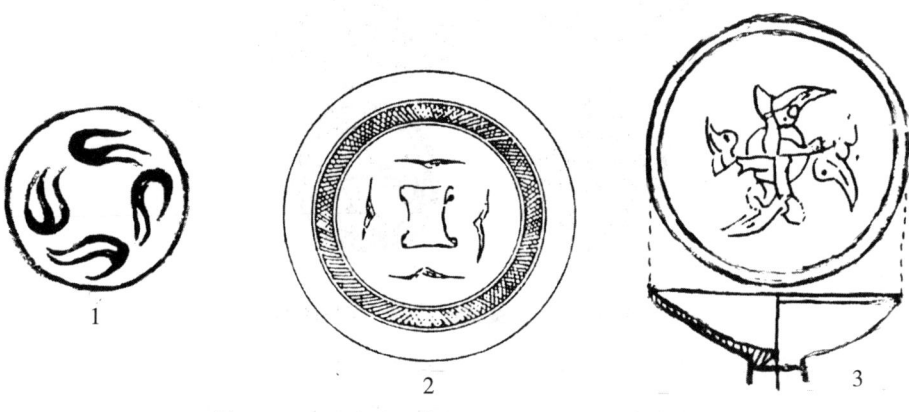

图 3-19　中国新石器时代出土"四鸟"图案

（1.马家窑文化陶器；2.良渚文化陶器；3.河姆渡文化陶豆，T233①M4：1，此图复见）

"四鸟"围绕一个中心（例如圆形或日轮）旋转，或称"四凤朝阳"，它们都是四方乃至四方风的标志或指示物。我们只要把它们放在一起比照，就会恍然大悟，它们很可能由鸟羽或鸟形风向标衍化而来（参见前举抽象化的马家窑文化马厂期"四羽十字"类风车图纹）。

邵九华则敏锐地看出"十"形顶端为"鸟头"，"给人以旋转的感觉"——风车和风向标都是旋转的；而"十"字表示太阳，可见"河姆渡人意念中的太阳和鹰类大鸟其实是一个共同体"②。这就跟金沙"四鸟环太阳"一致了。

---

① 林华东：《河姆渡文化初探》，浙江人民出版社 1992 年版，第 224 页。
② 邵九华：《河姆渡——中华远古文化之光》，中国大百科全书出版社 1998 年版，第140页。

图 3-20　高度变形的四五向鸟图形

（1.河姆渡文化纺轮图案；2.良渚文化陶纺轮，江苏六合程桥羊角山遗址出土；3.青铜牌饰，内蒙古赤峰市出土；4.陶豆图纹，新疆焉布拉克青铜文化遗址出土，此图复见）

这些标示四向的鸟高度简化并且抽象，但是对照其他变体鸟形，还是能够看出端倪（一些专家已承认其为鸟纹）。无论构成十字或环绕圆圈、星纹，都是"拱卫"太阳的意思。羊角山纺轮图纹，分明是良渚"四鸟"陶豆图纹的"繁化"，但偏有五只鸟头，虽然仍是在旋转或指向，却弄得意图不明。

冯时辨识出河姆渡文化"四鸟陶豆"中心为太阳，而以四鸟为四时与四方。"太阳在天空中每一位置的变化，都需要靠鸟的搬运来完成"，它们载着太阳东升西落，南行北进，"不正是四时日行四方的写真"？而所谓"双凤朝阳"骨雕，"无疑体现了二分日时太阳分主东、西方的古老观念"[①]。后一说还待证实。他认为，殷墟卜辞的"析"和"彝"，既分别是东风（东方）、西风（西方）之神，又是春分、秋分之神，"因"和"夗（雏）"既是南风（南方）、北风（北方）之神，又是司夏至、冬至之神。所以四方风名代表了"分至四气"的物候。[②]当时是否有二分、二至的划分以及专司分至的神，诸家更有异议。

---

① 参见冯时：《中国天文考古学》，社会科学文献出版社2001年版，第159页。
② 参见冯时：《中国天文考古学》，社会科学文献出版社2001年版，第190页。

徐达斯则认为，河姆渡四鸟是一组"灵知符号"，这种图形及其变体，在古代世界无处不在，跟所谓"金乌负日"一致。"从石器时代到青铜时代，从旧大陆到新大陆，从欧亚大草原到南亚（次）大陆"，时空跨度如此之大，暗示着"一个不断流动扩张，不断融合互渗的超级文化圈确实存在过史前的迷雾之中"①。当然这种过早并且太大的结论，要求更多的论证。

图 3-21 四兽图纹

（左：仰韶文化半坡类型彩陶盆，西安半坡出土；中：秦代瓦当；右：战国青铜镜，传世）

圆形里有四只兽（有的龙化，有的似鸟），处在四个等分点上，分布如此均匀，不知道是否有指向功能，或者具有其他意旨。它们当然是所谓四灵或四神的先导或分支。

河姆渡文化的鸟纹，的确多与太阳构成一种具有原初宇宙观意味的神圣意象。既然分布于阳光四射的东南西北，就肯定有指向的意思。陈忠来说它"全图似一正在天空盘旋的鸟阵"②，可谓意味深长。它跟同样见于圆形构造中的四鸟／四兽四分世界的图像可以相互比较，相互阐释。

出土时，它覆盖在死者的头部。陈忠来由此推测四鸟可能是"守护神"——也许有那么一层意思吧。《山海经》里太阳（鸟）神、东方风神帝俊就"使四鸟"，而东北方森严的太阳神颛顼有"四蛇卫之"。如同后世护法大鹏，"它们从空中守护着东、南、西、北四方，卫护着死者灵魂的安全"③。原始性符号或图形每具多义性或博喻性（有人称为"朦

---

① 徐达斯：《上帝的基因：破译史前文明密码》，重庆出版社 2008 年版，第 281 页。
② 陈忠来：《太阳神的故乡——河姆渡文化探秘》，宁波出版社 2000 年版，第 239 页。
③ 陈忠来：《太阳神的故乡——河姆渡文化探秘》，宁波出版社 2000 年版，第 240 页。

胧性"或"飘浮性"），"四鸟绕太阳"的意蕴，实在不容易说尽说透。这些还可以在后世铜镜、铜鼓上找到参照，但都要去更进一步论证。

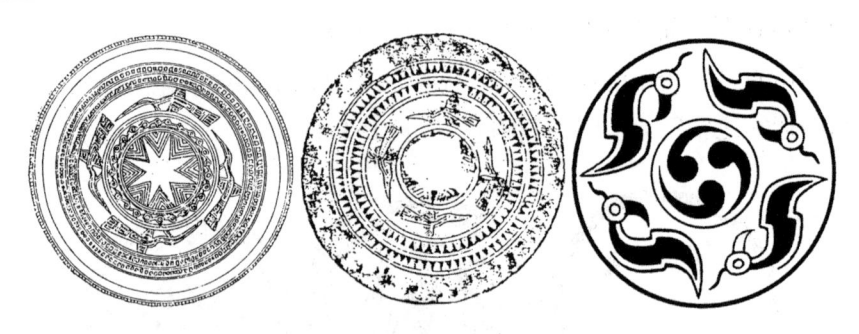

图 3-22　南方铜鼓"四鸟"环日图案

（左、中：铜鼓图纹；右：车害，战国）

南方铜鼓的四向，不采战国秦汉以来的龙、鸟、虎、龟四神，而保留着更古老的四鸟——它们跟金沙四凤同样绕日旋转，当初说不定也兼有四风的寓意。

但如果从最表层的意思说，是从鸟羽或鸟形风向标（所谓风车）衍化而来；加上中心的太阳，意蕴就复杂了。

金文馨认为，四鸟绕日的图像不但标识四方，而且暗示四方（以及四方神）主持四时的古代观念；它们也不仅表示"太阳于（春/秋）二分（夏/冬）二至时的运行方位"，而且表现神鸟运载（并且拱卫）太阳翔行的神话思想。双鸟或四鸟绕日的图像，例如前举河姆渡文化陶纹等所见——

> 不仅仅表现了运日的鸟，而它的真正目的则在于体现了太阳运行至东、西两方或东、西、南、北四方的方位概念。①

这是基本符合中国古代宇宙观念或时空意识的。"四方（神）主四时。""古人对于太阳一年中运行方位的变化早已了解，春分与秋分日出正东，日没正西；夏至日行极北，其后南移；冬至日行极南，其后北归：所以二分二至各主东、西、南、北。《尚书·尧典》以分至四神，分居

---

① 金文馨：《河姆渡文化日鸟图像试析》，见中国社会科学院考古研究所编著：《考古求真集》，中国社会科学出版社 1997 年版，第 142 页。

四方之极，掌管四时；商代甲骨文至汉代的文献也明确反映了这一传统。"①

图 3-23 指示四向的长发人

（史前陶碗图案，底格里斯河畔的萨迈拉出土，苏美尔文化）

四位长头发的女人（女神）以随风飘起的头发环绕中心做旋转运动，并且标示方向（或风向）。可惜我们不知道它跟风向标有没有关系——类似的图案还很多。

神鸟或太阳神鸟，它们往往以喙或头部指示着四向，有时构成涡旋，有时很像"十"字风向标。

理想的参照系是西亚的四只组合的指向神物。但西亚指向的四只鸟（或四只羊），有时却变换为用人或神的长发或头部来指向，不知道二者之间是否属于可互相置换的关系，目前我们也还不能断定它们跟原初的风车、风向标的构造是否有联系。

四位长发妇女绕着红色圆心四向站立（其间有物隔开）。这是所谓"萨迈拉盘"（或称碗）的图纹，系公元前5000年苏美尔文化遗物。饶宗颐据高孚（B.L.Goff）介绍的另一只盘的同类图案描述说，其中心实是由"四女散发"构成的右旋卐字（Swastika），其周缘为四对（八只）"长翼长颈的水鸟环绕"，然则也跟指向"神鸟"相关。"每只鸟创造出同一波浪线的感觉，而且与'苏美尔和巴比伦的光芒和光柱

---

① 金文馨：《河姆渡文化日鸟图像试析》，见中国社会科学院考古研究所编著：《考古求真集》，中国社会科学出版社1997年版，第142页。

相似',波浪线和鸟就是太阳的象征……"①那么,周围鸟形化人形或人形化鸟形(高孚的意思,似乎还是负着鱼的鸟)与"四隅"对应,四位长发者也许暗示着"四向",合起来表示"八方"。她们说不定由"太阳神女祭司"或"太阳神女"取象。飘起的长发可表示风向,只是不知道是否与风向标以及四风神有关。但这类具象或"肖形"的旋转十字,确实启发了卍字或卐字符号的创制(不但是佛教,就连法西斯也从这种太阳火图纹汲取灵感)。

图 3-24 用动物肢体指向四方

(上:四女与四鸟八分世界之"史前碗",底格里斯河畔萨迈拉出土,苏美尔文化,右上以兽/鱼分区;下:四羊指向之"史前碗",萨迈拉,约公元前5000年,两种摹本)

以动物的喙、角、翅、爪等来指向,是原始艺术由抽象到具象的逆向运动,显得十分巧妙、精美,既有特指性,又富运动感。例如,右上是长羽鸟,各衔一条鱼,构成一个卍字形,与中央卍字相互映照、相互"发明",可谓巧夺天工。这既是指示、司理四方的神符,又是太阳(运动)的象征,本质上是一种宇宙符号。

荆之林注意到河姆渡"四鸟/卍字纹"图案与西亚"四羊"纹相似。

苏末尔人(图案:"太阳旋转纹")是太阳、羊、生命之树合一崇拜,以羊为图腾。这是一个由两河流域向东经新疆,沿河西走廊向东直到

---

① 饶宗颐:《符号·初文与字母:汉字树》,上海书店出版社2000年版,第98页。

渭河流域，与我国古羌族文化相连。①

这个推扩有待验证，但十字纹、卍字纹，确曾在中国史前文物中发现。

长江下游河姆渡人和黄河下游大汶口人则是太阳、图腾鸟、生命之树崇拜合一的远古文化。②

是否图腾，目前还不好认定。"十"字交叉的"四鸟"或"四羊"，都是太阳的象征，都是"太阳火/十字"群里的一族；用勒维的话来说，都是"以旋转光焰表示太阳崇拜"。半坡陶盆"四鹿"图纹，靳之林也以为"四羊旋转纹"，同样表示太阳。中心"网纹"，靳氏认为跟萨马拉"四羊"图案中心"网格"纹同样是"通神符号"（案：半坡网纹，四维缀有网坠，无法曲解）。由于它的"旋转"，必须承认它跟指向，跟四方（风）有所牵连。

古代欧洲的四方风

西方世界也有四方风观念和图纹，有些很可能远源于苏美尔－巴比伦，部分可能与希伯来《圣经》的《旧约·创世记》有关。

前文说过，神话思维投射到原初语言里，体现出极大的具体的生动性和稚拙的丰富性，直到今日，还留着痕迹构造。

欧美语言里的十二月名、七曜名（星期）依然完全具象。他们也有具体特定的四方风名，所谓 Four Winds，各有专称。我们还可以在欧洲中世的 T-O 形"世界地图"的四角看到四方风神的形象。这是基督教文化的传统：四天使在耶和华统驭下控制四风，亦即控制四方。但这是主流观念。"异教"则不同。在诗歌里，他们至今还是喜欢把西风写作 Zephyr（杰弗尔，俄语作 Зефир）。柯克士指出，"希腊人

---

① 靳之林：《生命之树与中国民间民俗艺术》，广西师范大学出版社2002年版，第46页。
② 靳之林：《生命之树与中国民间民俗艺术》，广西师范大学出版社2002年版，第46页。

的波里斯（Boreas）与谢菲洛斯（Zephyros）、阿且里斯（Achilles）曾祭他们（四方风神），请求他们（四方风）的吹拂"①。他们自己兼着（四方）风神；看来，跟中国一样，四方风神也跟英雄神、祖先神对位，相互配拟。

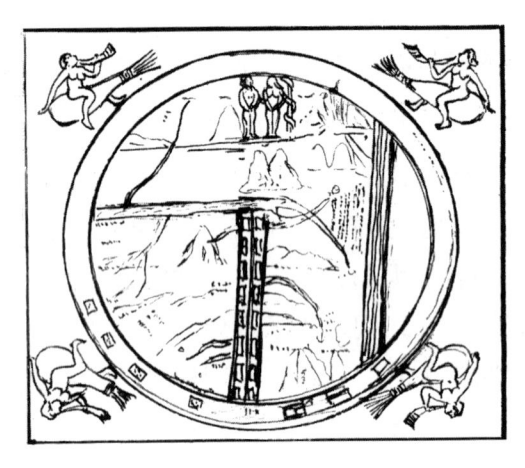

图 3-25 T-O 环形地图上的四方风神

（利巴涅恩西斯T-O环形世界地图，1150年，都灵手抄本，采自［英］李约瑟等）

西方中世纪的地图，多依据基督教文化传统绘制，以圣城（例如耶路撒冷）为世界中心，上方是伊甸园（天堂），中间为人世，下方通向地狱。世界的四角就是四方风神，他们（四天使）跨着风袋（囊橐/风箱），由号角里吹出风来。

奥维德笔下的原初"四方风"是跟希腊罗马人心目中特定的地区联系在一起的。（这让人想起宋镇豪认为"四方风"与地名相关的学说）。

当时东风去到了黎明之土，阿拉伯之邦，在那里，波斯的山岭浸润在晨霞之中。

西方的海岸，落日照耀的地方，是西风的领域。

可怕的北风则侵入斯库提亚（Scythian）和极北的北方。

与此相对的方向是潮湿地带，终年雨雾凄迷，乃是南风的家乡。②

---

① ［英］柯克士：《民俗学浅说》，郑振铎译，商务印书馆1933年版，第143页。
② ［古罗马］奥维德：《变形记》，杨周翰译，人民文学出版社1984年版，第2页。

图 3-26 四方风与太阳中心

(《美丽的历史之花》,欧洲16世纪课本的"地图",或说为16世纪土耳其航海地图)

以太阳为中心的宇宙,以多层同心圆呈现。星星围绕着太阳旋转,四周可能是代表四方风(或八方风)的飞天神女。占星术士还可根据此图测算人类的未来。

图 3-27 地球、火山图与四方风

(左:托勒密地图;中:火山,古代欧洲绘画;右:太阳神与四方之神,欧洲绘画)

古老的托勒密地图里已有四位风神吹着地球使它转动(虽然四风神没有按照传统处于四向)。

"火山图"上的"四方风",是祈求四方风神吹熄火山,保护人民生命财产安全。

太阳神阿波罗驾着驷马金车在天空横驰,四角是四方之神——有人说是四方风的抽象化。这与中国的太阳四旁有四方风神鸟的构图在意念上十分相似。

希腊总的司风之神是埃俄罗斯,善的成分稍大。

他本来是人间帆船的发明者,还能预报天气,为天神所喜爱,将其升到天上，掌管诸风。他虔诚而正直，唯神之命是从。他把所有的风都关在伊奥尼亚的一处山洞中。《变形记》则说："〔主神朱庇特〕把北风和凡是能把云吹散的风都关闭在埃俄罗斯（风神）的山洞里。"[①]

荷马史诗《奥德赛》说，他是希波忒斯之子（所以又称希波塔得斯），住在埃俄利亚浮岛上，有六子六女，互为夫妻。他热情接待奥德赛，把各种恶风关在袋子里送给他保管，只留顺风在外送他还乡。水手们好奇，偷看风袋，逆风飞出，把他们又吹回到出发点。

航海民族对不同方向、不同力量的风非常敏感，所以四方风神话较为丰富。

图 3-28 大风中的帆船

（百慕大三角区，油画）

航海者对风和风向、风种特别敏感。有关风、四方风以及风神鸟的神话，多发生在滨海地区。

在海洋航行，特别是遭遇海难时，最容易感受到来自四个方向的狂风的袭击。荷马史诗《奥德赛》写到这位英雄被浪打下海后，好容易爬上木筏，可是巨浪把木筏打来打去，"就像秋天的西北风在平野上吹着紧紧靠在一起的蓬草"，他觉得——

这些风把船在海上吹得团团转；一时南风把它吹得给北风带

---

① ［古罗马］奥维德：《变形记》，杨周翰译，人民文学出版社1984年版，第6页。

走,一时东风又把它交给西风驱逐。①

古罗马维吉尔拟史诗《埃涅阿斯纪》描写风穴和风王埃俄罗斯说:

> 这是乱云的故乡,这地方孕育着狂飙,在这儿埃俄路斯王把挣扎着的烈风和嚎叫的风暴控制在巨大的岩洞里,笼络着它们,使它们就范。狂风怒不可遏,围着禁锢它们的岩洞鸣吼,山谷中响起了巨大的回声。②

如果不是拿着权杖的风王约束着它们,"疾风必然把大海、陆地、高天统统囊括进去"。

有的专家认为,直到荷马时代,史诗还只说东方和西方,而不说南方与北方(这有不同意见)。

多种民族(例如中国人)先认识东方与西方,因为它们与日出/日落相关。荷马史诗则以为:

东方　白昼之方/接近太阳:暖热(涵盖南方)
西方　黑夜之方/远离太阳:寒冷(涵盖西方)

最独特的是波德纳尔斯基认为,荷马"地理思想"中:

> 东南西北的观念是以风的名字来表示的。

列举如下:

北风:"博列"(Borée)
南风:"诺特"(Notos)
西风:"泽菲尔"(Zephyros)
东风:"埃夫尔"(Ephoer)③

这跟普通的称呼略有不同(参下)。

---

① 《荷马史诗·奥德修纪》,杨宪益译,上海译文出版社1979年版,第66页。
② [古罗马]维吉尔:《埃涅阿斯纪》,杨周翰译,译林出版社1999年版,第3页。
③ [苏]波德纳尔斯基:《古代的地理学》,梁昭锡译,商务印书馆1986年版,第4页。

赫西俄德《神谱》说:"厄俄斯为阿斯特赖斯生下勇敢的风神:吹送乌云的泽费罗斯(引案:西风之神,Zephyros)、快速的玻瑞阿斯(引案:北风之神)和诺托斯(引案:南风之神,女性)——一位配得上神灵爱慕的女神。"① 他们分别是:

【四方风】

东方风　Euenus,或 Ephoer →(英语)Euros, Æolus

(东风神,拉丁文或作 Solanus,义近"太阳风[之神]")

南方风　Notus,或 Notos

(拉丁文书有 auster,南风)

西方风　Zephyros

(英语 Zephyr,演变参后;别称 Favonius)

北方风　Boreas,或 Boree

(演变为拉丁文 borealis,北方的;拉丁文另有 aquilo,亦北风)

图 3-29　北风之神抢掠雅典公主

(左:欧洲油画;右图为被卷到色雷斯的雅典公主,作者:[尼德兰]鲁本斯,约 1615 年)

希腊神话里,北风凛冽而粗暴,但也需要人间的温暖,曾抢掠雅典公主俄里蒂亚为妻,生儿育女,雅典人因而祀之为保护神。

---

① [古希腊]赫西俄德:《工作与时日　神谱》,张竹明、蒋平译,商务印书馆1991年版,第38页。

他们作为神和英雄，都有繁复的故事，其中最厉害的是北方风和西方风。"（北方风）玻瑞阿斯（Boreas）最常见的伙伴是仄费罗斯。从起源上看仄费罗斯不是使春花盛开的轻柔慈爱的风。"像他兄弟一样，北风也是凶恶的大风，喜欢卷起狂热的暴雨，"掀动大海波涛"。[①] 他们住在洞穴里。西风神曾生下两匹马，为阿喀琉斯（Achilleus）驾车，受其供奉。

这里提到色雷斯，在希腊人心目中，北风神满头白雪，住在这"最冷的国度"。

俄耳甫斯教"祷歌"之80，歌唱这位北风之神说：

> 你以冬的拂动倾覆世间深沉之气，
> 冰冻的波瑞阿斯（北风）哦，请走出雪中的色雷斯，
> 抑解浓云与湿气的反抗。
> 以风扰动水，孕育成雨！
> 吹净天空，为苍穹送去繁花的眼（太阳），
> 让太阳的光久照大地吧！　　（吴雅凌译）

风雨相依，所以屈原《九歌》里大司命之神，要让"飘风"开路，令"涷雨"洒尘。如果久旱不雨，人们就希望惠风带来好雨；如果霖雨成灾，人们又祝愿他吹开浓云，带来阳光。

风神有时吹着海螺，说明其跟海有很大关系。古代罗马的墓葬艺术里，风神跟海神大体相似：吹着海螺，卷起波涛——有时是半人半鱼的样子。据说，他们会把亡魂送到西边的极乐群岛去。

中国的西北风出自"不周山"，见于《山海经·西山经》及郭注。《淮南子·地形训》等说明：

> 不周山≈幽都之门≈西北风之土

跟希腊一样，这完全是温带居民的观念或成见。

[①] ［法］G.H.吕凯、J.维奥、F.吉朗等：《世界神话百科全书》，徐汝舟、史昆、李扬等译，上海文艺出版社1992年版，第217—218页。

由这里吹出来的风叫"厉风",简直像死神(参见《吕氏春秋·有始览》等)。《史记·律书》说:不周风居西北,主杀生。

跟中国一样,希腊人的北风波瑞阿斯,也是凛冽和凶暴的。他躲藏的地方阴暗、酷寒——跟中国的幽都一样。他抢掠俄里蒂亚公主的故事很有名,鲁本斯们曾以之为题材作画。但他没法让对方爱自己,因为他不会使自己的呼吸或语言温柔,也没法发出叹息——这两者是女孩子最喜欢的。这位北风神长着双翼,长发,浓须,强壮,有点儿粗野,却并非狰狞癫狂,与其性格相表里。他被人格化和人性化,抢掠雅典公主俄里蒂亚为妻后,生下四个子女,还被雅典人祀为保护神。他的动物化身主要是马。

希腊的湿热的南风之神,或名诺托斯,比北风更加是云雨的催生者(有时与北风之神混淆)。

俄耳甫斯教"祷歌"之82,歌唱"诺托斯"道:

> 你如此灵动,奔走于潮湿空气,
> 挥动你快速的翅膀,来来往往。
> 带着南方的云,来吧,雨水之父哦!
> 宙斯给你特权在空气里流浪,
> 并从天空降云聚雨于大地上。
> 我们祈求你,善心的神,欢享这圣祭,
> 并带给大地母亲充沛的雨水吧! (吴雅凌译)

这启发我们,某些祭风仪式与歌舞,确实带着祈雨的目的。南方风神会从水罐中洒下雨水来让植物特别是农作物得到滋润。但过猛的南风,是不免粗暴的。

在《变形记》里,南方风也有些可怕。天神关闭诸风而只放出南风。

> 南风飞起,翅膀上滴着水,他的可怕的面部笼罩在漆黑的
> 黑暗里。他的胡须,雨水是沉甸甸的,水也从他的白发上泻下来,
> 彤云锁住了眉毛,他的两翼和长袍的褶缝间露水涟涟。他用两
> 只大手把低垂的云彩一挤,发出震天的声响,接着从密云中落

下倾盆大雨。①

图 3-30　南风之神追逐仙女

（《俄耳甫斯教祷歌》插图，近世欧洲描摹的希腊瓶画）

南风过份热情，情不自禁地追逐仙女——这就看她们是否也够浪漫，或者能不能跑得过疾风了。

这样看来，除了西风神为希腊人所赞美之外，一般说，欧洲人的四风或四风神的性格主要是负面的。对他们是敬畏多于爱恋，这跟中国人的辩证态度不同。还必须注意的是，跟中国四风化形为鸟一致，欧洲四风神都长着翅膀。

跟后世西欧人"可怕的"西风不同，希腊人认为西风可能给予丰饶（前文曾说，他们向西风之神祈年求丰）。

正如前面所说，西风在古希腊一般是温柔和善良的。他还是春天和鲜花的女神芙罗拉的丈夫，十分爱她。弥尔顿《失乐园》曾用他对花神的抚爱、吹拂，譬喻亚当对熟睡的夏娃的眷恋，触摸她的手，低语道：我永恒的欢欣……

---

① ［古罗马］奥维德：《变形记》，杨周翰译，人民文学出版社 1984 年版，第 6 页。

图 3-31 西风神"吹"生维纳斯

(《维纳斯的诞生》,蛋彩油画,作者:[意]波提切利,约 1485 年,现藏于意大利佛罗伦萨乌菲齐美术馆)

作为孕育与繁庶力量的西风之神仄费罗斯拥着花神芙罗拉,一口"气"把爱神阿芙洛狄忒-维纳斯由海的泡沫里吹出——她站在象征"产门"的扇贝之上,连蛾眉善妒的天后赫拉都张起披风迎接这爱与美的化身。

所以,西风曾被看作蓄育的力量。

据说,西风之神泽费罗斯,曾经从海浪的泡沫或扇贝壳中吹出了爱神阿芙洛狄忒(Aphrodite)。意大利文艺复兴画家波提切利就以此为题材,创作名画《爱神的诞生》(一般叫作《维纳斯的诞生》),西风神正拥着花神芙罗拉,鼓起腮帮,吹拂才由海里涌出的爱神兼美神……

一般人觉得,西风是残暴的代词,中国南方和许多暖地的人一样,认为西风最为凄厉严酷。雪莱的《西风颂》反其意而用之,称它为"秋之生命的呼吸";但秋天的"西风/Zephyr"依然有其可畏的一面(这跟希腊人的西风截然不同)。在《秋:葬歌》里,他感叹道:

> 太阳失去了温暖,(西)风凄苦地哀号,
> 枯树的叹息,苍白的花儿死了,
> 一年将竭,
> 躺在她临死的床上——大地,被枯叶纷纷围绕。……

(查良铮译)

图 3-32 《风卷普赛姬》

（或名《普赛姬的诱拐》，油画，作者：［法］普吕东，1808 年，现藏于巴黎罗浮宫）

西风之神帮助小爱神卷走美丽的蝴蝶姑娘普赛姬——Psyche，在希腊语里有灵魂、气息、蝴蝶三种意思。"风卷普赛姬"，还象征灵魂在凛冽的西风里飘荡，或者西风运载灵魂。

西风之神也不免于严厉。其异称大致为：

【西风神】

（希腊语）Zephyrus（西风神，又名 Favonius）

　　　　　Zephyros（西风）

（英语）　Zefiro（西方神）　Zephyr（西风）

（西班牙语）Zefiros

（俄语）Зефир

可见欧洲的四风都有神，西风尤受重视，特为介绍。

东部亚洲民族的四方风

与中国"一衣带水"之隔,或列为大"夷海文化区"的日本列岛,当然也有太阳神鸟与类似西风的信仰与观念。例如,日本绳文时代或绳文–古坟文化,有一种"四鸟"形陶罐,有时变异为"火焰形",有时"省变"得看不出原形——这种极为古老的"四鸟"并立造型,完全应该看作四方鸟形风神。

鸟喙朝天,表示对苍天有所呼吁或祈求。

这种陶罐,当初也许就用来祭祀风神或主管风雨的太阳神。

图 3-33 四"火鸟"形陶罐

(日本或称"火焰纹深碗",新潟县长冈市发现,史前时期,绳文文化,高30厘米,近藤潟德藏品)

日本绳文时代典型器物"四鸟"陶罐,最可能用来标识四方。有时变作四朵火焰,或火焰与鸟形的混融(此图只能看清火焰);或表示四方神火(中国上古用不同树木点燃的新火,有标识四季/四方的意义,叫作"改火",后来演进为五木、五火或五行)。

这四鸟的含义,跟风雨的关系,都需要进一步澄清和考察。

据说，日本对"风"也有特殊的、分方位的称呼。①

四方方神跟风神是对位的，有内在联系的，不好分割开来分析。伊藤道治说：

> 对四方之神和风的意识并没有明确分离。像四方之神那样抽象的东西，作为实际感觉很难理解，然而，从四方吹来的风却能直接意识到。②

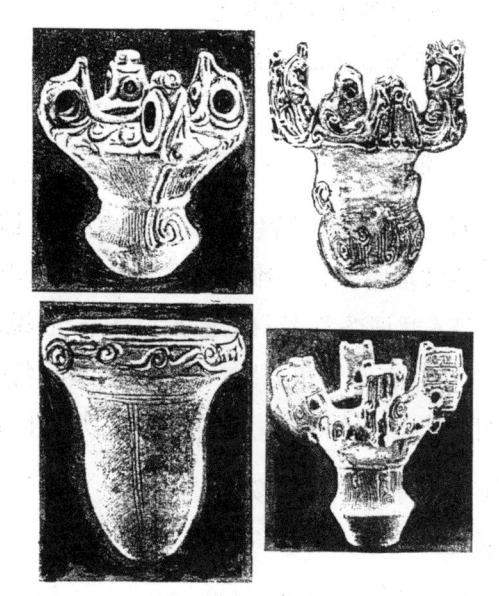

图 3-34　日本"四鸟"或"火焰形"陶罐
（绳文文化）

日本也曾用"四鸟"标识四方（神），有时代之以四方的神火，只是不知道跟四方风（神）有什么关系。右上者似乎是火焰与鸟形的融汇，下方则完全规范化或简约化，可惜都很难辨识其原形。

二者确实互相干涉。当然，方向依然能从太阳的视运动里感觉到，只是风向更加易于感受罢了。方神、风神也许都是跟风一起降临、运动。

---

① 参见［日］柳田国男：《风位考（日本及四方对风的称呼）》。原文未见。
② ［日］伊藤道治：《殷代史的研究》，见［日］樋口隆康主编：《日本考古学研究者中国考古学研究论文集》，蔡凤书译，东方书店 1990 年版，第 224 页。

"眼看不见的神是和这种风同时到来的。可能是由于风和神（风神、方神）没有严格区别的结果。"① 方向感与风向感一般是一致的。

原住日本列岛，特别是北海道的阿伊努（Ainu），即旧称虾夷者，也有多风神崇拜。它们多是恶神。

东南风	伊卡梅纳什雷拉（危害最重）
西风	皮卡塔托波玛特内克
东风	梅纳绍卡伊温乌克
南风	舒姆雷拉温乌克
北风	玛特琋温乌克
东北风	莫特纳伊

基本是四风。只是由于地方特色，多了东南和东北风。还有专门的龙卷风司掌者蒂乌科波耶雷拉，鲁雅西贝尼特内则主掌风暴。②

古代印度大史诗《摩诃婆罗多·毗湿摩篇》中全胜说，有个叫"萨摩"的世界，它是四分宇宙，有四个角分别"屹立着四头闻名世界的方位象"，有些像中国标识四向的四灵或四神，它们的呼吸实际上便是四方风。

> 这些方位象的呼吸，婆罗多子孙啊！
> 便是吹到这里的风，众生得以维生。③

因为风是生物赖以存在的流动空气。

深究起来，印度也有四方风神，只是不太明确罢了。

《罗摩衍那》写到底提天女，她的子宫被雷神因陀罗的金刚杵（象征阳具）打成七块。底提说："我想让这七块子宫／来保卫那七种风。"④

---

① ［日］伊藤道治：《殷代史的研究》，见［日］樋口隆康主编：《日本考古学研究者中国考古学研究论文集》，蔡凤书译，东方书店1990年版，第224页。
② 参见［苏］谢·亚·托卡列夫、叶·莫·梅列金斯基等：《世界各民族神话大观》，魏庆征编译，国际文化出版公司1993年版，第380页。
③ ［印度］比耶娑：《摩诃婆罗多·毗湿摩篇》，黄宝生译，译林出版社1999年版，第61页。
④ ［印度］蚁垤：《罗摩衍那》（一），季羡林译，人民文学出版社1980年版，第255页。

七种风的保卫者，一个巡行"大梵天"，一个巡行"因陀罗天"，另一个叫"婆庾"（Vāyu，即伐由）。除了这三个，因陀罗，神中的魁首啊，"其余四个／都将遵照你（雷神）的命令／巡游四方，愿你有福……"这就是"四方风神"（总名叫 Marut）及其保卫者了，只是我们掌握的资料太少。

古代波斯有四位风神巴德（Bād），但不是分为东、南、西、北，而是划成上、下、前、后。《胡尔达·阿维斯塔》歌唱道：

> 我们赞美纯洁而善良的巴德。
> 我们赞美下界的巴德。我们赞美上界的巴德。我们赞美前面的巴德。我们赞美后面的巴德。
> 我们街道男子汉的英雄果敢。①

图 3-35 印度教和佛教的"风天（神）"

（左：风神伐由；中：密教金刚界曼荼罗之"四大"，即地、水、火、风元素之形象；右：风天，佛教画像）

古印度的风神可以一直追溯到吠陀时代。梵文和巴利文"风神"或"风天"，称为 Vāyu，译言"缚庾""婆庾""伐由"。与日天、火天并称"吠陀三神"，能给予名誉、福德、子孙，并且佑助长生。佛教诸方大神，风天守护西北方。《新华严经》说风神有十种。又是密教十二天、护世八方天之一。佛教风天如图（左/右），黑肤白须老者，甲胄皆全，或骑獐，或骑牛，或骑犀。

---

① ［伊朗］杜斯特哈赫：《阿维斯塔——琐罗亚斯德教圣书》，元文琪译，商务印书馆 2005 年版，第 317 页。

巴德相当于古印度风神伐多（Vāta）或伐由（Vāyu）。

主神霍尔莫兹德创世时，曾"指使能生云的风前去推波助澜"，使江河长流不息。① 它还帮助水星蒂什塔尔（Testar，或说即"得悉神"）兴云布雨。风雨相连，云雨交融，几乎全世界都是这样。

图 3-36　耶稣和四圣物

（希伯来古代绘画，原在西奈地区）

"四圣物"，以及"四福音书""四使徒""四道德"，诸如此类由"四"这个模式数字联系起来的基督教"四大"，最初或原出四方观念和四方风信仰——早期还多用四鸟来标识，所以"四圣物"都保存羽翼。

---

① 参见《波斯神话精选》，元文琪译，中国少年儿童出版社1991年版，第56页。

犹太教、基督教四方风及其变形

犹太教和基督教神话里也有四（方）风（参见上图）。

《约翰默示录》说："有四个天使站在地球的四角，握着四风。"

这体现在古代欧洲 T-O 形"世界地图"里：四角就是长着翅膀并跨着皮袋的四风，或者掌握四风的四天使。四方神与四风神的形象还在中世纪以来的一些图像里出现。后来，更多地被其他物象（例如四使徒、四骑士、四天使、四圣物、《四福音书》等等）所置换了。

这当然跟"四"这个神秘的模式数字（pattern number）相关。还必须注意，耶和华四周常见四（鸟形）风神拱卫，无论是在授予《十诫》之时还是在《最后的审判》之中。

四风神的形象颇为严峻，似乎在暗示：控制四风的上帝，不论是酷烈的太阳（或萧索的高山），还是可畏的雷电，耶和华都有狂风那样的暴力一面。

图 3-37 耶和华和四方风

（左、中：法国版《圣经》插图，13 世纪，采自戴维·利明；右：大主教的权杖头，亚美尼亚，1890 年）

上帝耶和华在和风吹拂之下创造光明和万物繁生的世界。图上方是四风，也是四天使。至今大主教的权杖顶部，仍然是四只鸽子（最初是"四风"）拱卫并且控驭宇宙中心及四方。

我们来看其重要的形象再现。

《旧约·以色结书》，犹太国祭司以色结被掳到巴比伦后五年，正月初五，在巴鲁河边看到天上有一股火焰围裹的"大云"随着狂风自北而至，光辉中似有一"灿灿精金"。云团周围出现四只有翅膀的活动形象：基本为鸟身，头部却似人（女首）、似狮、似牛、似鹰。这实际是四风的怪化。

活物下各有一轮，轮高可畏，轮辋周围布满眼睛。四活物跟轮一起运动，"因活物的灵在轮中"；"其翅扇动，似洪水奔涌，像全能者的声音"。在它们上方（或当中）有宝座，上坐似人形的大神，原来是耶和华现身。

图 3-38 《十诫》的授予

（《旧约》插图，铜版画，作者：[德]卡罗斯菲尔德）

雷鸣电闪之中，上帝耶和华颁发并授予《十诫》（十种不准做的事情）。风神们吹着喇叭，簇拥在他的左右，他们（帝使之风）越来越多了。

耶和华代表太阳或雷电、巨风，他四旁有怪化的四鸟，正是太阳居中，四方有鸟神呵护或拱卫的神话意象。

成熟的基督教也有些"不语'怪、力、乱、神'"，不愿意跟多神教、自然神信仰或偶像崇拜的诸"异教"沾上关系，所以尽力避免正式谈论四方风，尤其是怪化的四方神、四风神。这样，在他们的经典与正统神学著作里很难看到这些诡异生动的形象,但如果细心爬梳,还是能够发现一些迹象。

图 3-39　《最后的审判》里的四风神

(教坛画,1536—1541 年,作者:[意]米开朗琪罗,现藏于梵蒂冈西斯廷教堂)

这里,四风神不分司四向,他们如同天使,用喇叭吹出风来,助人飞升。

图 3-40　四个怪风神与耶和华

(《以色结的幻觉》,油画,作者:[意]拉斐尔,1483—1520 年)

据《旧约·以色结书》记载,祭司以色结在"幻觉"中看到异象,最主要的是(上帝御座前的)牛面/鹰面/狮面/人面怪。这是四风之神的怪化,但仍带着风神鸟之翼。中心之四旁有四怪鸟,仍是在暗示四方风围绕着控驭它们的太阳旋转。

我们僻居"孤岛",手头无书,离大图书馆太远,只好略加拾掇,质诸方家,且待高明。

美洲各族四方风神

环太平洋文化区或草原萨满教的古老分支,古今印第安文化里有相当多的"四鸟"围绕中心(多是太阳或太阳神)旋转,带有指向性的四方鸟(神)图案,而且极可能跟他们的四方风崇拜有密切关系。

图 3-41 古代美洲四鸟"太阳盘"

(绿松石镶嵌,古代墨西哥,10—13世纪,直径24厘米,现藏墨西哥人类学博物馆)
"圆盘"中心是太阳,四向各有一只人形化的神鸟,实际就是四方风神。

在纵横二向的宇宙划分里,这些多属于水平向的世界模式之四分系统。四分的标志物或卫护者(兽/神/人)很多,神话学家已有充分研究,可参见《宇宙的划分与中国神秘构型》。这里只简介古今印第安文化的四鸟或四方神图式,或者作为帝使或方神的鸟。正如梅列金斯基《神话的诗学》所说:"在前哥伦布文化中,有种种动物和诸神作为各个方位的守护者(各方位则以不同的颜色表之)。"① 例如,奥吉布瓦人(Odjibwa)

---

① [俄]叶·莫·梅列金斯基:《神话的诗学》,魏庆征译,商务印书馆2009年版,第232页。

和玛雅人,卫护四方的都是鸟,跟许多群团四方风化形为鸟一致。

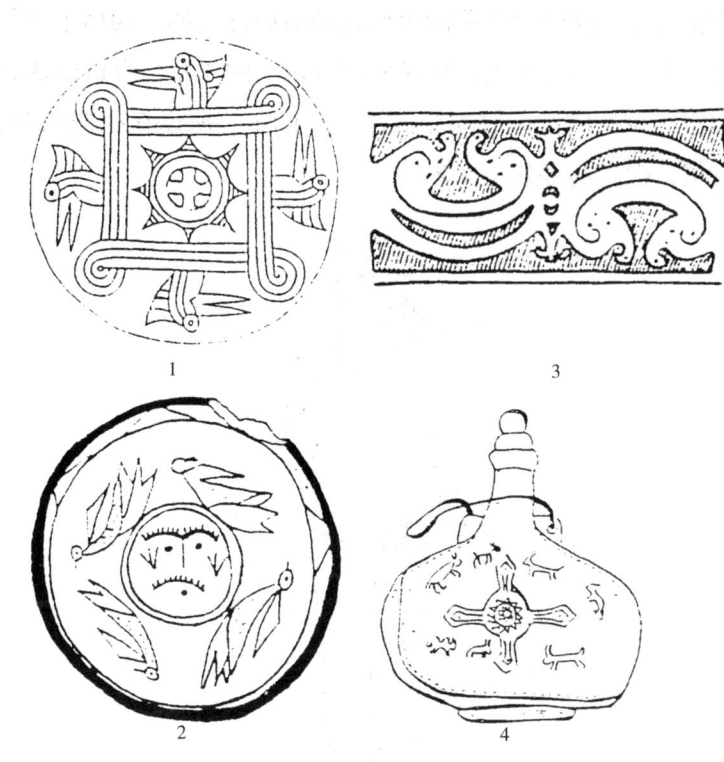

图 3-42　北美印第安及东北亚太阳鸟或四方神

(1.美国田纳西州萨姆纳印第安人贝刻盘,此图复见; 2.美国印第安普韦布洛人陶盘;3.东北亚雅库特人银鞭柄;4.东北亚图瓦人皮壶。采自金文馨)

这里,中心图案或作"十"字纹,或作八角星纹,或作太阳盘似的"人面",都与天空中唯我独尊的太阳相关。图1、2为绕日飞行、可能指向的四鸟(四风)。图3四鸟有极大变形。图4幻化为兽。

反映在图纹系统,据多尔赛(Dorsey)介绍,在印第安奥萨吉(Osage)等部落那里,卍等符号,亦即"带直角或斜角的十字架",表示太阳或"日芒",可以代表"四方的风或者四个方位"[①]。

如果在X形斜交或"十"字顶端加上指向的鸟头,如秘鲁瓦里文化

---

① [法]列维-布留尔:《原始思维》,丁由译,商务印书馆1981年版,第210页。

陶缽所见（参见图2-3：3），四方风神鸟的意象，更是太明白了；而且更与马家窑文化、河姆渡文化陶纹所见的风向标式的"四鸟十字"相似。

这些"十"字类的四鸟，跟风向标或风车的关系，有待确认或澄清，只是它们跟中国的同类图纹太令人浮想联翩了。所以在我们几本相关性很大的书里，把它们都列了出来。

图3-43 玛雅太阳神、雨神兼风神

（玛雅古代雕像，墨西哥）

玛雅太阳神、雨神凯察尔柯特尔，一般以羽蛇的形象出现；当他以风神的形象出现时，便长出又扁又长的"鸟嘴"。

这里特别介绍最可能成为中国四风神参照系的古代美洲类似的四神，有时不避重复，而着意突出其独特视角，以及与中国信仰的趋同性。

玛雅的四方风神，有个总名称："帕瓦赫通"，又称巴卡勃（Bacabs）。它们是"四神树"，同时是擎住苍空的四根天柱（Heaven pole）。① 四棵树，

---

① 参见［法］G.H.吕凯、J.维奥、F.吉朗等：《世界神话百科全书》，徐汝舟、史昆、李扬等译，上海文艺出版社1992年版，第624页。

树顶各站一只鸟（风神鸟）。

由此可知，美洲风神的一大特点是可兼性：太阳神、雨神可兼风神（例如凯察尔柯特尔，兼职最多，以太阳神、水神、星神兼司风雨，颇似帝俊），而风神的形态或化形又颇多样。例如四方风可以是鸟，也可以是兽，是树，是天柱，或杂取多样圣物，不过以鸟为主，此点颇为醒目。

图 3-44　羽蛇：太阳和风雨之神

（石雕，阿兹特克文化）

凯察尔柯特尔是古代美洲最重要的神，他以太阳神兼着西风或风雨之神。他还是羽蛇，一般咬鹃（或啄木鸟）羽翼、人的头部，又与蛇身混形，如中国的龙。但他有时以有鸟喙的风神形象出现（参前）。

或说，这四神树之神各有所司，各有专色（色泽配伍似乎后起）。

东　　红色：查克（雨神），帕瓦赫通（风神），巴卡勃（肩天者）

北　　白色：查克，帕瓦赫通，巴卡勃

西　　黑色：查克，帕瓦赫通，巴卡勃
　　南　　黄色：查克，帕瓦赫通，巴卡勃

图 3-45　风神埃赫卡特尔

（阿兹特克玄武岩石雕）

阿兹特克人把"分身"为风神的羽蛇神凯察尔柯特尔叫作埃赫卡特尔。他戴着"风"之面具和尖锥帽。前此，纳瓦人认为，是他唤起处女玛雅休尔的激情，世界上才有了爱。他还是摆脱尘世的精灵。

我们当然最关心四风神或四方神化形为鸟者。[①]

阿尔衮琴：鸟 – 帝使 – 天人间的中介[②]

　　　北方　　带来冰雪（可以狩猎）
　　　南方　　带来水果、玉米和烟草（丰饶）
　　　西方　　施雨
　　　东方　　赐予光明或阳光

---

① 参见［俄］叶·莫·梅列金斯基：《神话的诗学》，魏庆征译，商务印书馆1990年版，第232页。
② 参见［法］G. H. 吕凯、J. 维奥、F. 吉朗等：《世界神话百科全书》，徐汝舟、史昆、李扬等译，上海文艺出版社1992年版，第620页。

他们的神性和施予，基本与四方风一致。

图 3-46 古代和现代印第安人的"四鸟"绕日图纹

（左：普韦布洛陶盘，此图复见，作为参照；右：现代印第安人装饰图案）

四鸟环绕太阳（或其标志）旋转并且指向，已成为印第安古今艺术的传统模式或母题，昭示着同类图纹的意蕴。

托尔特克人四方神如下：

东　　特斯卡特利波卡，绛红色
北　　斯特卡特利波卡，黝黑色
西　　凯察尔柯特尔，黝黑色
南　　威齐洛波奇特利，黝黑色

他们是最高神托纳卡泰库特利及其妻托纳卡西瓦特尔所创造的四个儿子。[①]

其中，西方（风）神凯察尔柯特尔最为重要而复杂，他以羽蛇之化形，掌司太阳、风雨直到水和土地。由此推论，其他三方之神也可能曾兼为风神（参后）。戴维·利明等《神话学》还认为，羽蛇凯察尔柯特尔"过去只是风神，后来被看作生命的创造者、艺术的守护者、冶金术的发明者和托尔特克万神庙的主神"[②]。

[①] 参见［苏］谢·亚·托卡列夫、叶·莫·梅列金斯基等：《世界各民族神话大观》，魏庆征编译，国际文化出版公司1993年版，第149页。
[②] ［美］戴维·利明、埃德温·贝尔德：《神话学》，李培茱、何其敏、金敏译，上海人民出版社1999年版，第51页。

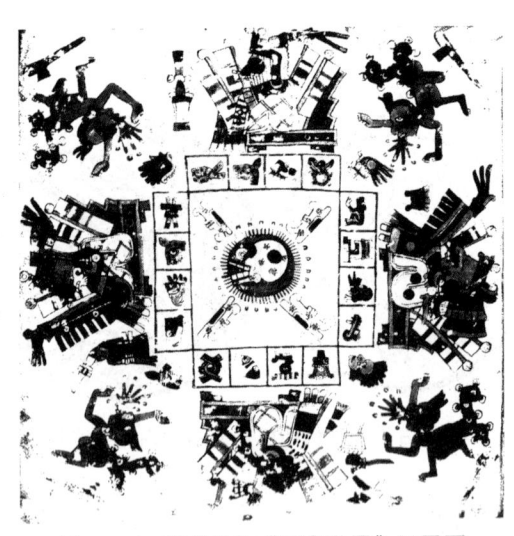

图 3-47 阿兹特克《死者世界》四风图

（阿兹特克古抄本）

"死"反映着"生"。在地下的冥府里，照样有中国明堂或四合院式的宫室。第二世界的四隅之四神，最可能是四方风神。

古代阿兹特克人，跟中国人同样，有四方（神）的崇拜与仪典（加上"中"，就有五方，中国人以之与五行对应）。阿兹特克"五方"与"神"相配搭，宗教观念渗入并且压倒地理观念。如乔治·瓦伦特所说："横分的宇宙可能是最古老的概念，有五个方位即东、南、西、北、中。"[①] 方位与神祇的配搭主要是：

东　雨神（特拉洛克），云（蛇）神（米斯科亚特尔）
南　无皮神（西佩），五花神（马奎尔索齐特尔）
西　金星神（这极像中国的启明－长庚，蓐收）
　　智慧神（羽蛇神/凯察尔柯特尔，太阳神）
北　死神（米克特兰库特利）
中　火神

---

① 参见[英]乔治·C.瓦伦特：《阿兹特克文明》，朱伦、徐世澄译，商务印书馆1999年版，第179页。

但与本题关系更直接的是，四方有各自的风神（有时与上述四方神祇相联结），以致被称为"四方风（神）教"。它们主要关系着农业收成。如上，四方神中以西风凯察尔柯特尔（羽蛇）最为重要，因为他又以"埃赫卡特尔"的名称统摄诸风。

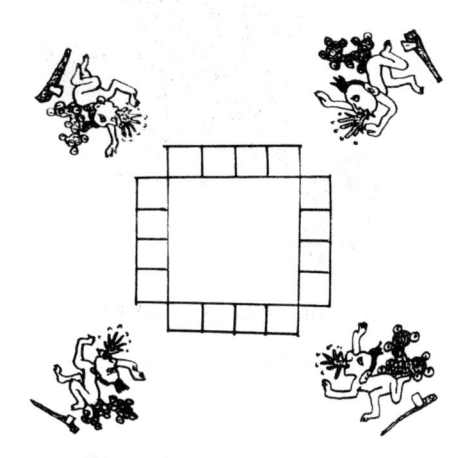

图 3-48 阿兹特克四方风神

（《死者世界》，阿兹特克古抄本；前图之简化）

亚形的"十二月神"历法图，极似中国明堂布局及《楚帛书》。四隅之"四神"有气从口中喷出，或系美洲古代固有的四方风神（请参照欧洲T-O形地图上之四方风神）。四方风（神）掌管土地及丰收，收获时要向它们感谢，是它们掌握着农稼的丰歉，即令地下世界也是如此。

爱德华·泰勒曾注意到诗人朗费罗（H.W.Lonfellow）对四方风故事的优异再造，但印第安人四方风神话本身就具有"非凡的趣味和感染力"。例如：

> 猛烈的北风卡比波诺卡徒劳无益地把缓慢的鸟——矶凫从温暖的、幸福的冬季隐蔽所中驱赶出来。

> 急惰的沙翁达吉（南方风）恋慕金发暂时还没变为银白色的草原姑娘，可是他刚一吹她，草原的蒲公英就立即消失了（附注：另有西北风马纳包左，为西风之非婚生子）。

泰勒就此指出："人自然地把自己视野分为四部分，前、后、左、右，因此，就把世界想像为四角形（引案：天圆地方——正方形），风就是按照它的四角来分的。"①

图 3-49 怀孕的"风神猴"

（肖形罐，阿兹特克文化，现藏墨西哥国立人类学博物馆，王耀摄；左下为小猴石雕像，阿兹特克文化）

这只怀孕的母猴，正在她的肚子（也就是罐腹）里孕育、蓄积风雨，必要的时候释放出来。她有时带来丰收与蕃庶，有时却带来灾害，甚至毁灭世界。

阿兹特克的风神，竟有化形为猴子的（美洲古代人或以为，人类犯罪或遭劫，被大神变为猴子——是独特的"古典退化论"）。现在墨西哥国立人类学博物馆有一件镇馆之宝，是蹲坐的风神猴子肖形陶罐，据说它正在罐子中酝酿风雨，在适当时候才释放出来。

巧合的是，中国主管东方"俊风"的始祖神，太阳神帝俊（史书称帝喾，"喾"读如上古音"猴"），在甲骨卜辞里称"高祖夒"，就是"猱"，完全是大猴的样子。与孙悟空对应的《罗摩衍那》神猴哈奴曼（Hanuman），也是"风神的儿子"②。为什么对应得这样紧密，目前还

---

① ［英］爱德华·泰勒：《原始文化：神话、哲学、宗教、语言、艺术和习俗发展之研究》，连树声译，广西师范大学出版社 2005 年版，第 285 页。
② 参见萧兵：《无支祁哈奴曼孙悟空通考》，载《文学评论》1982 年第 5 期；萧兵：《中国文化的精英——太阳英雄神话比较研究》"智猿：英雄的化身和朋友"，上海文艺出版社 1989 年版；梅新林、崔小敬：《20 世纪〈西游记〉研究》，文化艺术出版社 2008 年版。

不好说什么。而前举河南济原出土的西汉"阳乌-扶桑树"干上九根枝丫，栖息着的居然也有猴子（本应以九乌代表九日）。

图 3-50　"等待出土"的猴形神灵

（左：蚱蜢山，阿兹特克首都附近；右：猴神）

阿兹特克人尊崇猴子，认为这是人类的祖先。在四方风时期，世界为狂风毁灭，人类变成猴子。他们还以为猴子是风神，也许还是更高的神。

阿兹特克人的宇宙发展模式，以四种自然现象（神）来标识。

（1）四美洲豹时期　特斯卡特利波卡成为太阳神，后来美洲豹毁灭了占据大地的巨人族；

（2）四（方）风时期　凯察尔柯特尔成为太阳神，巨风侵袭，人变成猴子；

（3）四雨时期　特拉洛克（雨神）成为太阳神，天火毁灭世界（或称四火时期）；

（4）四水时期　查尔契乌特利库埃（水神）成为太阳神，洪水灭世，人化为鱼。

这四期由内至外描画在著名的太阳石上。而"现代"，是第五"四地震"时期，以托纳蒂乌为太阳神。甚至只以25年为一周期，毁灭而后再造。①

---

① 参见［苏］谢·亚·托卡列夫、叶·莫·梅列金斯基等：《世界各民族神话大观》，魏庆征编译，国际文化出版公司1993年版，第153页。

我们当然最注意四方风时期，其信仰乃至宗教一直持续到现在。它们决定农事丰歉，人类存亡，已不限于"第三时期"。

图 3-51　阿兹特克"太阳石"：毁灭了的"四时期"

（1790 年在墨西哥城出土）

太阳石的圆心，是至高无上的太阳神托纳蒂乌。他控制着四方、四时、四期与四方风。

美国诗人朗费罗描写印第安英雄业绩的拟史诗《海华沙之歌》，第二章就是"四方的风"。他笔下的东方风神瓦本似乎也兼着日神。

瓦本长得又美丽又年青，
他带来明媚的情景；
他用银白色的箭，
在山头谷底把黑暗驱逐出境。①

就好像《楚辞·九歌》里的东君（他是射手英雄后羿在天上的映象）：

暾将出兮东方，照吾槛兮扶桑。
…………
举长矢兮射天狼！

希腊风神埃俄罗斯是巨人泰坦和曙光女神生下的孩子。初民以为，

---

① ［美］朗费罗：《海华沙之歌》，王科一译，新文艺出版社 1957 年版，第 21 页。

东风随着太阳东升,像曙光之箭一样驱除了黑暗。

  东风神(瓦本)他的两边肋帮子上
  给柴红的色彩涂抹得娇艳红润,
  是他的声音唤醒了熟睡的村庄,
  唤醒了野鹿,唤醒了猎人。①

  瓦本后来跟星星安嫩恋爱、结婚。

图 3-52　东方风:英雄瓦本

(朗费罗《海华沙之歌》插图)

  英雄瓦本兼东方风神正在捕鱼,松鼠"阿几道摩"高踞在船头。注意船头标识世界、指向四面八方的八角星图案。中国高山族的船形与船头八角星与之几乎一模一样。其原来,都可能是放射光芒的太阳。

---

① [美]朗费罗:《海华沙之歌》,王科一译,新文艺出版社1957年版,第22页。

北方风神卡比波诺卡,像"不周风"或波瑞阿斯那样阴森可怕。他住在瓦巴沙王国,白兔之乡。

> 那儿到处是险峻的冰岩,
> 一年四季积雪如山。
> 秋天里,他亲自动手
> 把所有的树木染得通红……
> 他还把雪花撒落在地上。
> 在树林里飘落,吱吱作响
> 他又冻结了池沼,湖泊,江河……①

中国人可能以射手英雄后羿配拟西风神。希腊或欧洲被配拟为阿喀琉斯之风,特别凶猛。印第安人也特别看重勇敢的西方风(神)。

《海华沙之歌》说,印第安英雄、大力神麦基凯威斯,曾因其英勇被祀为西风之神。

> 人们在大声地欢呼:
> "光荣归于麦基凯威斯!
> 从此他就成为西风之神,
> 从此一直到永远,
> 他在天上成为四个风神的至尊!
> 今后别再叫他麦基凯威斯,
> 要称他卡比扬,西风之神!"②

跟中国以东风"折/昭明"或"俊/帝俊"为首不同,他们以西风为"风神们的父亲",麦基凯威斯(或卡比扬)令三个儿子(瓦本、夏温达西、卡比波诺卡)管理着东、南、北三风。

"夏日炎炎正好眠。"只有南风夏温达西,住在南方,像夏天那样"又懒又胖",时刻昏昏欲睡。

---

① [美]朗费罗:《海华沙之歌》,王科一译,新文艺出版社1957年版,第24页。
② [美]朗费罗:《海华沙之歌》,王科一译,新文艺出版社1957年版,第21页。

> 四个风神就这样分居四处，
> 麦基凯威斯的儿子们
> 就这样在天上各得其所，
> 各人占着天空的一个角落。
> 伟大的麦基凯威斯
> 只把西风留给自己管束。①

这四风神的布局，就像我们在阿兹特克《死者世界》的宇宙图式里所见的那样（前举印欧语系的某些四风图也大体如此布局）。

路易·斯宾斯（Lewis Spence）《世界神话传说选》说，英雄华提阿库里（Huathiacuri）和他的父亲巴里卡卡（Paricaca）都是卵生，并且化形为鸟。山顶上有四只蛋裂开，飞出了四只鹰，"变成了四个伟大的战士"，创造了许多奇迹——他们实质上是鸟形四方风神兼英雄神。由此推想，朗费罗笔下的四方风神，当然也该具有鸟形，或长着翅膀。前举阿尔衮琴人的四方风就是鸟形。

四风的成立，都是跟四向的发现与认知联系在一起的。如同列维-布留尔所说，"东南西北的方位又通过神秘的互渗而与一定的颜色、风、神话活动联系着"②。印第安人已经从"四方"（神）发展出类似中国的五行观念。独立的大神，所谓"动力神"塔库坎斯坎（Takuskamskan）的地位相当于中国黄帝或帝俊，只是太阳神的帝俊有时还兼着首席的东方风罢了。而塔库坎斯坎居于四风之中，也是较纯粹的"中央元素"。我们还注意到，这位"动力神"还曾被称为"风师"。

古今印第安人的"四鸟绕日"的图案或仪式如此重要，是因为他们有居于显要地位的四风神信仰。据多尔赛等报告，印第安堪萨（Kansa）部族祭风之典相当隆重，他们曾"把被杀死的敌人的心挖出来扔到火里，以此来向四方的风献祭"。雅塔（Yata）的男人，由

---

① ［美］朗费罗：《海华沙之歌》，王科一译，新文艺出版社 1957 年版，第 33 页。
② ［法］列维-布留尔：《原始思维》，丁由译，商务印书馆 1981 年版，第 92 页。

于自己的部落或氏族占据的空间与自身的生存有神秘联系，在特定时刻，必须举起左手（他们住在"左"边），并"顺次向东、南、西、北各方的风弯一下左手"，看起来是一种简化的"畯四方"或"以社以方"之祭。跟阿兹特克后裔四方风祭典颇为相似。奥萨吉等部落，在"定居"某地、布置居所之时，"要举行住宅的祓除仪式，这个仪式是与对四方的风的崇拜联系着的"①——方祭，也有人认为即"祊祭"，而祊祭可以是"四门"或"四隅"之祭。这跟"磔犬宁风"之祭也有些相似。然而，以我牺羊，祭彼四方（"畯四方"等等），最重要的是禳灾求丰。印第安人方形土地的象征"U-ma-ne"，作为"代表土地的不可替代的生命或力量"的沃土，如同"以社以方"，也是应加祭祀的，这是"有四种风吹向土地的象征"②。

　　印第安人对于四方风神，除了寄予调适风雨、保护丰收等愿望之外，还有许多奇特的风俗。印第安人崇拜美洲豹，尤其是黑豹，认为它是增殖、破坏、暴力和黑夜的象征（黑豹化形之一是男子生殖器）。不知道什么原因，美洲豹有时会吞吃具有迷幻作用的"雅吉"藤，有人说为了治病，有人说要取得某种快感。印第安人，特别是巫师，也要嚼食黑豹所化的圣彼得罗草或"雅吉"藤，以求达成某种刺激或幻觉——据说，这样就会变成美洲豹神，乘坐着东南西北"四方风"飞向幻想宇宙③，有如《庄子》说的，乘六气之辩，翱翔于六合之外。这就意味着美洲豹与四方风（或风雨）是互动的。原因之一是，黑色美洲豹曾被看作"夜间的太阳"，而太阳是能控制风或风向的。所以，在太阳控制下的"众雨神的神圣形象，显然是从奥尔梅克（Olmec）人所信的美洲豹神演化而来"④。

---

① ［法］列维－布留尔：《原始思维》，丁由译，商务印书馆1981年版，第210页。
② ［法］列维－布留尔：《原始思维》，丁由译，商务印书馆1981年版，第210页。
③ 参见［美］罗迪亚·米勒：《发现——迷药》，柏华编译，吉林摄影出版社1999年版，第265页；［美］迈克·米勒：《迷药》，离尘翻译社译，东方出版社2003年版，第180页。
④ ［苏］叶·莫·梅列金斯基：《神话的诗学》，魏庆征译，商务印书馆1990年版，第242页。

图 3-53 美洲豹与信仰者一起进入魔幻飞行

（左：黑色斑纹美洲豹；右：美洲豹吞食迷幻药"雅吉"藤）

美洲豹，尤其是黑色美洲豹，被印第安人看作暴力、死亡或黑夜的象征。跟猫头鹰一样，它也曾被当作"夜间的太阳"而能控制四方和四方风。

安第斯山脉古柯属麻醉性药草，叫作"圣彼得罗"，被称为"四方风之神圣仙人掌"，曾用于祭祀和吸食。大概由于使用之后会产生一种四面飞旋的幻觉吧，它被看作四方风赐予的迷幻剂。

这引起一位学者大胆的却证据不足的假设，"这东南西北四方的风可能就是纳兹卡高原上图案标志的含义"[①]。

秘鲁南部纳斯卡高原镶嵌的"巨画"，几乎只有在高空飞行时才能看见。有人甚至认为是外星人制作，为飞船指示方位的。其中有鹰、猫头鹰或雷鸟、蜂鸟的形象。

近年研究表明：纳斯卡"巨画"，是用来祈雨或者求丰的。备尝干旱之苦的高原人，沿着这些巨大的线条举行仪式巡游，向包括四方风和黑豹神在内的诸神祈求甘雨，而风雨从来都是相因的。

---

① ［美］罗迪亚·米勒：《发现——迷药》，柏华编译，吉林摄影出版社 1999 年版，第 265 页；参见［美］迈克·米勒：《迷药》，离尘翻译社译，东方出版社 2003 年版，第 128—132 页。

图 3-54　纳斯卡巨画

（左：秘鲁纳斯卡高原，山腰上的"猫头鹰首巨人"，距今约 2000 年；右：夜晚灯光刻画出的上述图形）

山腰巨人，头部似猫头鹰，一手指地，一手指天，据称正对"大角"，即牧夫座α星（五月星空）。或说是猫头鹰神，或说是鹰族巫师，或说与四方风之祭有关。

四鸟转秋或四鸟人磨秋

古代美洲阿兹特克文化有一种"四人转"的高杆飞人游戏。"这种高杆顶端带有一个旋转平台，人们打扮成神灵的模样或类似这些神灵所体现的飞鸟的模样，抓住平台四周拖下来的绳索向空中扑飞。"① （这种鸟形神灵恰好是四位，分布在圆周的四个等分点上，极其值得注意。）乔治·C. 瓦伦特紧接着介绍说：

---

① ［美］乔治·C.瓦伦特：《阿兹特克文明》，朱伦、徐世澄译，商务印书馆 1999 年版，第 212 页。

随着人向空中扑飞，被绷紧的绳索就使平台旋转起来，表演者就随之打转，做出飞翔的动作。每转一圈，绳索便松下来一点，飞人就向地面接近一步；由于重心的变化加上飞人不断变动自己的双臂，飞人就像鸟在空中上下翻飞一样。①

图 3-55　旋转着"四方风（神）"的高杆磨秋

（玛雅祭祀仪式与游戏的现代情景再现，采自美国《国家地理》1980 年 9 月号，第 158 卷第 2 期）

这种表示太阳控制四方风活动的游戏或仪式，带有宇宙论的性质，目的在求得天地运动的有序和均衡，从而风调雨顺、人寿年丰。

我们觉得，这种旋转极像一种放大的测风（向）仪，飞人扮演测知风向的四只相风鸟，就像前举中国古代那代表四方（风）神而绕日飞翔

---

① ［美］乔治·C. 瓦伦特：《阿兹特克文明》，朱伦、徐世澄译，商务印书馆 1999 年版，第 212 页。

的四神鸟。中央杆顶上，有时还站着一位"指挥者"。

据说，古代玛雅也有这种在高杆上吊起四个飞人迅速旋转的"四人转"。经过西班牙人的描摹和众多专家的研究，可知这种"四人转"显得十分繁复乃至混乱。但在现代墨西哥等地，例如特诺切蒂特兰，还有较好的保存。①

（1）极高的木杆（据称高达15—30米），代表的是"天梯"（Heaven ladder）或"宇宙轴"（Cosmic axie），登上这种"类萨满梯"等于进入天地间的通道。

（2）站立其上的指挥者，是巫酋或天神的代表，他控制着天地的运动。或者，更准确地说，他代表处于宇宙中心的太阳。② 或说，他们一般绕日旋转13周，这代表古代的一种历法。

（3）四位"飞人"被绳索拉起，绕着高柱枢轴旋转。他们模仿飞鸟，所以头戴羽冠，或者胁生羽翼。

（4）因为他们是"羽人"，所以可变化成飞鸟。在某些图像中，"羽人"已与神鸟相置换，成了飞鸟。

（5）它们有四位，分司并且代表东南西北四向，但它们是在空中翔舞，因此又以"太阳四子"的身份充任四方风神（这跟四方方神、风神由"太阳子孙"之夷殷先公先王兼摄相合）。

（6）也正因此，他们化身为鸟（许多民族以鸟为风神，我们必须记住甲骨文四方风神即是四方神鸟），表面上只是测风仪上的四只相风鸟，其实是四方神或四方风神。

（7）轴枢或旋转的圆毂，表示太阳或太阳所标识的宇宙中心。太阳也可由站在中央的人来代表（参上）。

（8）四鸟的翔舞又是模拟太阳乃至宇宙的运转及其节奏（它们既是四向又是四时之神）。因为宇宙时空是四分的，往往由四神人来代表。

（9）这可以看作前举四鸟绕日图形的仪式化、动态化，现在已

---

① 参见《国家地理》，1980年9月号，第158卷第2期。
② 参见《世界宗教》，姚祖培、庄根源译，浙江教育出版社1998年版，第86页。

蜕变为一种游戏。

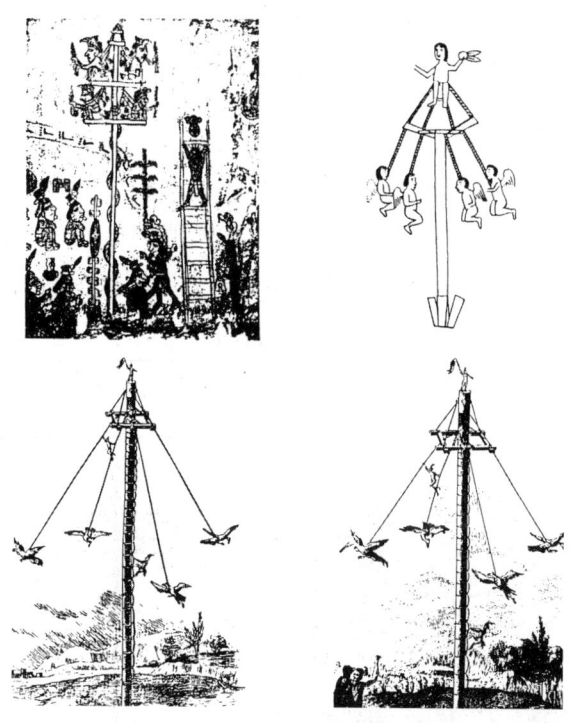

图 3-56 玛雅的"磨秋":从四鸟到四"鸟人"到四神

(据王大有等,转采自美国《国家地理》等)

起初是代表四风的四鸟,分布在四方并且在高杆上旋转,逐渐演变为四个带翼的"鸟人"或四个戴面具的巫师(他们头上似乎还戴着鸟冠),但都是四方风神的形象——请循反时针方向观看。中杆顶端的指挥者,代表控制"四鸟/四风"的太阳神。

据说,这种游戏在中国的新疆和云南、广西等地至今还保留着,甚至山西、宁夏也有它的残迹。有的形态略改,有的变成低杆磨秋,有的变为纵向旋转,但有的磨秋上的四舞者居然也以"羽人"或"鸟(形)人"形象出现。

这绝不仅是一种游戏、一种杂技性舞蹈艺术,更是重大的宗教仪式。它模拟宇宙,尤其是太阳的运动及其周期或节奏,使太阳的光、力、热更加辉煌强大,从而更新大地、更新世界、更新人类,使一切变得更加圆满和快乐。

白安氏（Stresser Pean）已经触及"飞人舞"的若干重要方面。

印第安人把天空看成是一位男性神明，其特性是火；大地则是一位女性神明，其特性是水和空气。一切生物的繁衍生息均有赖于这二者的结合。①

这也很像中国阴阳观念。要使阳和阴、天和地沟通，必须信赖作为帝使的风神（中国称为"帝史凤"），飞人舞的鸟或"羽人"就代表天帝的使者，从高空"给大地带来齐天洪福：太阳的光芒和闪电——火"②。所以他们身着红色的服饰，冠羽并且插翅。旋转表示它们在天空巡游，在一定时刻降落，为大地带来热力（也许还有雨）和丰饶。

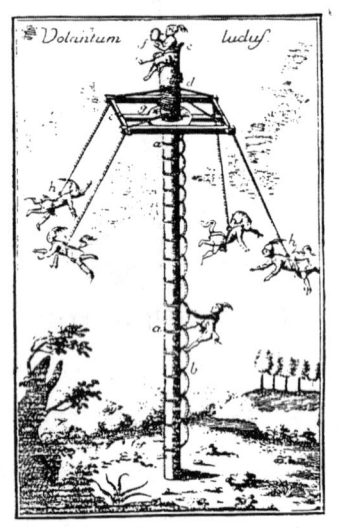

图 3-57 玛雅和中国云南和四"鸟人"磨秋

（左：云南晋宁石寨山贮贝器图纹，不同摹本，参见汪宁生等；右：玛雅四"鸟人"高杆磨秋，采自美国《国家地理》杂志）

磨秋，开始时是模拟相风鸟那样的测风器兼风神杆，最初使用鸟羽或鸟形做风向标。四只鸟代表四方风，它们顺风旋转并且指示风向，中心极似太阳。后来"四鸟"可能变成仪式－巫术法具，或提升为四风神，现在已纯粹是一种运动游戏。

---

① 参见王大有、宋宝忠：《图说美洲图腾》，人民美术出版社1998年版，第115页。
② 参见王大有、宋宝忠：《图说美洲图腾》，人民美术出版社1998年版，第115页。

中国有学者论述云：

> 这是殷地安人（Indians）的祈求丰产的古老舞蹈，其内涵与太阳和宇宙天体也密切相关。目前流行于墨西哥、危地马拉、尼加拉瓜等国。除飞人舞外，还流行一些由此派生的"旋转的舞蹈"等等。①

或说，他们旋转的圈数跟古老玛雅－阿兹特克的时间观念结构相关。

> 殷地安人认为52年为一世纪；因此四位羽人各转13圈落地（13×4=52）。四人同时飞舞象征一年有四季。……（所以）大多数学者认为，飞鸟舞与殷地安人的宇宙、天体观念有密切关系。②

众所周知，四季往往是跟四风的来向对应的，一般跟四方对位——神话思维里时空往往可以转换生成。

图3-58　"天梯"上的"四神鸟"

（秘鲁彩陶图案）

两座山形物之间竖着一根"天梯"或通天神杆，其上"栖息"着四只"鸟"，这是高度抽象地再现四凤鸟或四羽人在"磨秋"上飞旋的情景。

贵州、云南磨秋约分两种：

磨秋 ┌ 转磨秋——四人抱环绕柱轴旋转
　　 └ 磨担秋——四人骑在柱轴上横向旋转

---

① 王大有、宋宝忠：《图说美洲图腾》，人民美术出版社1998年版，第115页。
② 王大有、宋宝忠：《图说美洲图腾》，人民美术出版社1998年版，第115页。

复有"风车秋千",其异名有:

车秋 / 转秋 / 轮转秋 / 转秋千 / 纺车秋

形制转为复杂。或竖一"冂"形木架,横梁横悬一可转动的"十"字木轴,各端悬一秋千,四人坐在秋千板上,轮流蹬地,使之上下起伏转动。

其名称为"风车",不仅是形似,当初可能就是模拟风车或风向标制作的。

云贵高原,盛行这种游戏的有苗、阿昌、傈僳、壮、彝、傣、景颇、哈尼、布依、仡佬等族。①

图 3-59 打磨秋的改型:踩风车

(左上:广西隆林壮族的"踩风车";左下:作为参照的石寨山铜鼓"羽人"磨秋图纹,SZM101:1;右:云南哈尼族"苦扎"仪式里的转秋或打磨秋)

每年正月十五及三月三时,壮族青年男女踩风车取乐。这是磨秋的竖置。其称为风车者,暗示它本来为了模拟风的旋转。有的地方叫轮子秋、八卦秋。所谓风车、风轮,暗示它是一种放大的、游戏化的相风仪或风向标。"八卦秋"云者,也许表示当初有模拟四面八方的运转之意。

---

① 参见方川:《秋千的起源与流变》,载《寻根》2003 年第 2 期。

清光绪三十一年（1905）补刻本《广南府志》说，最初只有二人，可能为了纪念最早的双季法或方向的二分；以男女行者，也许有调谐阴阳之意。

　　正月，男女抛绣球，戏扑。又，立（道光本作"竖"）一直木于地，以一横木凿其中，合于直木头上，二（或作"两"）人一左一右（扑）于横木两梢头为戏（道光本无扑字，应补）。此落彼起，彼落（此起），腾于半空，名曰"磨秋"（汪宁生所据道光本作"磨秋"）。

最令人惊讶的是，铜鼓所见磨秋上，四人俱戴鸟喙而有鸟翼或缀扇形尾。这跟玛雅天梯上旋转的鸟形人不是一模一样吗？

李家山铜鼓，近圈足处的转秋图像，旋臂较短，是矮型的，中心柱端有轴并置轮，周围系绳四根，绳末吊着戴羽冠的人，"各挽一环作旋转跳跃状"，似乎较为简便而又安全，应属较古老的转磨秋。

图 3-60　山西武乡的八卦秋千

（山西省民间文艺家协会提供，采自《民间文学论坛》）

八卦秋千，可以看作四人磨秋的一种繁化。八卦形成，本就与四面八方观念相关，都体现着太阳控制下的时空运动。四风也曾繁化为八风。宁夏的轮子秋与之相似，但保留四人转的原生态。

张增祺说，打秋千"据说可以消灾免难，四季平安"；其地又是青年男女社交和谈情说爱之所。①田雯《黔书》将其与"鬼竿"相连："春日立木于野，曰'鬼竿'，男女旋跃而择偶。"云南兄弟民族多称神为"鬼"，"鬼竿"就是神杆。也许磨秋是风神鬼杆的一种形式。与男女嬉戏相结合，分明祝愿男女好合，阴阳调谐，应时嫁娶，人丁兴旺。

顾炎武《天下郡国利病书》称其为"秋千会"，在春天举行，"邻峒男女装束来游，携手并肩，互歌互答，曰'作剧'"。它多在过年或春秋两季举行，像"歌墟"一样促进男女社交。清人《盐源竹枝词》云：

高县彩架接云天，共庆新年胜旧年；
姊妹艳装争奇丽，情郎抛索送秋千。

二人磨担秋好像跷跷板，却较之高大。磨担秋不仅上下起落，还能转动，玩的人奔跑推旋，然后"扑"在或吊在其上转动，比跷跷板好玩得多。汪氏所举《古滇土人图志》所见，也是两个人玩。江川李家山铜鼓图纹却是四个人的游戏，更具古意。

汪宁生介绍说："这种游戏兼有舞蹈及运动双重作用。直到今日，云南彝、傣等族过年时还举行之。"②

这种游戏往往在"以腊月（为）春节"的岁末或正月举行，正是新陈代谢、除旧布新的"转换"时节，进行这种模拟年岁"周期（性）循环"乃至宇宙的团旋运动的游戏，正有融入宇宙时空、跟上其运转节奏，从而更新世界和自我的意义，跟"爆竹一声除旧岁，桃符万户更新年"有同样功能。

方川介绍说："磨担秋以云南、贵州、广西等地区的傣、景颇、苗、壮、哈尼、布依、仡佬族为盛，其中哈尼族最为典型。"③可见分布之广，涉族之多。

哈尼族在农历之"五月年"（戊日、亥日）、"六月年"（月中之三五天）

---

① 张增祺：《晋宁石寨山》，云南美术出版社1998年版，第250页。
② 汪宁生：《试论中国古代铜鼓》，载《考古学报》1978年第2期。
③ 方川：《秋千的起源与流变》，载《寻根》2003年第2期。

举行"磨秋节"。(哈尼族)苦扎扎,其来源传说为:

> 远古时,太阳、月亮出没不定,危害庄稼。阿朗和阿昌兄妹决定要救助乡邻。他们砍来栗树支起磨秋,磨秋飞转,载他们飞上太阳和月亮。他们费尽心机说服它们(日/月)有规律地昼夜出没。理想实现了,兄妹却分别被烤死、冻死在太阳和月亮上。人们为了纪念他们〔亦打磨秋〕,演变为节日。[①]

它的深层含义之一是,打磨秋能够调谐天气,衡定日、月运动,使无间出没,不失时序。

广西彝族传说,古时,忽然不见太阳也不再下雨,河水断流,世界陷入黑暗和痛苦,草木干枯,瘟疫流行。有李家兄弟用两根木头做成磨秋,坐上旋转,整整"打"了15个昼夜,目的是"登天"求情,终于打动天神,天上刮起大风,下起大雨,雨过天晴,阳光普照,生物起死回生。

可以看出,打磨秋曾经是一种招风请雨、调谐天候的模拟巫术,此处主要模拟的是风和风神的活动——磨秋由二人或四人"打",这就跟四方风神的运转有了紧密的对位。

现在打磨秋在每年正月初一至十五举行。"爬"在磨秋上的青年男女,不时在旋转中做出惊险动作,已成为一种文娱性体育表演,曾作为第一、二、三届全国少数民族传统体育运动会表演项目,获过一等奖。游戏民俗与信仰的递嬗演变,于此可见一斑。

这种游戏居然也在山西武乡得到保存和发展,风车或磨秋呈八角形,下吊八人旋转,叫作"八卦秋千"。

汤惠生面告,宁夏、青海也有四个人玩的轮子秋。青海土族称轮子秋为:

> (土族语)卜日热:旋转,转轮

有时"拆下大板车柱轮,将车柱竖起,下轮压重物,固定重心,上轮

[①] 方川:《秋千的起源与流变》,载《寻根》2003年第2期。

绑一架梯,在梯两端拴上等长皮绳(似秋千)即成"①,真是巧妙而又方便。

维吾尔族也有空中转轮式秋千:

(维吾尔族语)沙哈尔地:空中转轮

主要在春、秋两季及婚礼时玩耍。竖起约10米高的圆木,上装木轮,"轮上装两根横木,各拴上绳索,如秋千状",如是二木十字交叉,顶端拴绳,恰是四人共转。其特点是轴木底部也装横木,数人推动,以使空中的轮子转动,升举架上的人使之飞动,"转速越快,游戏者飞得越高"②,也越像飞鸟。

图 3-61　彝族的打磨秋

(运动会上的表演场面)

彝族的打磨秋,彝语称"磋逻磋",流行于广西隆林、西林。这是在模拟风的旋转,其改型就叫"踩风车",略似磨担秋。据广西彝族传说,打磨秋能够打到天上去,目的是招风祈雨,使生命复苏。或二人,或四人,其中四人与四方风神相应。

---

① 方川:《秋千的起源与流变》,载《寻根》2003年第2期,第92页。
② 方川:《秋千的起源与流变》,载《寻根》2003年第2期,第92页。

第四章 四方风神鸟与殷商祖先神

四风神、四方神与祖先神的可能对位

对方向与方位的确认——"方向"是客观的,"方位"用主体为基准——是原始思维的巨大进步,由"二元对列"到"四方对列",再以自然变化(例如风云雨雾)为参照,更加是社会构造复杂化与思维细致化的反映。及至"四方"与"四时/四季"被融合为对应性的时空交错之结构,那就是人类对多维时空思考的伊始,暗示着观念的变化,分类的精致化,以及符号或构形的规整化,而且开启着从"神秘"走向"科学"的可能性("相对论"便是神话思维里时空对位互转的超凡飞跃)。

列维-布留尔说:

> 空间的部分和东南西北的方位也有自己神秘的意义。当澳大利亚的土著居民大批聚集在一起时,每个部落以及每个部落内部的每个图腾集团都占着自己固定的位置,这位置是根据他们与空间的这个或那个部分的神秘的血缘来划定的。这类事实也在北美发现。[①]

---

① [法]列维-布留尔:《原始思维》,丁由译,商务印书馆1981年版,第30页。

他又说，这种方向的神秘性是与风或时空神话相联系的。

在每个图腾集团和固定给该集团的一定空间之间，亦即在这个图腾集团与一定方位之间，就存在着神秘的互渗。东南西北的方位，又通过神秘的互渗而与一定的颜色、风、神话活动联系着；而后者又与河流或神圣的森林联系着，如此等等以至于无穷。①

中国的五行，与四方风及五方色联系在一起，与此基本一致。由"二元"分裂而出的四分（法）最为古老而又典型，特别是在"四方/四时"交叠的时候。

后来，这些"四方神/四风神/四季神"又获得充分的人格化，而且跟群团的祖先神、英雄神黏结起来。

泰勒介绍布林顿《新大陆神话》，这本书讨论"方地"观念怎样产生出"四向"和"四方风"，"怎样产生了一个接一个的四个英雄弟兄的传奇，或神话祖先，或人类保护神的传奇，传奇中的这些人物一看就知是四种风的人格化"②。风的人格化跟祖先（神）与四方风的黏结是一致的。

我们先将甲骨文和典籍四方方名、风名的异同列表如下，以供比照。再分别考释四方凤鸟的母型，以及它们跟殷商早期先公先王或祖先神的可能对应。

	索引	东		南		西		北	
		方名	凤名	方名	凤名	方名	凤名	方名	凤名
殷墟卜辞	《合》17294（《京津》520，《掇》2·158）	析	劦（协）		凯（微）	韦	彝	夗	殷（役）
	《合》14295（《缀合》261）			凯（微）	因	彝	韦	九	殷（役）

---

① ［法］列维-布留尔：《原始思维》，丁由译，商务印书馆1981年版，第92页。
② ［英］爱德华·泰勒：《原始文化》，连树声译，广西师范大学出版社2005年版，第295页。

续表

索引		东		南		西		北	
		方名	凤名	方名	凤名	方名	凤名	方名	凤名
殷墟卜辞	《金》472	析							
	《京津》316，(《粹》195，《前》4·42·6)					彝	辣		
典籍	《山海经》	折/折丹	俊	因	乎民/夸	硛	韦	鵷	狁
	《书经·尧典》	析	孶尾	因	希革	夷	毛毯	隩	氄毛
	《大戴礼·夏小正》		俊						
	《国语·周语》		协						

伊藤道治独到地对专家们注意得较少的四方神进行研究。他认为，"方"联系着：

（1）方向或方位；

（2）方国；

（3）方国宗神和族神。

"把许多分散在殷周围的各个国家的诸神综合起来，加以抽象，分为东西南北，这就是四方之神。"①

我们认为，四方神跟四风神同样，可能与殷商某位先公或名王对位。他们已被看作与自然力相重叠的祖先神，例如以祖先神兼为太阳神、方位神或风雨之神，而不是地方神、方国神。

这，杨树达已经触及（《积》53—54）。陈梦家也说："卜辞四方之神'析'等实是神人的专名。"（《综》589）他甚至说："卜辞中四方之名乃是四方之帝名。"（《综》590）所谓"帝"，不仅是自然神，至少涵化着某些重要祖先神的神名。像东方或东风的帝俊很难否定吧。

---

① ［日］伊藤道治：《中国古代王朝的形成》，江蓝生译，中华书局2002年版，第45页。

他还发现了东方"析／折"与"挚／契"的对位（我们认为还有昭明）。

他们来不及全面、深入地论证，我们的"对应说"却最受专家的诟病。

王小盾的四方风研究有一个重要发现。

前举《左传》昭十七年"四鸟"分司二分、二至与四立之"时节八分"跟商代八位先公所司理或所代表的时空相关。

> 由玄鸟（引案：燕）、伯赵（引案：伯劳）等候鸟所代表的时节八分，明显地对应于由振、昭明、相土、昌若等八王所代表的时节八分。这种对应性，不仅表现为它们以八为分的结构方式，而且，它们都是少昊（少皞）时期的文化符号，都是关于日、地关系的标记……①

他做了一个很有意思的表解。

	南	
青鸟 昭明	伯赵 相土	丹鸟 昌若
玄鸟 振		玄鸟 曹圉
青鸟 誉	伯赵 冥	丹鸟 契

东（左） 西（右）

北

如他所说，这太微妙。

固然，这种严格的秩序化激起了我们深藏着的怀疑主义；然而，它跟我们30多年前就构拟（主要论点披露于1987年）的理论性图式或假说暗合：

---

① 王小盾：《中国早期思想与符号研究——关于四神的起源及其体系形成》（上册），上海人民出版社2008年版，第420页。

（1）四方方名、风名可能与某位先公、名王对位；
（2）四方方名、风名都暗指一种（凤鸟式）神鸟；
（3）这些神鸟跟季节、物候乃至"方色"有（不严整的）对位。

我们的建构没有王小盾的齐整与严格（我们不熟悉天文学、气候学），有的找不到对应者，例如彝或夷，只好拉后羿"充数"。有的未知或待考，期望批评。

东方"折"——昭明或"鹭/少皞"

先看东方之"析"。卜辞和《尚书·尧典》都作"析"，唯《山海经》作"折"；又说"大荒之中，有山名曰鞠陵于天，东极、离瞀，日月所出，名曰折丹"（《北堂书钞》卷一五一引此作"有人[名]曰折丹"；丹字或衍）。

案：析、折，古可通转。《山海经》不但不误，而且启发无穷。所有的解释都应该围绕这个"析/折"通转来进行。汉唐人乃至清儒由于看不到甲骨卜辞，又不重视《山海经》，不晓得"厥民"的意思即"其神"，后面的"析"等是专门名词，就是方神或风神的名称，所以望文生义，把"厥民析"解释为"言其民老壮分析"（伪孔传），"民宜分析适野"（孔疏），当然牛头不对马嘴。现代还是有些学者沿着这条思路发挥。例如，说析"言主分解之神"，"指男女分居"[①]，只能是牵附。

图4-1 析

"析/折"二字有条件地相通。

---

① 参见杨琳：《四方神名及风名及古人的四方观念》，见上海民间文艺家协会、上海民俗学会编：《中国民间文化——民间神秘文化研究》（第十二集），学苑出版社1993年版，第30页。

析、折可以通转。《说文》卷六木部："析，破木也。一曰折也。从木从斤。"《广雅》："析、折，分也。"李孝定《甲骨文字集释》说，契文析，"象以斤（斧）砍伐木，名'破木'与'析'，均其义也"。折，古或从断草，如《说文》卷一草部"折"即从斤、从断草（许采谭长说）。断草偏旁与"木"相似。草、木相近，破、断同训。如胡厚宣所说："析、折义同，且形亦近也。"再看字音（采用简式音标，附注拟音专家）。

析　　上古音 sek　　心纽锡部　　（王力，唐作藩，郭锡良）

　　　中古音 siek　　心纽锡部　　（郭锡良）

折　　上古音 ziat　　禅纽月部　　（王力，唐作藩，郭锡良）

　　　中古音 ziet　　禅纽月部　　（郭锡良）

二者相去不远。现代南方某些方言读"断裂"之"折"如 sek（心纽锡部）或上古音 zǐăt（禅纽月部），此音与"析"更加接近，古音相去也不远。那么，"折（析）"是什么呢？

《礼记·祭法篇》："燔柴于泰坛，祭天也；瘗埋于泰折，祭地也，用骍犊；埋少牢于泰昭，祭时也；相近于坎坛，祭寒暑也。"郑注："坛、折，封土也。"又说："折，炤晢也，必为炤明之名，尊神也。"

这里的意思似是，泰折（大折）是祭地神的"坛"。《广雅》作"大坎"，王念孙校改为"大折"，跟"方泽"同是"祭地名"。"折"有光亮的意思，略通"晢"。这个字见于《说文》卷七日部，说是"昭晢，明也；从日，折声"，引《礼记》曰；"晢明行事。"《广雅》也有："晢，明也。"所以"折"有明义。《礼记》之"折"虽不是名词，其形音义却与神祇专名有所干连。

祭地而用"炤明"的"折"（或"晢"）为名，是为了尊重神祇。因为土地同样接受日光的普照。最初泰坛、大折跟"王宫""泰昭"同样起源于祭祀太阳，所谓坛之言坦，坦，旦也；坦，明也；后来才分化。

这等于说，折（晢）有"炤（昭）明"的意思。郑玄注"泰昭"时也说：

"昭,明也;亦谓坛也。"孔疏也说:"泰昭,坛名也;昭亦取明也。"大折、大昭,都是祭坛之称,取其"昭明"之义,原以祭日、祭天,以后也用来祭地。

这里的"昭明"不是神名,但是给人无穷启迪。它暗示,《山海经》东方神之"折"(卜辞作"析")必与昭明光亮相关,与太阳运动相关。

图4-2 上古主神多兼掌光明

(左上:希伯来主神耶和华;右上:希腊主神宙斯;左下:玛雅太阳神、雨神;右下:北欧主神奥丁)

希伯来《圣经》中的上帝耶和华,本是荒山与雷电之神,兼司光明。玛雅主神情况复杂,多由太阳神、雨神兼任。希腊主神宙斯,北欧主神奥丁,本来是雷电之神,但亦曾兼掌雨、云和太阳,他们还都有鹰鹫"部从"或化形。

前引杨树达说,四方名必为神名(《积》55);陈梦家说,四方名乃四帝名,"折"可能指少皞"挚"(《综》590),这恰与之前的假设暗合,"折"可能指殷第三代先公:昭明。

《世本》《大戴礼·帝系篇》《史记·五帝本纪》都说,帝喾(案即太皞）生挚（少皞），又说帝喾生契。如果我们理解古代传说系谱常见父子易位或祖孙混同而不拘泥于位次的话，那么"太阳的子孙"三代世系就是这样：

太皞——帝喾（案指帝俊、帝舜，卜辞高祖夒）

少皞：挚┌契
　　　　└昭明

太皞是"大光明"，少皞是"小光明"，后者可能概括两代小太阳神。①

帝喾等于高句丽太阳祖先系谱里的"天帝"，契相当于天王解慕漱，昭明则是小朱明（朱蒙、东明）②。太阳神"祖/子/孙"三代的系统是非常明确的。

昭明不但是商先公，而且曾配拟为太阳神。

《楚辞·九怀·昭世》："使祝融兮先行，令昭明兮开门。"

王注祝融为"南方神"，昭明为"炎神"，即火神、太阳神，或太阳神火之神。姜亮夫说："天地间以日月之照临为最明，而南方处炎地，为日光雄强之处，引申得此义。"③楚辞及其先后的文籍里，"昭明"亦用以形容日月之辉耀。例如：

《楚辞·九辩》："彼日月之昭明兮……"

《楚辞·九思·遭厄》："适昭明兮所处。"王注："昭明，日晖。"

形容词可名词化，语转为"朱明"，义亦"日"或"日光"。

《楚辞·招魂》："朱明承夜兮。"王注："朱明，日也。"

《汉书·礼乐志》："朱明盛长。"

《广雅·释天》："朱明，日也。"

《楚辞·九思·伤时》："惟昊天兮昭灵。"王注："昭，

---

① 参见萧兵：《中国文化的精英》，上海文艺出版社1989年版，第31页。
② 参见梁志龙：《朱蒙考源》，载《社会科学战线》1997年第5期。
③ 姜亮夫：《楚辞通故》（第一册），齐鲁书社1984年版，第59页。

明也；灵，神也。"（闻一多、姜亮夫都说，此乃"昭明"之神，亦"明神"之变。盖自太阳神转为光明神。）

"折/昭明"之义首与太阳相关，太阳是从东边升起的，所以东方、东方风或太阳风可以称"折"。

图4-3 母型不明的鸷鸟

（左：商代铜器纹饰；中：秦代瓦当"朱雀"；右：唐代石刻）

有的凤鸟或朱雀母型很不明确。鹰钩喙，大而有力的足爪和翅膀，似有尖刺的尾，极力突出其猛鸷，是典型的混形神鸟。

图4-4 南方朱雀；四象或四神

（汉代瓦当；右为四神）

有的朱雀，被认作"凤凰"或"夔凤"，可见它仍保持若干凤鸟特征：鹰的利喙、巨爪，雉和孔雀的冠羽以及被简化的尾巴。

有人甚至想从突厥语系里寻求"折"与东方的干连。

析，《广韵》先击切，心纽，四等；上古音接近 *sek。

而维吾尔语四方名称里，东方为 Srq'，与 *sek "若合符契"；还可注意，藏语称东方为 Ǵar，与 *sek 也有接近处。① 这可供参考。

"东方曰析"，杨保愿提出一个有趣的见解：它的音义与侗语"日晕神"名"析"一致——我们也以为东方神是由太阳（祖先）神来兼任，并且执掌东风。杨保愿说，侗族自称"干人"（'niŋk'm），是"干越"后代。

> 他们崇尚东方，自认为是东方光明之神日晕的子孙。他们以为日晕神"析"是诸神之始祖，是太阳神的母亲。……（这）与甲骨文卜辞中的"东方曰析"内涵一致。②

以光明神或太阳配"东方"，这也许是偶合，但它们反映出的共同神话思维-心理结构，却很值得重视。

图 4-5　朱明：鸷鸟的鹰或鹏凤

（左：阿兹特克"太阳石"上的鹰鹏；右：鹰）

东方凤鸟焦明即"朱明"，原指红色太阳鹰或金雕，即赤凤，是大鹏或火凤凰的母型；在神话里被罩上太阳的红色光辉，而俊鸟在民俗上可能更大的母型则是金碧辉煌的锦鸡。后来"卑化"为朱雀，转移到南方。

如上所说，"折"可通"挚"。

《礼记·月令》说孟春之月行冬令，则"雪霜大挚，首种不入"。陆

---

① 参见苏檀：《关于甲文"东方曰'折'"》，载《语言研究》1982 年第 2 期。
② 杨保愿：《侗族蜘蛛崇拜文化》，载《民族艺术》1997 年第 2 期。

氏释文:"挚音至。蔡(邕)云伤折。"

郑杰祥文也举出,"折中",即"执中",而"执"通"挚",所以"折"可以通过"执"而写为"挚"(少昊或少皞称"挚")。

而"折/执/挚"又可通"鸷",如"挚鸟"之实为"鸷鸟"。胡厚宣举出——

> 《左传》僖二十六年"熊挚",《史记·三代世表》作"熊鸷";挚鸟,《史记·白圭列传》作"鸷鸟"。
>
> 《诗·大雅·常武》"挚如翰",陈奂《诗毛氏传疏》云:"挚与鸷同。"
>
> 《大戴礼·夏小正》六月"鹰始挚",洪颐煊《夏小正疏义》说:"挚读如鸷。"
>
> 《说文》卷十二手部:"挚,握持也。"段注:"古字多假挚为鸷。"

"折/挚/鸷"相通,证明少皞挚可化为"鸷"。

郑杰祥文补充了一个"折"可直接通"鸷"的证据。《庄子·马蹄篇》有"鸷曼",李颐注"鸷"意为"抵",陈鼓应云借为"挚";而朱骏声《说文通训定声》说应作"折曼(鳗)",是折可通过"执"转化为"挚/鸷"。

王小盾也注意到"风名"与先公的对应。他引证《释名·释天》对"析"的解释:震。

> 震,战也。所击辄破,若攻战也。又曰辟历。辟,析也,所历皆破析也。

汉代刘熙《释名》好用声训,有对有不对,不免于滥,辟析或辟易不过是破阵或战敌的一种结果,不能反推出"析"可训"震"。王却按此孤证推出"震/振"可代表春分,"将原来的春季一分为二",是为"析"。[①]又说"析"可释"羽",表示太阳鸟或"旭日振羽"之时。至少是圈子绕得太大,

---

① 王小盾:《中国早期思想与符号研究——关于四神的起源及其体系形成》(上册),上海人民出版社 2008 年版,第 426 页。

哪有"析/折/鹜"或"鹜/少昊/昭明"现成而又简捷。

"震/振"倒可能是殷先公王亥的又名。王亥"异名"很多。

亥　（卜辞；《山海经》《竹书纪年》）

该　（《楚辞·天问》）

核　（《世本》）

垓　（《汉书·古今人表》）

学者多认为，亥就是《史记·殷本纪》契八世孙"振"（王国维说"亥/振"形近而讹；或说不误）。

《周易·未济》："震用伐鬼方"（或断为"震，用伐鬼方"）。李平心说："震，用（上甲微），显然为人名。以史文比证，'震'当即《殷本纪》之'振'，也就是王亥。"①

图 4-6　朱雀（灯）

（青铜，河北满城汉墓出土，西汉）

秦汉五行观念成熟以后，南方神鸟为朱雀，就是朱明。朱明就是焦明，是"契/昭明"的化身。身躯被缩小或卑化。但是喙、爪、尾仍甚有力，保存鹜鸟或凤凰的特征。

---

① 李平心：《李平心史论集》，袁英光、桂遵义编，人民出版社1983年版，第289页。

这个说法基本是对的,所以不要将"亥"或"震"硬拉上"折"或"挚"。

陈梦家《殷虚卜辞综述》说,"亥"与"契"古音相同,王亥即契,整整差了八代(李学勤曾批评此说)。但契与"折/鸷"相关。王云:"契是传说中的人王,而挚是少皞之神(引案:二者可叠合)。由于'挚'和'折'相假,'挚''执''晢'和'质'相假,故东方神'析'或'折'皆少昊挚或少昊质的本名。"① 与郑杰祥等一致,基本正确。却不要硬拉到"亥/振/震"上去。

图 4-7　太阳鹰

(玉片,安徽含山凌家滩新石器文化遗址出土,摹自《凌家滩文化玉器》)

现实中当然没有什么太阳鹰,但在民俗艺术里,可以更其外形,附以意符,饰以附件,让它成为太阳鹰。胸腹有八角星太阳纹,翅膀兼体为野猪头,喻其迅疾凶猛。"鸷/昭明"化身的焦明鸟之母型,较可能为此种太阳神鹰。

昭明 / 朱明 / 焦明是什么鸟?

所以,作为东方夷殷集团的先公兼太阳神,他们都有鸟的化身(这一点也有专家大加批评)。

帝俊 / 俊鸟 / 俊凤 / 鶬鷬,即锦鸡 / 金雉——它最可能是东方赤凤"焦

---

① 王小盾:《中国早期思想与符号研究——关于四神的起源及其体系形成》(上册),上海人民出版社 2008 年版,第 428 页。

明/朱明"的取象依据——这样祖、子、孙三代就共化一鸟。

或说,"折/挚/鸷"——"乃是一种厉害的鸟名"①。

《路史·后纪》及注引《年代纪》:"少昊名契。"

郭沫若说:"少昊金天氏帝挚,其实当即是契,古挚契同部。"②是契亦化身为鹰鹫类鸷鸟。

另一种可能是,"挚/鸷"包括"昭明"即"朱明",鸟化身为朱鸟或焦明。"鸷鸟"或"昭明鸟"就是太阳鸟、光明鸟。相关文物里的太阳鹰可以看作这种光明鸟的代表性意象。

作为太阳英雄,这就是高句丽第三代太阳神朱蒙(东明)。

图 4-8　鹰攫人首玉饰

(上:玉牌,现藏于上海博物馆;左下:玉觽,山东龙山文化,伊瑞生收藏;下中:玉佩,商代,采自《故宫博物院藏工艺品选》;旁附鹰隼或松雀鹰)

鹰攫人首的造型,基于祖灵神鸟能够镇魇邪恶的观念。从这里也可以看出最早的凤(鹏)系以鹰鹫为母型,而且首先是东方凤"折/挚/鸷"或"昭/焦明/朱明"的母型。

---

① 胡厚宣:《甲骨文商族崇拜鸟图腾的遗迹》,见中国科学院历史研究所编:《历史论丛》(第1辑),中华书局1965年版,第137页。
② 郭沫若:《中国古代社会研究》,人民出版社1964年版,第201页。

梁志龙说，朱蒙化身为"朱鸟"（即后来的朱雀），即《山海经·南山经》"合文"之"䳜"，其名自呼，是凤凰的一种，跟明夷、重明、焦明同样，"正是太阳幻化的神鸟"[①]。其母型可能是大红鹰，也可能是"锦鸡/金雉"。这跟"挚/昭明"的化形一致。

朱雀，秦汉以后被"卑化"了，虽然还带着鹰钩嘴或利喙、大翼等，体形却缩小了。这种雀绝不是麻雀那样的小雀，而且是孔雀的"雀"、大马爵（鸵鸟）的"爵"，身材高大，仍是凤凰的母型（"孔"有"大"意，孔雀就是大雀），朱雀就是大红雀，尊化或神化以后就是朱凤或火凤凰。

它本来是东方神鸟（东凤），五行观念或四神成型以后，南方属火，色赤，它就被移到南方，标志南向，称为朱雀。它的模特主要是鹰（棕色羽毛映日生辉并且夸饰为赤，即成太阳鹰），但也可能是以红色为基调的红腹锦鸡，即金雉，但比太阳鹰当选的概率要小一些。

图 4-9 朱雀：朱明

（或说"夔凤纹"；瓦当，秦，直径 15 厘米）

朱雀在四神系统里，被分配在南方星空或地区，掌理南方，五行属火；在四方风里，"朱明/焦明"或即朱雀前身。

安徽含山凌家滩出土"兼体造型"之太阳神鸟，两翼幻化为凶猛的野猪（头）；胸腹是习见于新石器时期以"八角星"来表示的太阳纹，

[①] 梁志龙：《朱蒙考源》，载《社会科学战线》1997 年第 5 期。

与含山灵龟玉版所见基本一致（参见《宇宙的划分与中国神秘构型》）。是为太阳鹰，见于太平洋两岸，足证鸟（祖灵）信仰跟太阳崇拜往往叠合（参见《龙凤龟麟：中国四大灵物探究》）。

凌家滩可视为夷海文化展延区（张忠培等以"八角星"为例，证明其与大汶口文化的紧密联系①），或说为淮夷。李修松认为，大汶口陶尊"日出火山"符号，是"昊"字的意象②，并由此推论凌家滩太阳鹰是少昊（挚/昭明）的化形，猪翼雄鹰可以体现他的鸷猛勇武③。简单地将含山太阳鹰与"少昊/鸷（鸟）"对应，缺环太多，把考古文物、遗迹或图形与文献、传说里指称肯定的"人物"相比附、相黏合，极为困难。

图 4-10　埃及太阳鹰

（左：古埃及太阳鹰，亦称"轮形日鸟"或"鸟形日盘"；右：古埃及太阳鹰和圣甲虫）
古代埃及太阳标识为鹰，为眼镜蛇，为蜣螂，等等，是中国太阳崇拜理想的参照系。

挚鸟或鸷鸟，指鹰鹫之类猛禽，作为凤鸟的一个母型或模特，就是大鹏，亦即"大凤/大风"。这一点，郭沫若、闻一多、丁山、胡厚宣等有详细论证（参前）。

---

① 参见张忠培：《窥探凌家滩墓地》，见安徽省文物考古研究所编：《凌家滩玉器》，文物出版社2000年版，第141—151页。
② 参见李修松：《淮夷探论》，载《东南文化》1991年第2期。
③ 参见李修松：《试论凌家滩玉龙、玉鹰、玉龟、玉版的文化内涵》，载《安徽大学学报》（哲学社会科学版）2001年第6期；又参见张敬国：《凌家滩文化研究》，文物出版社2006年版，第3页。

但对应着"折/挚/昭明"的,更准确地说是焦明鸟。焦明跟它们的父祖帝俊所化的"俊鸟/鹔鸘"又是叠合的。

前引《楚辞·九怀·昭世》:"令昭明兮开门。"而《楚辞·九怀·株昭》却说:"鹔鹏开路兮。"可见它们的地位、职司相同。

图 4-11 锦鸡,"焦明/朱鸟/鹔鸘"的母型

(左:元代王渊《桃竹锦鸡图》;中:红腹锦鸡;右:郎世宁所绘锦鸡,摄影)

锦鸡,又名"金雉",是东方特产,有人推荐其为中国国鸟。它遍体赤黄,光辉夺目,华美俊丽,较可能为帝俊乃至"契/昭明"的鸟化身,而且是焦明鸟或赤凤、鹔鸘的一种母型。

《通雅》动物类的"焦明",《郁离子》正作"昭明",可见小太阳神昭明的化形是焦明鸟。"焦明/昭明"是一种凤,亦即风。《史记·司马相如列传》中"掩焦明"被集解断为:"鹪明似凤。"《文选·上林赋》李注引《乐叶图》:"焦明状似凤皇。"《后汉书·五行志》刘昭注补引《乐叶图征》说似凤有四,三曰焦明,"至曰水之感也"。《广雅·释鸟》:"鹪鹏,凤皇属也。"

这本来也是一种大鸟(水鸟说最晚起),所以《汉书·司马相如传》引《上林赋》说:"犹焦明已翔乎寥廓……"可见其如"鹏/凤"之高飞远举。其正名应是"朱明",是红色太阳凤。

另一说法，"挚"化形为水鸟（"焦明"也被说成水鸟，火／水对立转化），即雎鸠，是《诗经》第一篇所写的关关（咭咭）地叫着的雎鸠。

《左传》昭十七年及注疏说，雎鸠是少皞"挚"的鸟师，鸟官："司马，主兵，又主法制。"

《尔雅·释鸟》："雎鸠，王鴡。"郭注："雕类。今江东呼之为鹗。好在江渚山边食鱼也。"（"山边"，孔颖达引作"沚中"）

图4-12　鱼鹰－鹗

（日本 Canon Eos 30V 照相机广告）

《诗经·周南》里关关叫着的雎鸠。现在学者多承认其为"鱼鹰"（象征男性，鱼则为女性），而且以为其指凶鸷的鹗（金口雕）。但也有说指"鱼狗"（翡翠）或者鸬鹚，其实是不同的。

《说文》说鴡称"王鴡"。《左传》鴡鸠氏"司马"，就因为它鸷猛，所以主持军事与法制。孔氏《诗疏》引陆玑《诗草木虫鱼疏》说："鴡鸠，大小如鸱，深目，目上骨露。幽州人谓之鹫。"许慎、扬雄以为白鹰而似鹰，陆疏非之。《史记》正义则说它是"金口鹗"。《左传》孔疏引郭璞说：

"雕类，今江东呼之为鹗。好在江渚山边食鱼。"它跟通常也称为"鱼鹰"的鸬鹚（水老鸦）是不同的。

虽然说法不一，但古人多把这种吃鱼的水鸟归为鹰、鹫、雕、鹗之属，可见其勇鸷。李修松说，凌家滩"玉鹰就是创造大汶口文化的少昊氏部落集团首领少昊挚（鸷）的神形"①。

假如暂时把凌家滩"猪翅玉鹰"及其"所指"搁置在一边的话，这个看法是很敏锐的。"朱明／昭明"或"挚／契／昭明"化形的神鸟母型较可能是猛鸷的鹰（其次是赤雉）。

图 4-13 翠鸟：鱼鹰
（现代摄影）

勇猛，美丽而娇小的翠鸟，中国人称其为"翡翠"，毛羽十分美丽。印第安大酋长做一顶羽冠，要用千百只翠鸟的羽毛，以表示华贵尊荣。但是，不同时空对鸟羽有不同价值取向或选择。有的用以测知风雨，有的因为它能够升天入水，便把它看作能够招引魂灵及沟通"三重世界"的神使。但似乎不是《诗经》的"雎鸠／鹗雕"。

又者，清人多隆阿《毛诗识小》列举八证以说雎鸠是一种鸷鸟，即鱼鹰。孙作云援同其说，以为此处"用水鸟食鱼来象征恋爱与婚媾"②。但鱼鹰有三种：第一种指鱼鹰"翡翠"，俗名鱼狗，又称"鸩"，其品种甚多，善捕鱼，颇凶鸷，基本上是青绿色，除生殖期外，并不双栖，生卵则雌雄共孵。第二种指鸬鹚；第三种就是前面说的"鹗／金口雕"。

---

① 参见安徽省文物考古研究所：《凌家滩文化研究》，文物出版社2006年版，第3页。
② 孙作云：《诗经与周代社会研究》，中华书局1966年版，第319页。

唐人钱起《衔鱼翠鸟》诗说：

> 有意莲叶间，瞥然下高树；
> 擘波得潜鱼，一点翠光去。

写的是美丽的蓝色翠鸟，却可以让我们联想到"雎鸠/鹗雕"的叼鱼。

图 4-14 捕鱼的"鸷鸟/鱼鹰"

（上为"翡翠"之类的"大鱼狗"，即鸧，又名"鱼鹰"；下为鱼鹰之一的鸬鹚，或称"水老鸹""水鸦"，可驯以捕鱼。罗兆勇摄）

"俊"或"昭明"所化形的焦明鸟，或说原是"雎鸠"那样的鱼鹰，相当凶猛。或说初民以为太阳或太阳鸟是"水/空"两栖性的：白天在天空飞驰，夜晚在水面巡游。"雎鸠"或焦明，在天空是鹰，入水成了鱼鹰；乌鸦，在天可尊化为"日乌"，捕鱼便成了"水鸦"。

有一种理论认为，太阳是日/夜和天/水两栖性的，白天横驰长空，可化形为鹰鹫，夜晚则成了猫头鹰（猫头鹰可能是南方风"凯"或上甲微的化形），或者进入水底，"杳冥冥兮以东行"，鹰鹗也成了"鱼鹰"（焦明/雎鸠）。或者说，白日在天空太阳里为"三足乌"之类，进了水便"卑化"为"水鸦"（鸬鹚）。这可供进一步究索。鸬鹚实在很凶猛，中国南方人看惯了鸬鹚捕鱼，觉得没什么了不起；西方人却是当奇事看的，渔民驯鸟捕鱼，报刊上多列为"科学珍闻""信不信由你"。其驯养史也许能推到汉代（经学家们已经熟悉它）。但在殷商，人们看到这种"黑鹰"下水捕鱼，一定很惊讶，飞鱼上天，天鸟下水，实在神秘，祀为神鸟，拟于先祖，都有可能。

但仅就"焦明/朱明"而言，其母型是某种红黑色的鹰雕可能性较大，"大红鹰"的可能更大些。

图 4-15 舞"翡翠"

（壮族民间舞蹈，流传于广西武宣县桐岭乡盘龙村一带）

这种扮饰翡翠鸟的模拟舞，意旨与功能大都冥昧。但舞蹈中除栖止和飞翔之外，突出追鱼、食鱼，当与丰饶、繁育相关。特别是它的洗澡，再现这种水鸟的吸水、喷淋自身毛羽，并且抖落水珠，等等，疑与祈雨之祭相关。

俊风／俊凤／䴅鶆

东方凤（风），《山海经》作"俊"，与"折"对位。

> 大荒之中，有山名曰鞠陵于天、东极、离瞀，日月所出。名曰折丹，东方曰折，来风曰俊。处东极以出入风。

清代吴任臣《山海经广注》已引《大戴礼·夏小正》说，正月时有"俊风"，"春月之风也，春今主东方，意或取此"。孔广森《大戴礼补注》则引《大荒东经》说："俊风者，东风也。"

案：作为东风或春风，与帝俊相关的俊风，以太阳神的身份主领四方风，所以说他"处东极以出入风"。这就像拉丁文的"东风/solanus"，源出"solar"（太阳/太阳神），以天神之长而主领四风；而帝俊是太阳神兼始祖神，也能够以"风神长"而掌领四方及四风（凤）之神。《山海经》常见帝俊或帝舜"使四鸟"，疑本指其掌执"四凤"即四风，其本身亦曾化形为太阳鸟和风神鸟。

图 4-16　宙斯，鹰与安托普

（油画，作者：［弗兰德斯］安东尼·凡·代克，1599—1641 年，现藏德国科隆瓦尔拉夫－里夏茨美术馆）

雷神、太阳神和天帝宙斯曾化形为鹰鹫等追逐人间美女（最有名的是"天鹅与丽达"的故事），这种"太阳英雄"或"巫王"化形为大鸟的神话，东西方都颇常见。

这就说明殷商四方方神并没有最后定型。俊风甚为古老，并非误记。后来始祖或上帝渐渐不用事必躬亲，具体天象天体多由其子臣（如"折/挚/昭明"）代管，所以出现了歧异（理论上的依据，请参见《中国文化的精英——太阳英雄神话比较研究》"二郎神"一节）。

图 4-17　印第安人的"立鸟"图腾柱

（现代人复制品，常见于加拿大渥太华、温哥华等地）

印第安人崇拜鹰鹜，某些群团的酋长便化身鹰鹜，或与之混融一体。图腾柱上的大鹰，则与中国的"立柱蹲鸟"相似。

饶宗颐十分敏锐地将东方的俊风跟帝俊相联系。他说：

《大荒东经》在俊风上面称其地是日月所出，下面说他能"出入风"。我疑心其风名曰俊风，也许和帝俊有点关系。《楚帛书》言"日月夋生"，又云"帝夋乃为日月之行"。《大荒南经》谓"帝俊妻羲和生十日"，《大荒西经》说"帝俊妻常羲生月十有二"。帝俊是造物主，可以生日月，可以出入风。《易·说卦》云："帝出乎震。"震是东方。帝亦可指帝俊，他是至上神。[①]

[①] 饶宗颐：《四方风新义》，载《中山大学学报》（哲学社会科学版）1988年第4期。

所以帝俊以日月大神、始祖神（第一先公）而主管"出入风"，并且亲自掌握最重要的东风和春天——一年之计在于春——并且"协调"四方风。饶先生从此感受到"四方风的命名，和天神有不可分的关系"①，是对我们的一大支持。

王小盾慨然承认：

> 事实上，商民族的风神崇拜和太阳崇拜原是合一的。在当时人看来，神鸟既是风的使者，又是太阳的使者（引案：还是天帝的使者）。每一方神，都兼有风神和太阳神是这两重身份。例如东方风"俊"，从其名称看，便是同太阳神帝俊相联系的风神。②

这很难得。殷商先公，据目前所知，绝大多数都兼为太阳神，还化形为鸟。早期者，跟多数东部群团先祖一样，都有"祖—子—孙"三代日神序列，甚至跟希腊（英雄）神谱趋同（参见《中国文化的精英——太阳英雄神话比较研究》第1篇第1章）。我们不敢说他们都兼着风神或（四方）方神，至少在四方风系统里，四方、四风（神）都与一位或多位先公或名王对位——只是不很整齐，不很严格，这正是早期民俗神话传说的特征：分化、合流、混淆、变易。

这样，我们就不大赞成王小盾费力寻找四方/四风（神）或先公跟《尚书·尧典》历法、司掌者的对应。《尚书·尧典》有可信部分（例如四方风），但也有许多是春秋战国人的补缀或构拟。《山海经》也有编补与改篡的部分。在这一点上，主要依据甲骨文与相关较可信资料就够了。

在萨满教（Shamanism）系统里，鹰是祖灵、图腾、"教祖"。大天神（Tängri/腾格里/天帝）派遣"帝使"鹰降到人间。跟"天命玄鸟，降而生商"基本一样，鹰与"第一位"睡梦中的女子交媾，生下第一个

---

① 饶宗颐：《四方风新义》，载《中山大学学报》（哲学社会科学版）1988年第4期。
② 王小盾：《中国早期思想与符号研究——关于四神的起源及其体系形成》（上册），上海人民出版社2008年版，第42页。

萨满巫师。据伊利亚德（Mircea Eliade）巨著《萨满教：古老的入迷术》等书的介绍，雅库特天神之鹰（或双头鹰）栖息在"世界树"枝头，它或被当作至上神埃·托扬（Ai Toyon）的化身，就像鸷鸟或鸡鹈是东部帝神"俊"的化身一样。埃·托扬是"光明的创造者"[①]，跟帝俊同样领有太阳神格。

风神与太阳神（或由太阳神升格的天神）的联系，是神话史常见的事。

古希腊神话是良好的参照系。天帝宙斯由雷神、太阳神升格为天帝，但不时亲自掌握雷电风雨。他的部从是大鹫，他自己也常常化形为鹰鹫（或天鹅），掠夺或侵犯人间少女。

他的儿子太阳神阿波罗神格近于"小光明"之"挚/契/昭明"或后羿，其化形之一是乌鸦（后羿则化形为大翼鸟）。宙斯的另一个儿子帝使赫耳墨斯也以有翼风神司掌天地人的交通。

稍微模糊一些，其实同样，两河流域的大神或主神、光明神恩利尔也兼掌风与四方（风），他的儿子们则分掌和风或暴风。

同理，美洲阿兹特克人的大神凯察尔柯特尔，既是太阳神，又是西方（风）神；还是东西两方的星神，实即金星，像中国的"东有启明，西有长庚"，"在东方它代表启明星神，在西方它代表长庚星神"；而它作为主神的化身羽蛇，又是"统治4个方位的神灵"[②]，只是在不同方向有不同色泽的服饰。

有趣的是，王小盾并不完全认为四方、四风之鸟与殷商先公先王（可能）对位，这里却敏感到东方俊风与帝俊相关，"所谓'神俊之鸟'（引案：俊凤），其实是关于东方风神'（帝）俊'的一种说法，它也就是骏鸃（鹫/赤雉）"[③]。他还把东方俊鸟跟《尚书·尧典》的天官羲和之"羲"

[①] ［美］米尔恰·伊利亚德：《宗教思想史》，晏可佳、吴晓群、姚蓓琴译，上海社会科学院出版社2004年版，第957页。

[②] ［英］乔治·C.瓦伦特：《阿兹特克文明》，朱伦、徐世澄译，商务印书馆1999年版，第182页。

[③] 王小盾：《中国早期思想与符号研究——关于四神的起源及其体系形成》（上册），上海人民出版社2008年版，第423页。

联系起来,说"'羲'代表日出处(东方)的凤凰",却拿"和"没有多大办法,只好用很大力气证明其为"日落处(西方)的鵔鸃"。① 其实,如果要说"天官"羲和跟谁联系、司掌什么时空,也很简单,她就是日、月之母羲和(简狄),以后羲和专司太阳,分化出"月母女和",即常仪(嫦娥)——《尚书·尧典》天官也一分为四。在四方风系统里,她就是"和",却掌司北方或北风,化形为雒/雒雏(信天翁),即卜辞之"夗",《山海经》之"狄"——"羲/和"在歌部,歌寒对转而为"雒"。但我们不强调方色,不强求其与季节的对应,因为五行观的严格模式或秩序,终其殷商,都还没有建构出来。

图 4-18 "立柱踆乌"种种

(1.鸟立山坛,玉牌饰,现藏于美国纽约弗里尔美术馆;2.同1,现藏台北蓝田山房,采自邓淑蘋等;3.鸟立龟驮立柱,青铜盆饰,河北平山中山国王墓出土,战国;4.印第安人图腾柱;5.苗族村落广场"芦笙树",据[日]竹田武史摄影描制)

这些类似"立柱蹲鸟"的造型,上面多属太阳神鸟,有的还代表"三界"的天空。

---

① 王小盾:《中国早期思想与符号研究——关于四神的起源及其体系形成》(上册),上海人民出版社2008年版,第423页。

正如昭明之化形为焦明凤，俊风（凤）即帝俊则化身为"俊鸟"或"鵕鸟"。《山海经·西山经》："鼓亦化为鵕鸟，其状如鸱，赤足而直喙，黄文而白首，其音如鹄。见则其邑大旱。"这就是东方之俊凤（风）或俊鸟，即鵕鶼，为"俊/舜"之所化，鼓的神话地位约当瞽叟。

附说：俊鸟又即日中"踆乌"。《大荒东经》："大人踆其上。"郭注："踆，或作俊；古蹲字。"为了照顾"异闻"，这里附带介绍，希望不致影响"俊凤/鵕鸟/鵕鶼"的"主流"资格。《淮南子·精神训》："日中有踆乌。"踆乌者俊乌也。后来才"语讹"为蹲踆之乌。但是太平洋两岸文物里确实出现过"立柱蹲鸟"的造型，值得参考。而俊鸟、俊凤都是太阳神鸟，跟"帝俊/帝舜"或"太皞/帝喾"的太阳神格相符。立柱上所蹲的鸟，则在不同语境中代表着"太阳"和"天"，有时它还与所谓的"祖灵鸟"（或称"图腾鸟"）相混融。它们跟满族的"蹲鸟"或喂饲神乌的"杆子"（索罗杆），日本人早期"鸟居"印第安人的"立鸟"图腾柱十分相似，这些鸟在许多情况下也同时是"太阳神鸟"或"太阳祖灵鸟"。东北萨满教以为最初的萨满化形为太阳鹰，栖息在"生命树"上，也值得参照。

图 4-19 立鸟萨满树

（左：萨满刺绣，采自王纪、王纯信：《萨满绘画研究》；右：民间绘画，清乾隆年间，采自黄强、色音：《萨满教图说》）

萨满教"生命树"上的神鸟多属"萨满之灵"（或始祖之灵），并且代表天空或太阳。

"俊凤/鵕鸟"也可能跟"焦明"对位。焦、俊一音之转。

《楚辞·九叹·远游》:"驾鸾凤以上游兮,从玄鹤与鹪鹏。"汉代王逸章句:"鹪鹏,俊鸟也。"又,"抚朱爵与鵕鸃",王逸注云:"皆神俊之鸟也。"但这里的"鵕鸟/俊凤"的母型,却更像锦鸡(与"折/鹭/昭明"对应者,更像太阳鹰)。鵕鸟(俊凤)就是鵕鸃(颇疑焦明初亦此鸟),亦凤属。《说文》卷四鸟部:"鵔,鵔鸃,鷩也。从鸟,夋声。"而《广雅·释鸟》说:"鵕鸃,凤皇属也。"因为它是太阳神鸟,五彩斑斓,遍体生光。母型最可能是以红黄或金色为基调的雉鸡。《太平御览》引《仓颉解诂》:"鵕鸃,神鸟,飞光竟天。"《文选》司马相如《子虚赋》郭璞注:"鵕鸃,似凤,有光彩。"《说文》又称鷩雉。《中山经》夸父之山,"其鸟多鷩",袁校云,宋本作"赤鷩";岷山,"其鸟多翰鷩",郭注:"白翰赤鷩。"赤鷩很可能原指锦鸡,这里我们不必拘泥于色泽。殷商至多有"五行"的萌芽(参见胡厚宣),"方色"观念似未建构。"青鸟氏司启"(《左传》)——掌管立春,春天与东方正是青色,这只是巧合。《说文》五雉"发明"在东方又系青色,此属后起。"俊鸟"或"鵕鸃"却是赤色而非青色。

《尔雅·释鸟》"鷩雉"郭注描写其形相曰,"似山鸡而小,冠背毛黄,腹下赤,项绿色鲜明";《汉书·司马相如传》颜师古注略同:"鵔鸃,鷩鸟也,似山鸡而小,冠背毛黄,腹下赤,项绿色,其尾毛红赤,光彩鲜明。今俗呼为山鸡,其实非也。"腹背赤,头上有金黄毛羽,是红腹锦鸡的重要特征。这是中国特有的,在非正式场合,曾被当作"国鸟"宣扬。

《本草释名》便说:"鷩雉,一名山鸡,一名锦鸡。"

锦鸡,就是"鵕鸟/俊凤"的母型。所谓"楚人不识凤,重价求山鸡"——虽然跟"鹭鸟/鹏凤"不合,但是鹰鹫、雉鸡、孔雀是凤凰的三大母型。"锦鸡/鷩雉/鵕鸃"可以成为东方俊凤(凤)乃至"焦明/朱明"的一个取材依据。其光彩之辉煌,飞翔之优雅,更疑其为"太阳神鸟"之一种也。

图 4-20　雉鸡

（左：锦鸡；中：蓝马鸡；右附金文）

雉的品种很多，外形美丽，尤其是长尾者，是凤凰的母型之一。

附言：杜亚泉《动物学大辞典》记其学名为 Chrysolopus pictus，与前举有异，可参。

《说文》卷四鸟部"鹬"字条下有五方神鸟，即四方凤之孳变：

东方　　发明
南方　　焦明
西方　　鹔鹴
北方　　幽昌
中央　　凤皇

疑焦明，甚或朱鸟，本来都是东方神鸟（最初也只有东、西二向），后来五行观念成熟，东方又有俊鸟或夋凤，焦明就被挤到南方。好在南方向阳、炎热，太阳神鸟亦可司之，最后才变成朱雀或鹑火之禽。

这好像《大戴礼·夏小正》正月，"时有俊风"，本应指东风，跟《山海经》一致；却因东方有折或夋，俊风也被移作南风。"俊者，大也。大风，南风也。"清代王聘珍解诂引《易》："挠万物者，莫疾乎风。"传曰："大风，南风也。"《说文》南风曰"景风"。《尔雅》："景，大也。"其实东风才是第一风，后来俊风才"讹传"为"南风"。

协风就是飚风

甲骨文东方风作"劦"（或"叠"）。因为《国语·周语》"先时五月，瞽告有协风至"，大家都将卜辞此字读如"协"（今音 xié）；其实还可能读"力"若"戾"。

《说文》卷十三："劦，同也。从三力。"引《山海经》："惟号之山，其风若劦。"今本见《北山经》："镎于毋逢之山，北望鸡号之山，其风如飚。"可见《山海经》亦见东方协风之名，诸家多忽略耳。郭注："飚，急风貌。音戾。或云飘风也。"此风所在之山名"鸡号"，必与鸡（或雉鸡）相关，亦神鸟所化。可惜是孤证。音"戾"，太重要了。

《文选》郭璞《江赋》："广莫飚而气整。"李注引《山海经》注云："飚飚，急风貌。音戾。"飚就是协或劦。

《说文》无协而有劦，字通。《玉篇》："劦，急也。"《集韵》："劦，风调也。"诸家多据以说协风即春天之和风。

《国语·郑语》："虞幕能听协风，以成乐生物者也。"韦注："协，和也。"《文选》陆机《皇太子宴玄圃有令赋诗》："协风傍骇，天晷仰澄。"李注即引《国语》及韦注以说。

胡厚宣注意到"俊风"和"劦风"之间有对应关系。"俊，材过千人也。"《尚书·尧典》"克明俊德"，郑注："俊，德才兼义者。"——"盖必同心合力，其材可以兼人。""劦"与"俊"确有义通之点，但不能仅从衍义着眼，而去牵附。语音是首要的。

郑杰祥文也从"协，和"之衍义出发，力证"俊风/协风"都是和舒温暖的春风。如上，"劦/协/飚"可通。

《说文》训"飚"为急风，"飋"为高风，但也有人训"飋"为疾风（如《后汉书》和《文选》之注）。它们之间原可互训。《吕氏春秋·有始览》和《淮南子·地形训》都把飋风当作西风，疑其最初是东风，是劦风的异文。字又转为"鹨"。最重要的，"飋/鹨"都音"戾"。若"力"，与"劦"音通。易言之，"劦"上古音首先是力而不是协，它跟"飋/鹨"音义都可通。

飈风就是鹖凤,所谓"丹穴"的神鸟。

《尔雅·释鸟》:"雉之暮子为鹖。"郭注:"晚生者。今呼少鸡为鹖。"

《说文》卷四隹部作雡,"鸟大舞也";一曰:"雉之莫子为鹖。"

可见它也是雉鸡的一种,跟俊凤或焦明之为锦雉暗合(何光岳以鹖为鹔,疑非),而且它也是凤属神鸟。《文选》张协《七命》:"丹穴之鹖。"李注引《山海经》丹穴之山神鸟以说,"其状如鹤,五采,名曰凤"。今本《南山经》丹穴之山,"有鸟焉,其状如鸡,五采而文,名曰凤皇"。可见鹖(或飈)母型是雉鸡,化为凤,与其处于"鸡号之山"亦合。

又,鸟大舞必有风(卜辞假凤为风者以此),必用力。劦之引申义为大、为大力、为协力;而协力与勷(戮)力同训,所以飈、协、劦、飍、鹖可通,指一种较小的锦鸡,"小凤凰"。

"孳尾"原是何物?

《尚书·尧典》"鸟兽"作"孳尾"者是一种讹变(如上所说,"鸟兽"是偏义复词,原指鸟)。但孳与焦、俊双声,可同归精纽(ts)。"尾"是衍文。

前文举出,《尔雅》与《说文》有四方雉之专称,亦四方凤之异变,可做参考。

雉名所见字书	东	南	西	北
《尔雅》	鶅	鸐(翟)	鷷	鵗
《说文》	䨷	䎯	蹲	稀

东方䨷(鶅)跟孳或俊、焦(明)等俱有音转关系。为什么叫"孳尾",不知道(很可能汉人不知"鸟兽兹"何义,妄添为"孳尾")。又,"孳"和它所从的"子",甲金文都像一只飞行的燕子(南方之"因"也似燕)。如能证成此事,则意义重大。

图 4-21　燕子
（动物绘画）

燕子是玄鸟的一种母型。它是候鸟，春来冬去，所以人们认为它带来春天——蕃育的季节或契机。

甲金文的燕子形之"子"有羽翼（"非"），有剪刀尾，唯头部似囟，似以未闭合之囟门表示其幼（或说人首燕身）。而后期金文反而显出尖喙之鸟首及羽翼之象，这也许是文字的"返祖"现象。甚至极度省变的"子"形，李玄伯也看出其似燕子形："（卜辞'子'）有首有尾，有翼而未丰，似即表示幼燕初生之形也。"① 当然还要求其他证据。

再把这些繁复的"子"字与"契"对较，居然也有相似处。契，字或从人。《说文》卷八人部："偰，高辛氏之子，尧司徒，殷之先。从人，契声。"《汉书·古今人表》作卨，《说文》卷四冎部说"读与偰同"。"卨，虫也。从厹，象形。"古文之形与《说文》卷十四"子"之籀文极为相似，而又与"燕"颇相接近。

这个"契"的籀文或繁体，李玄伯前引文仍然用"子"姓来说，以为是燕或"玄鸟图腾团的支团"。

---

① 李玄伯：《中国古代社会新研》，开明书店 1948 年版，第 121 页。

（甲文"子"，《铁》256·1）

（金文"子"，《召伯虎敦》）

（金文"子"，《子传卣》）

（《说文》籀文"子"）

（《说文》籀文"孳"）

（金文"子"《利簋》）

（《子贼》）

（《王子匜》）

卨

（燕，《说文》篆文）

（金文"子"，《召伯簋》）

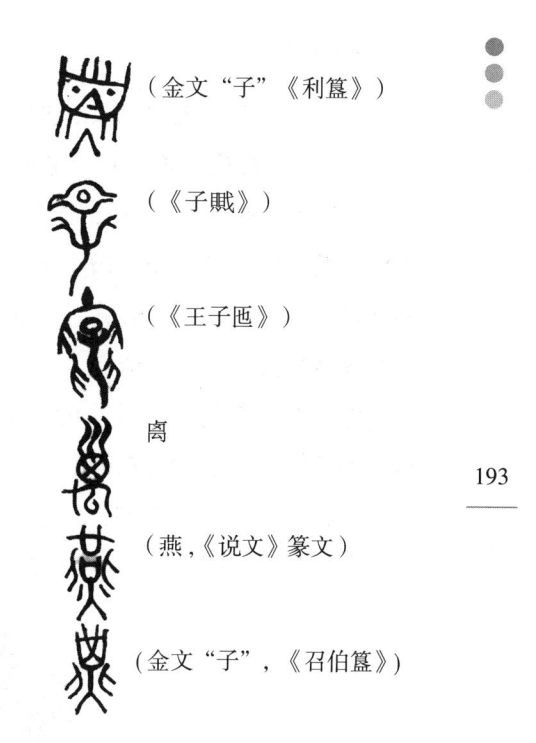

图 4-22　燕子形的"子"

（"子"字等的上古写法）

"子"的几种古文字，大多数是大头，头上有毛发，身躯旁有翅膀，底下是剪刀尾。当然都经过"变形"，基本上像燕子，即玄鸟的较早母型。

郭沫若《甲骨文字研究·释支干》则说，"子"的籀文跟"契"的古写（卨，籀文）当为同字，都由"萬"字化出，是"蝎"的象形。照我们看，"萬"自是蝎，但"子"和"契"都更像燕。殷的"子"姓，契（玄王）的卵生，都因为其祖灵（或图腾）是燕子（契与猿猴的关系牵涉过多，请参见《山海经的文化寻踪》传说篇）。

殷商确实以鸟为祖灵（或图腾）。《诗·商颂》明说，是"天命玄鸟，降而生商"。李玄伯论述这种"吞卵生子"型神话跟殷人姓"子"的关系，至为透彻。

> 按照姜、风等姓例，商人应当姓燕或䴏。……（但）图腾所生的商人乃燕或乙之子，所以姓子。子包括一切玄鸟所生的商

人而言。①

这里"子"是其最初义,即"玄鸟之子"(案:"子"有卵义),所以"子/挚"都有"燕"形(参前)。

《广雅·释鸟》:"子,雏也。"董家遵据以谓子姓是"雏的图腾化",子以"鸡(雏)的化身"被引申为凤凰、鴞鸟、玄鸟,三者都是"鸟图腾的异名"②。何光岳正充说:"雏应是燕雏,并非鸡雏。""子"即"张开两翅嗷嗷待哺"的燕雏。③

撇开是否图腾的争议,说"子"是由燕卵(幺/玄)"孵"出来的小燕子(燕雏),是大有意趣的。

《说文》卷十一燕部:"燕,玄鸟也。笇口布翅枝尾,象形。"身旁似"北"之形实羽翅即"非"之省,跟南方方名"夾",俱像人形胁下生翼。

图4-23 "燕"字

(金文《玄鸟妇壶》铭文,商代)

燕子衔着两颗卵或果子,构成"玄""鸟"二字。与"妇"字合体,说明其为"先妣"符号。

非之言飞,翼之德也。

由商器《玄鸟妇壶铭》观察,"玄"实燕衔二卵,象形,契由燕卵而生,故称"玄王"(《诗·商颂·长发》),原意即"鸟蛋王"。未生为"卵",生即为"子","子"由"卵"化,即"燕子"。纬

---

① 李玄伯:《中国古代社会新研》,开明书店1948年版,第118页。
② 参见董家遵:《古姓与生肖同为图腾考》,载《社会科学》1947年第3卷第1—2期;又参见何光岳:《商源流史》,江西教育出版社1994年版,第13页。
③ 何光岳:《商源流史》,江西教育出版社1994年版,第13页。

书云"契之卵生",生时胎胞未破,形仍如卵。古人说为"鸟蛋"。所以,殷人子姓就是燕姓。是"子"以及由之衍化的"鸟兽孳尾"的"孳",都跟"玄鸟/燕"相关;系东风或春风神的异文。

《诗·商颂·长发》:"有娀方将,帝立'子'生'商'。"应该理解为天帝通过有娀(简狄)确立了"子"族,而衍生出"商"人。

这就是《史记·殷本纪》简狄吞卵生契,帝舜"封(之)于商,赐姓子氏"的象征讲述(集解引《礼纬》云:"[殷]祖以玄鸟生子也。")。《史记·五帝本纪》:"契为商,姓子氏。"姓"子"的原因,索隐云:"契姓子氏者,亦以其母吞鳦子(燕卵)而生。"《白虎通义·姓名篇》亦谓:"殷姓子氏,以玄鸟子生也。"这里的"子"就是卵,燕卵。如《论衡·奇怪篇》所说,"契母吞燕卵而生契,故殷姓曰'子'"。——所以契由卵胞破出以后可能化形为小燕子("子/孳",孳尾之尾疑后增)。本节交代"俊-契"与"子-孳尾"的关系,不要影响他们与鹰、雉关系的理解。

这样,商人头三代最重要的先公,太皡(夋)与少皡(契、昭明),或"夋-契-昭明"祖孙三代,都与东风、东凤相关,化形主要是以鹰鹗或锦鸡为母型的鹣鹣或焦明,并且关涉主要以燕子为母型的玄鸟。

附说:有一种独特的解释,"契"或"离"因为涉及"吞子"和"卵生"而与"孳/孳尾"相互为义,而具有"生"或神圣生殖的意思。

包拟古(Nicholas C. Bodman)以为其太古音与藏语"产生"(Skyed)有所干涉,可以追溯到"原始汉语"[①]。

【生/契】

(藏语)   (原始汉语)

skyed 产生   契 *skyet

(*skye-d 生殖)   窃 sjet/sjät (离/楔)

---

① 参见[美]包拟古:《原始汉语与汉藏语》,潘悟云、冯蒸译,中华书局1995年版,第79页。

又者,"子"可通"字","字"有怀孕之意(《易·屯卦》,"女子贞不字"),又有"慈/慈爱"的意思,跟藏语爱孩子的"慈爱"(brtse)可能暗通。①

【字/爱】

(藏语)　　　　　　(汉语)　　　　　　　　(藏语指向)

brtse(对孩子的爱)　字/慈 dzǐə(王/郭拟音)　rtsyai

这样,东方方名和风名,虽有异文,但它们在语音上大体可以通转,组成与"太阳"或"光明崇拜"相一致的"文化语词丛"。简括其音义如下:

折(晢)	ȶat(章月)	即"昭明",化形为焦明鸟
鸷(鸷)	ȶiǎp(章缉)	化形为焦明鸟或太阳鹰
契(离)	siǎt(心月)	化形之一为"燕子/玄鸟"
昭(明)	ȶiǎu(章宵)	以鹰、雉为母型的焦明鸟
朱(明)	ȶiwo(章侯)	以鹰、雉为母型,后来为"朱雀"
焦(明)	tsǐau(精宵)	以锦鸡为母型(作为水鸟,或指"鹗/鱼鹰")
俊(鵔)	tsiwən(精文)	化形为俊鸟,即"鵔鸃/锦鸡"
孳(孳尾)	tsǐə(精之)	燕子形之"子"的繁化
甾(鶅)	tʃǐə(庄之)	雉的一种
子	tsǐə(精之,或 dzǐə)	燕子形

"夾"与羽人,"因"与鹰燕

《合》17294(《掇》2·158)南方方名,《合》14295(《缀合》261)南方风名作:

---

① 参见俞敏:《汉藏同源字谱稿》,见俞敏:《俞敏语言学论文集》,商务印书馆1999年版,第67页。

图 4-24

（甲骨文南方方名，凤名）

此字一般释"夾"，"大人"胁下生出羽翼，是最早的"羽人"。

似炎而无火，似"夾"多两笔。胡厚宣、郑杰祥等俱释"夾"（李孝定《集释》云，此字从八、从北、从大，而非夾[①]）。

此字以"大"（正面而立之"大"人）为主体，臂上有所载，胁下有所携，很像初始的"羽人"，释"夾"并非无由（杨树达释"莢"即自此而来）。《说文》卷七羽部有个"翜"，训为捷，"飞之疾也"，读若"瀸"，而"一曰侠也"，暗示"夾"确实与鸟相关。但《山海经》和《尚书·尧典》南方神都是"因"，可与此字调和。

图 4-25　青铜鸮尊

（安阳殷墟 M5 妇好墓出土）

鸱鸮（猫头鹰），在一般人心目中是恶鸟，它夜飞昼伏，鸣声凄厉，又专吃老鼠、蛇之类可怕的小动物及其腐尸。但是，崇拜神鸟的殷商却把它当作保护神，以及饕餮纹的一种母型，而且祀为方神、风神、祖灵神。

[①] 李孝定：《甲骨文字集释》第十，汉荣书局有限公司 1982 年版，第 3025 页。

裘锡圭即释南方神名为"因"①。陈汉平也曾就此做过论证。②

有人说，卜辞此字是"亦"。《说文》卷十说是"人之臂，亦也"。从"大"（人）而"象两亦之形"，义近"掖"，跟"夾"意通，而"亦"与"因"声近。③

冯时说，"因"义为"长"。由此发挥说："卜辞南方因训长，意为夏至之时日长至。"④这倒跟郑杰祥及伊藤道治释"兇"为"长"巧合。其实均误。

连劭名则释"因"为"殷"。《广雅·释诂》："因，大也。"词义上有联系，但说"夏季气候炎热，植物生长茂盛，逐渐壮大，故南方曰殷"，却是因文生义。他又旁涉烟、炎，《吕氏春秋·有始览》，"南方曰炎天"，这样可牵就南方⑤，亦非。跟"因"接近的鸟名、族名、神名大略有：

因	ǐen	影组真部	（郭锡良）
殷	ǐən	影组文部	（郭锡良）
赢	ʎieŋ	余组耕部	
鹰	ǐeŋ	影组蒸部	（郭锡良）
燕：匽	ian	影组元部	（郭锡良）

真、蒸只是韵尾不同，例可通转。"因"可能指鹰，鸷鸟鹏凤的主要母型。但这证据不足，令人无从定论。吴其昌等有别解。《山海经·大荒东经》说：

有因民国，勾姓而食。有人曰王亥，两手操鸟，方食其头。……帝舜生戏，戏生摇民。

---

① 参见裘锡圭：《古文字论集》，中华书局1992年版。
② 参见陈汉平：《古文字释丛》，载《考古与文物》1986年第4期。
③ 参见胡厚宣：《释殷代求年于四方和四方风的祭祀》，载《复旦学报》（社会科学版）1956年第1期。
④ 冯时：《殷卜辞四方风研究》，载《考古学报》1994年第2期。
⑤ 连劭名：《商代的四方风名和八卦》，载《考古》1988年第11期。

吴其昌说，"困"应作"因"，以与摇民等相应。① 如果"因"（民）通"摇"，即鹞，都指王亥，那么，王亥可能化形为鹞鹰，亦即上文说的食鱼水鸟金鹗，但可能不大。

因／摇；嬴／匽／燕；益／翳／鹥

都是相通的"鸟祖灵"文化字群（参见《山海经的文化寻踪》）。然则"因"又可读燕，燕为玄鸟，降而生商，是殷之祖灵，南风之"微"自然可能化形为燕；假如读"因"如翳，则又与云雨之神屏翳，亦即鹥凤相关。

《山海经·海内经》："蛇山……有五采之鸟，飞蔽一乡，名曰翳鸟。"

这就是凤属云雨之鸟。《文选·思玄赋》注引《山海经》作"鹥鸟"。《楚辞·离骚》："驷玉虬以乘鹥兮，溘埃风余上征。"可见其亦涉风，涉凤。因、翳（鹥）有可通之道。

"因民"可作"嬴民"（嬴是秦姓，秦亦神鸟赐生），亦见《海内经》，云其"鸟足"，自亦神鸟。

如果吴氏"因民"之改得以成立，"因"为燕、翳，"民"又可与《尚书·尧典》"乎民"相通矣。但这些假说都犹疑不定，很难确证。

郑杰祥亦定南方神为"长"，以为其即"长离鸟"。他说："（长离）单称作'长'，因位于离方即南方又被称作'长离'，'长离'即卜辞'南方曰长'之意。"② 他又说，长、朱声纽相同，长离可转为朱离，即朱鸟（对音并不准确）。《文选》张衡《思玄赋》："前长离使拂羽兮，后委衡乎玄冥。"李注引如淳说："长离，朱鸟也。"吕延济注："长离，南方朱鸟也。"宋代沈括《梦溪笔谈·象数》指出，其即朱雀，"或谓之长离，盖云离方之'长'耳"。案：长离、炎离、火离即《天

---

① 参见吴其昌：《卜辞所见殷先公先王三续考》，载《燕京学报》1933年第14期。
② 郑杰祥：《商代四方神名和风（名）新证》，载《中原文物》1994年第3期。——编者注："风各"应为"风名"。

问》阳离,为涅槃之凤凰的一种,我们的几本书屡加论证,此不赘述。但南方凤名不是"长",所以与长离无干。

郑也引《中山经》之"鵉"论之,从袁珂等说,定为"丹朱/讙兜"之神。他说,南方"长"神,应即"后世所称作的长离,朱鸟和讙朱鸟神"。无论长离、朱离、炎离、火离、阳离,都重在"离"(离、鸾双声,鸾行而离废),有可能跟东方凤之"鴼"对音,却与南方凤无对应关系。朱离或朱鸟也最可能与东方凤之"焦明/朱明/昭明"有关连,其母型似是锦鸡或鹰鹗,后来才移置南方,但南方凤名不是"长"。以上只是就一说略做交代。

图 4-26　鸟喙玉人

(商代晚期,左为河南殷墟妇好墓出土,右为江西新干大墓出土)

此玉人鸟嘴,有退化的翼,为"鸟(形)人"无疑。或以鸟喙的讙朱(驩兜)说之,或以"朱鸟"说之,云即南方神的长离、朱离。根据都不足。此人脑后有链,恐怕不仅为了便于佩挂,可能是链索下的"文化他者",而与"奚奴"的意象接近。

就像郑杰祥释南方为"长",联系上"长离鸟"那样,连劭名企图把南方因、南凤微跟《易》的"离"卦联系起来。《广雅·释诂》说:"微,离也。"可惜只是孤证。又《广雅》云:"微,明也。"离正有"明"义。这是一个诱惑:离(凤)跟微(鵉)对位。《周易》的"离"卦确实可能由"阳离/长离/炎离/火离"之鸟取象。但"离"或"长离"实在跟"因(或夹)/微"无关。

但是,他们把南方方名跟神鸟联系起来,大方向是正确的。不仅因为理论上，四方"凤"鸟之名与方名对应，都关连着鸟。方名之"夹"，胁下之"北"不是"北"而是"非"，像翼之飞，肯定是鸟；只不过一时找不出准确的母型罢了。

又，伊藤道治认为，南方风名可依《缀合》261作"长"（省体），此字即《京津》520通常释"兇"的字。有一条卜辞说：

贞，雀（地名）弗其获征长☐人。（《人文》，即《京都》S0345①）

图4-27　鸱鸮

（采自美国《野生动物》杂志）

鸱鸮，俗称猫头鹰，品种很多。先公上甲微即南方之凤，可能化形为猫头鹰。殷商以之为吉祥之鸟。

可见"长"是方名。"雀在河南温县，此地从殷都来看地处西南。从这一点上看，长比雀还要靠南，可能在黄河之南岸。这个长代表南方，这个长族之神就是人生为南方之长的长。"②这实在没有多大道理。姑且不论

---

① 《人文》：即《京都》，为《京都大学人文科学研究所藏甲骨文字》，[日]贝冢茂树编。
② [日]伊藤道治：《殷代史的研究》，见[日]樋口隆康主编：《日本考古学研究者中国考古学研究论文集》，蔡凤书译，东方书店1990年版，第225页。

此字不一定读"长",所谓"长方"或"长国"也还待证。早已泛化的"方神"名,跟特定的"方国"之名一般并不对应,只有个别(如"析")可能曾用做地名。

伊藤道治读南方神名为"长",所据卜辞:贞,雀弗其获征长☐人?不容易确解。各族族神随着方国被征服,逐渐进入中心,成为殷商的正统的神:"失败的神,在(殷商)神格体系化时,同样被置于胜利之神的位置。"①他们当然地位次于"帝"。这个说法,实在是太迂曲了。

南方"兇":上甲微

《合》17294 南方凤名,《合》14295 南方方名作:

图 4-28 "兇"字

（甲骨文南方凤名或方名）

胡厚宣释"兇"若微。诸家多从之。其形甚似飞鸟,简洁而又生动。

兇即"微",按照方神、风神每与殷商祖灵"配拟"或对应的规则,这分明隐指殷商第一代先王上甲微。

王国维揭示,其在文献略有异文。

> 昏微（《楚辞·天问》）
>
> 主甲微（《大荒东经》郭注引《竹书纪年》）
>
> 微（《史记·殷本纪》）
>
> 上甲微（《国语·鲁语》）

---

① [日]伊藤道治:《中国古代王朝的形成》,江蓝生译,中华书局 2002 年版,第 45 页。

就是卜辞里的上甲、主甲或上主甲。① 卜辞里，他的私名"微"仅见于南方神名。另有"贞，御王，自上甲湄，大示。十二月"（《前》3·22·4）。杨树达说"湄"通"微"，即上甲微（《积·释湄》），待考。

图 4-29　异形凤鸟

（1.父己觥凤鸟图案；2.商代玉凤，传世；3.奇形凤鸟，或说"甄堆"，山东沂南汉墓画像石；4.青铜鸟，成都金沙遗址出土，晚商；中为"光"字，供对照）

这种似乎变形的神鸟，保留雉或鸡的一些特征，主要是身躯粗壮，似作蛰伏之态，冠或尾羽发育。跟卜辞南方之"光"有些相像。

殷代先公多有鸟化身，第一代先王（微）不应例外（后来的名王汤也生有四翼）。上甲微之"父"王亥，卜辞就从"隹"或"鸟"作雉或鹆；《大荒东经》说他"两手操鸟，方食其头"；金祖同、朱芳圃等说是巫酋食用图腾以促蕃殖的"特权"，属于"因特丘马"仪式。

《楚辞·天问》："昏微遵迹，有狄不宁；何繁鸟萃棘，而负、子肆

---

① 参见王国维：《殷卜辞中所见先公先王考》，见王国维：《观堂集林》（第二册），中华书局1959年版。

情？""昏微"主要有两种解释：一是昏即冥，微即上甲（陈梦家说）；一是昏为微之"字"，取其互补。昏、微音近。刘盼遂说："上甲微，殆亦取于晨光曦微而又取于'日入三商'之昏，以为字与？"① 我们略采后说。暮色昏濛亦可谓微光掩映。"昏微"还与《尚书·尧典》南方鸟兽名"希革"之"希"相互为义：都是日光微隐之象，而与太阳运动相关。《说文》卷二彳部："微，隐行也。"而"希"即"晞"。《诗·齐风·东方未明》之"晞"一作"希"，毛传："晞，明之始升也。"《说文》卷七日部："晞，乾也。"而"旦明，日将出"的"昕"又读若"希"。是"希/微"通训而关乎日。

图 4-30 尖耳鸮

（吴秀山摄）

它的耳羽尖长突出，常被说成角或毛角，形象颇似卜辞之"鸮"。

而如果"微/希"确实对位的话，那么南方风或主持南方的殷先王"微"就可能化形为四方神雉的北方"鵽"（《尔雅》），或"稀"（《说文》）。所谓稀雉当然也是凤鸟的一个母型（本应在南，被误置于北）。"希"固是晨光熹微，又何尝不能状写暮色苍茫？

---

① 参见刘盼遂：《天问校笺》，载《国学论丛》1929 年第 1 期。

《天问》"繁鸟萃棘，而负、子肆情"，是一句隐语。象征男性的"鸟"萃集在象征女性的荆棘丛里，兴喻王亥之娘（妇）与子（微）肆行"奸情"——这可能实行狄俗，"父死，妻其后母"，是恩格斯所说的"群婚残余"①。繁鸟即鹫鸟（参见王逸《天问章句》，马瑞辰《毛诗传笺通释》），可能"影射王亥乃至其子昏微"②。那么，此鸟的母型呢？

　　《山海经·北山经》："涿光之山……其鸟多蕃。"郭注："或云即鹗。音烦。"马瑞辰指出，这就是《天问》繁鸟，《广雅》等之"鹫鸟"，其母型是鸱鸮。殷人不以为恶，且祀之如神。精美的大理石和青铜鸮形器可证。鸱鸮（猫头鹰）是夜出昼伏的神鸟，与"昏微"暗通，也跟"希雄"可为夜色中之昏鸟略合。待考。

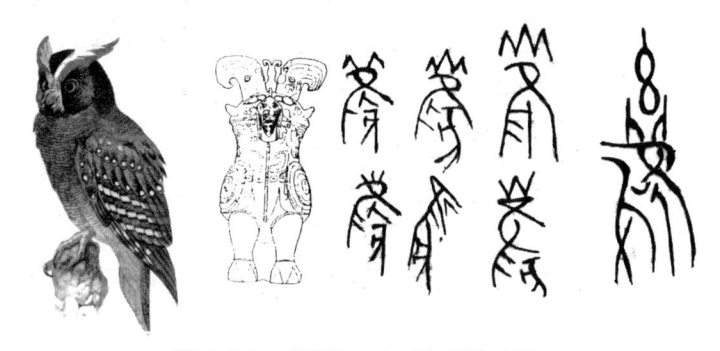

图 4-31　"鹠"：有毛角的猫头鹰

（左为角鸮；左二为青铜鸮尊，河南安阳出土，M5，商代；右附：甲骨文王亥之"鹠"；甲骨文"玄鸟"，安阳殷墟花园庄东地 No.3 甲骨）

　　殷墟卜辞里，上甲微之父王亥，或从鸟写作"鹠"，其鸟戴毛角之冠，形象跟妇好墓出土的鸮尊极为相似（要注意的是，黄腹角雉也有毛角。它们由于罕见或奇特，可能被祀为神鸟，并与名祖相配拟），而长耳鸮或角鸮，也被认为有毛角。

　　父子同以鸱鸮为化身，不是一点可能没有。焦明或即"折/挚/昭明"或"挚/契"；或说其即鹓鶵，"俊鸟"（锦鸡），则又是他们父祖帝俊的化身。

---

① 参见［德］恩格斯：《家庭、私有制和国家的起源》，人民出版社1972年版，第32—33页。
② 萧兵：《〈天问〉"负（妇）、子肆情"新解》，载《文史哲》1979年第6期；又见萧兵：《楚辞新探》，天津古籍出版社1988年版，第743—745页。

"昏微"可连续，亦可分读。而"昏/微"之"昏"，又跟《山海经》南方风名"民"相干。

《大荒南经》："有神名曰因因乎，南方曰因乎，夸风曰乎民，处南极以出入风。"错讹太多。袁珂揆以《大荒东经》文例，校改为：

有神名曰因乎，南方曰因，来风曰民。

其说可采。准以"昏微"之名，"民"者"昏"之误脱，或"省变"。

又，窃尝疑"战国时昏字已从民（汉碑大都如此），唐本《说文》之昏改从'氏'作，疑避太宗讳之故"①。"来风曰昏"，则与卜辞方名或风名之"微"对应。如上所说，昏者，民者，其实都是上述夜行之鹇鸟，可与蕃鸟、繁鸟等"鸱鸮"类对应或换位（鹇鸟省作昏，再省去，或者误脱掉"日"，就成了"民"）。古无轻唇，这几个字或可组成（文化）"语音丛"，其读音都很接近。《天问》"昏微"就是"鹇微"，与"希微"相应。

民/昏（昏）/微（希）

《诗·小雅·十月之交》："彼月而微，此日而微。"郑笺："微谓不明也。"

吴其昌说："微之义为不明，昏之义为昏黑，是微或昏微者，乃昏夜之意也。"②然则"昏微"确实可以化形为夜飞之繁鸟或"鹇"，即鸱鸮；鸱鸮，猫头鹰，与"因/鹰"之性格亦略合。而且，猫头鹰又称"观"若"雚"；甲骨文风字或写作"飌"，从雚（观）者，示本鸱鸮之属③，从专名变作"风"之通名，可以反证"繁/烦/蕃"之鸟可兼为"飌师"，即风神。而《天问》"繁鸟"者应即"鹙鸟"，鸟而从"敏"跟从"民"，读音略合。

---

① 萧兵：《楚辞新探》，天津古籍出版社 1988 年版，第 740 页。
② 吴其昌：《卜辞所见殷先公先王三续考》，载《燕京学报》1933 年第 14 期。
③ 参见萧兵：《飌是猫头鹰》，载《社会科学辑刊》1980 年第 4 期；又见萧兵：《濩是祈雨舞》，载《求是学刊》1981 年第 3 期；收入《黑马》，时报文化出版公司 1991 年版。

不但微，"昏"（或民）亦可作鸟名。《西山经》符禺之山，"其鸟多鸐，其状如翠（翡翠鸟），可以御火"。郭注鸐音昏。郝疏云："鸐当为鹛。"《御览》引此正作鹛。《说文》云："鹛，鸟也。"《广韵》云："鹛鸟似翠而赤喙。"此亦可证，《大荒南经》南方神名之"民"确系"昏"（鹛）之误脱。昏鸟者，夜行之鸟，可惜翠鸟与鸱鸮形象不合。郭注"畜之辟火灾"，是因为它神奇而兼为风雨之鸟——这很可能是殷人或苗人崇敬鸱鸮的民俗原因。《山海经》"风神鸟"，如焦明、鹫雉、鹛鸟多能"御火"，也许因为它们跟"屏翳／鹭凤"一样兼为雨神鸟。

图 4-32　黄腹角雉

（吴秀山摄）

甲骨"鹕"字所见，鸟形而头上有毛角。无角动物加角，是尊化或怪化。但鸱鸮、雉等，确有生出毛角者。角雉稀有，国家一级保护动物。

这样，鸱鸮（种类繁多）也可能同时是上甲微之"父"王亥的化身（或说"因"即鹛，为王亥化身，比较牵强）。上面说"昏微"或可分作"昏/微",指王亥与上甲微。昏为夜行的"昏鸟",可能指猫头鹰。"微",暮色晞微,近于所谓"夙"(深夜),也是暗夜之鸟。

王亥之"亥",卜辞从隹或鸟做"雉"或"鴺"者,多作有毛角之形(参见图4-31)——那是长耳鸱鸮或民间说的角鸮的形象。

父子、祖孙都用一种鸟或同类鸟的一种做化身,是很正常的事情。一鸟多名、一名多鸟。在语词没有完全规范的上古,相当常见。焦明,或说水鸟或鹜鸟,为"少皞/挚/契"或昭明之所化;却又被说成是骏鸃(鷩/锦鸡),即俊鸟,为帝俊之所化。凤鸟母型为多种野鸡(雉),而雉的或种又曾被先公或名王选作化形,如"锦鸡/金雉"为俊(鸟),夷雉则又与西方或西风神(彝/羿?)相干。

图4-33 捕鼠英雄猫头鹰

(英国牛津科学电影公司照片)

猫头鹰捕食老鼠,保护庄稼和粮食仓库,可是只有少数古代人,例如殷商、玛雅和部分西亚、东欧古人把它视如神圣,愿它除害驱恶。多数人却因为它长相怪异,鸣声凄厉,以及昼伏夜飞,好吃秽腐,就把它污蔑得一无是处。但是殷商人不仅以之为"饕餮"的一种母型,而且可能配拟为先公名王,如王亥与上甲微。

南方"昏/微"之关系略如下示:

南方神 ⎡ 父／王亥──── 昏／昏／民──昏鸟 ⎤ 鸱鸮
　　　 ⎣ 子／上甲微─── 微／兇／鹜──繁鸟 ⎦

当然，"昏微"也可以看作一个人。

鸱鸮之"萑"，或应作"雚"，作为以鸱鸮做模特的雨神鸟（雚有时跟水鸟"鹳"混同），是祈雨的"大濩"或"桑林之舞"的主角。它是否曾兼为风神呢？

王昆吾曾论证它以"太阳神鸟"或"凤属"而司风。他说，《周礼》唯独《春官·大宗伯》一篇，把与"司中／司命"并列的风神写作"飌师"而同于甲骨文，可见其与"风"有区别，这就是"神性之风与自然之风的区别"。但既用"风"做意符，那就是"风师"。"雚"是殷商的太阳神鸟（王虽然没有说"雚"的母型为大目而有毛角的鸱鸮，却精辟地论证猫头鹰是殷商"夜间的太阳"，此与"昏微"之义暗合）。他说："《易·说卦》说'巽为鸡'。'巽'即风，可见雚的风神性格，亦曾移植于鸡。"还说："雚既然是风神和凤的原型，那么，它应当是东夷民族所崇重的一种神鸟。"① "雚"的母型，当然有可能是水鸟之鹳，但我们看它有大目且毛角却像"鸱鸮"，或写作"萑"，不过省去两颗大眼睛而已。

叶舒宪曾连续发表论文，证明鸱鸮是成文史前东部及殷商重要崇拜物。他认为，玄鸟主要母型是鸱鸮而不是燕子②；凌家滩猪翅玉鹰是"鹰熊合体"③；红山文化勾云形－蚌蜃形玉佩应是"鸮形玉牌"④（案：其后期者确有呈现为鸮面纹的；以上，可参见萧兵的《中国早期艺术的文化释读》）。

---

① 王昆吾：《中国早期艺术与宗教》，东方出版中心1998年版，第84、79页。
② 参见叶舒宪：《玄鸟原型的图像学探源——六论"四重证据法"的知识考古范式》，载《民族艺术》2009年第3期。
③ 参见叶舒宪：《鹰熊、鸮熊与天熊——鸟兽合体神话意象及其史前起源》，载《民族艺术》2010年第1期。
④ 参见叶舒宪、祖晓伟：《红山文化"勾云形玉器"为"鸮形玉牌"说——玄鸟原型的图像学探源续篇》，载《民族艺术》2009年第4期。

连劭名说，卜辞里有"隼"，如"帝隼"（《合》14360），又有"鸣隼"，"可能是鸱鸮，昼伏夜出，其声凄厉，古人以为灾异"①，用周秦以后的成见来立论，完全不顾殷商玉石及青铜器里有那样多神武壮丽的鸱鸮形象。但若读"隼"不误，那可能指鹰类之隼。

图 4-34　鹳鸟／风师

《周礼》中的风师写成"飙师"，风字为什么要加上"萑"字旁呢？原来商周时代祈求风雨的时候要把水泼在雨神鸟——鹳身上（单纯求风的办法待考），因为鹳鸟对风雨极度敏感。"鹳鸣于垤"，风雨将至。"萑"泼上水就成了"灌"——这也是最早的"灌礼"（但猫头鹰之"萑"更应该加上意符"风"，为文献所失落）。

附说：南风之名，有不读"凯"而读"夷"者。这个说法跟西方之"彝／夷"有抵触。二鸟所司方、风可能互换，但不会雷同而以一鸟兼司二方。

冯时说，此字应读"迟"，字本作"尸"，"象人侧身而屈下肢"，跟卜辞所见"尸（方）"字形相似。而"殷周古文字尸、夷同字"②。名迟者，以"长"为训，"同指夏至日长至"。这又跟郑杰祥释"长"释"夷"暗合。这在逻辑上说得通，但此字是"凯"而不像迟。而由"迟"改订其为"尸"，为"夷"，再拉上"长"，这圈子实在兜得太大。

郑杰祥以南方风为"夷风"。所谓"夷风"，他认为，夷义为大，即南方大风和凯风、乐风。风名作"因"者，他读为"夹"，与胡厚宣等同。但他提出，《说文》卷十"亦"从大像两"亦"，段注以为即《玉篇》

---

① 参见连劭名：《殷墟卜辞中的鸟》，载《考古》2011 年第 2 期。
② 冯时：《殷卜辞四方风研究》，载《考古学报》1994 年第 2 期。

之"掖",而义与"夾"近;《诗·周颂·噫嘻》"亦服而耕",郑笺"亦,大也"。所以,"夾风/亦风"义亦南方大风。①

夷风与《山海经》"来风曰民"义亦暗合。

夷:尸:人(大)/人:民

与"大风/夷风"之义相应,似亦纡曲。但他说"夾"字或为"亦",有点意思。"亦"与"因"音有可通之处。这些都有进一步评析。

西方风的疑难

西方之——

图 4-35

(甲骨文四方方名)

此字难以辨识,仅看字形,与草木相关。

仅从字形看,确如杨说,与草木生长有关。最像此字的是《说文》卷七所说——

图 4-36

(《说文》卷七,篆文)

此古字像草木有实,隶定困难。

---

① 参见郑杰祥:《商代四方神名和风(名)新证》,载《中原文物》1994年第3期。——编者注:"风各"应为"风名"。

木垂华实,从木、丂,丂亦声。十分相似。此部只收一字:

图 4-37

(此字亦见《说文》卷七,"韦"为音符)

它与西方风名基本相合,原意不明。

训为"束"而"韦"声。这个字正好跟上举《前》4·42·6,《京津》4316 的(西)风名基本一样。而《山海经·大荒西经》正说:

有人名曰石夷,来风曰韦,处西北隅以司日月之长短。

所以完全应该从胡、杨之说读《前》4·42·6,《京津》4316 风名为"韦";而认《合》17294 之西方名为此字之简省(省去声符"韦"),其音似亦应读若"韦"(为便印刷,下文俱写作"韦")。

(甲骨文西方神名)

(《说文》櫜)

(《说文》韒)

图 4-38 西方风名及相关字汇

这个字仅从形状上看,确似草木生长、果实重茂,于此却无义可寻,焦点可能在那"声符兼义"的"韦"字上。然而跟风名的关系依然难寻。除猜测其通转字及意义外,只好存疑。

此西方方名或风名奇字,郑杰祥据杨树达释"丂"若"函",即寒风,或即凉风。他说:"韦与寒古音极其相近",可以"对转"。

韦　匣纽　微部
寒　匣纽　元部

案:此仅从衍生义着眼。卜辞之西风原无凉寒之义,而仍应为"凤"鸟之名,而较可能音"韦"。"韦凤",大概是雉的一种异名,可惜暂时还找不出与"韦"对应更准确的鸟名。

"韦"跟凤(风)名的"彝"若"夷"恰好对位。《山海经》方名"(石)夷"而风名即"韦"(石字疑衍)。

韦、夷声近(比如"委移/委夷/委维"同义,"夷/维"相通,可分可合,记音之字,写法繁多)。

彝是鸡,主要是雉鸡。"雉",《说文》古文作"䧳";弟,《说文》古文却从韦省,丿声。可见"彝(夷)/雉/弟"与"韦"在一定条件下能够通转。

韦	匣纽微部	ɣəi(王力,郭锡良)
弟	定纽脂部	diei(王力,郭锡良)
雉	定纽脂部	diei(王力,郭锡良)
夷(彝)	余纽脂部	ʎiei(王力,郭锡良)

脂、微旁转,定、余可通。唯匣纽之"韦"声部,跟"弟/雉/夷"发声相去稍远。但如前,"委、夷"是复叠词,二字可通。"韦"亦可通过"弟"转化成"夷/雉"。夷、雉通转,毫无可疑。《左传》昭二十五年:"五雉为五工正,利器用,正度量,夷民者也。"服虔注:"雉者夷也。"孔疏:"雉声近夷,雉训夷,夷为平。"此如"辛夷"可写作"新雉"。如《汉书·扬雄传》:"列新雉(辛夷)于林薄。"然则,"韦/夷"亦雉名的一种。

甲骨文有从夷的"雉"字作"䧳",见于《前》2·11·6,《天》①76,《珠》422等。

西方或西凤的彝作:

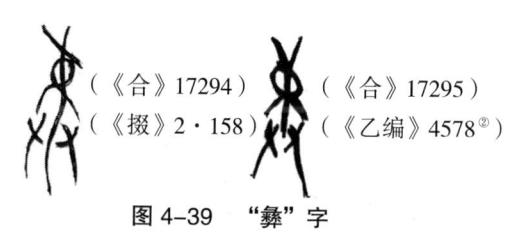

(《合》17294)　(《合》17295)
(《掇》2·158)　(《乙编》4578②)

图 4-39　"彝"字

---

① 《天》:《天壤阁甲骨文存考释》,唐兰著,辅仁大学 1939 年版。
② 《乙编》或《乙》:《殷虚文字乙编》,董作宾等编,商务印书馆 1948 年版,科学出版社 1956 年版。

像双手奉鸡以祭，诸家略无异辞焉①。

彝、夷可通用。例如《礼记·明堂位》："灌尊，夏后氏以鸡夷。"郑注："夷读为彝。"这跟《周礼·春官·司尊彝》裸（灌）用鸡彝、鸟彝相合，所以《尚书·尧典》西方民（神）作"夷"。

如上所说，夷、雉字通。所以彝字所奉之鸡，主要指雉鸡——这是凤凰三大母型之一——以鸟为祖灵或图腾的殷人非常敬重雉鸡，祭以禘礼。

丁巳卜，贞：帝雉。

贞：帝雉，三羊，三豕，三犬。（《前》4·17·5）

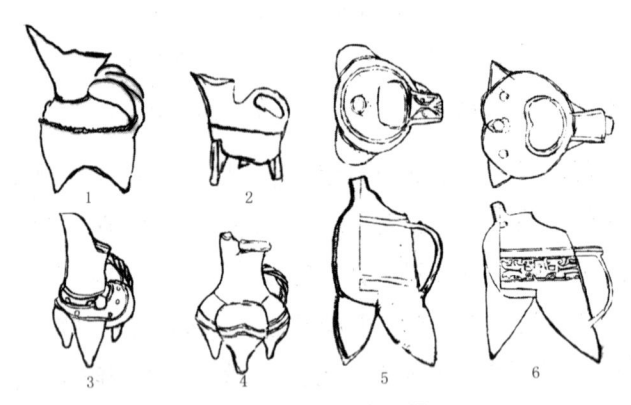

图 4-40 鸡/鸟形器

（1.山东大汶口出土，大汶口文化；2.山东滕州岗上1号墓出土，大汶口文化；3.山东潍坊姚官庄出土，龙山文化；4.铜鬶，传世，《西清古鉴》32·16；5.陶制鸡形鬶，河南偃师二里头出土；6."鸡彝"，河南郑州紫荆山出土）

鸡或鸟形的鬶，或说生长为后来的鸡彝，用于隆重的"灌祭"——这是一种沟通天地人三界的祭礼，商周时期用香酒，或象征太阳精血，早期是洒灌神圣的鸡血以享神。

陈邦福说，类似祭法涉及太阳祀典，可做参考。

雉祭，疑丹鸡之祭也。《尔雅·释鸟》云："䨄、天鸡。"《逸周书·王会解》："文翰若翚雉。"《风俗通·祀典》云："《山

---

① 参见吴大澂：《说文古籀补》，中华书局1988年版，引杨沂子说；徐中舒：《说尊彝》，见徐中舒：《徐中舒历史论文选辑》（上），中华书局1998年版，第647页。

海经》曰：祠鬼常以雄鸡。鲁郊祀常以丹鸡……"（此下引文有误，略）

是卜辞雉祭，疑（即）《尔雅》之天鸡，《山海经》之丹鸡祀日矣。①

胡厚宣早就证明夷即彝。②

彝，郑杰祥文也以为其指鸡，是凤凰母型之一，说："西方彝神，指的就是商人和秦人的图腾鸡之神。"③他说，"夷／彝"声近可通，即采胡氏之解。

于省吾先生也说："甲骨文的彝字应读作夷。"但他说，"夷训为毁为伤为杀"（案：都是引申义），指西方风主刑杀，"杀伤成物"（《白虎通》）④，却是不可取的。

在四方风里，彝是正字，夷以音近假借。彝是鸡。闻一多说，"鸡／雄鸡"是凤凰的最重要母型。徐中舒《说尊彝》云，"彝之所以象双手捧鸡或鸟形者，以宗庙常器中实有象鸡或鸟形之物"⑤，且举出多器为证，这也跟"凤"属风神鸟之形象直接相关。

又，风神名夷，后世还保存痕迹构造。《北堂书钞》卷一四四引《太公金匮》说："风伯名姨。"古无偏旁，原应作夷，后来因为与妻子姐妹之"姨"发生混淆，语讹为女性。《淮南子·天文训》说："女夷鼓歌，以司天和。"高注："女夷，主春夏长养之也。"原来指的都应是西风夷（彝）。

王昆吾（王小盾）曾论证"彝"字是太阳神鸟洒血以展示其生命神力的仪式（性）意象。他说：

> 龙山文化所见的大批红色卷流陶鬶表明：鸡彝所象征的

---

① 陈邦福：《殷契说存》，1929 年版石印本，第 5 页。
② 参见胡厚宣：《释殷代求年于四方和四方风的祭祀》，载《复旦学报》（社会科学版）1956 年第 1 期。
③ 郑杰祥：《商代四方神名和风（名）新证》，载《中原文物》1994 年第 3 期。——编者注："风各"应为"风名"。
④ 于省吾：《甲骨文字释林》，中华书局 1979 年版，第 125 页。
⑤ 徐中舒：《说尊彝》，见徐中舒：《徐中舒历史论文选辑》（上），中华书局 1998 年版，第 647 页。

太阳和生命，是通过红色来表达的。这也正是鸡血的颜色。金文"彝"特别强调鸡血的滴落，证实"彝"的原义是指刑鸡和举行鸡血灌礼。①

这是很有参考意义的。

附说：他又以为，"弟"可能指水鸟鹈鹕（见于《尔雅·释鸟》）②。陆玑《诗疏》说："鹈，水鸟。形如鹗而极大，喙长尺余，直而广，口中正赤，颌下'胡'（如喉囊）如数升囊，好群飞。若小泽中有鱼，使群鸟共抒水，满其口而弃之，令水竭尽；鱼在陆地，乃共食之。"不无可能。但"弟/夷/雉"相通，学界有共识，不如用此现成、近捷的说法省力。

图 4-41　鸡形白陶鬹

（山东潍坊姚官庄出土，龙山文化，距今约 4000 年；附甲骨文"彝"，供参考）

制作得如此精美，不像是日常用品，却好似所谓"鸡彝"的前身（"彝"的原义是杀鸡滴血以祭），而且很可能是昂首公鸡或雄鹰的高度程式化和抽象化。这是东部"太阳群团"的圣物。它们消灭害虫和毒物，当然也能逐鬼驱邪。

韦凤、夷雉与鸡

西方之"韦"，凤（风）名之"彝"，虽然跟夷方乃至夷殷都暗合，然而，它是哪位先祖化身，却较难确定，不像其他三方那样明白。

由于神鸡或夷雉是凤凰模特，"帝俊/帝舜"等都能够随意以之

---

① 王昆吾：《中国早期艺术与宗教》，东方出版中心 1998 年版，第 73 页。
② 参见王小盾：《中国早期思想与符号研究——关于四神的起源及其体系形成》（上册），上海人民出版社 2008 年版，第 430 页。

为化形。例如《法苑珠林》卷四九引《孝子传》说："舜父夜卧，梦见一凤凰，自名为鸡，口衔米以哺己，言鸡为子孙；视之，如凤皇。"如凤凰之鸡正是雄，可惜是孤证，帝俊（帝舜）已掌东方及东方风。

"一唱雄鸡天下白。"神鸡跟太阳是有关系的。例如《玄中记》《述异记》等都载，桃都山大树上有天鸡，"日初出，光照此木，天鸡则鸣，群鸡皆随之鸣"。《荆楚岁时记》作："上有金鸡，日照则鸣。"这跟《大荒西经》说西方神"夷"、风"韦"能够"司日月之短长"也相合。1969年12月，河南济源汉墓出土陶扶桑，上立神鸟，郭沫若改定为桃都树与天鸡，这是大家熟悉的事。民间文学里，常见"公鸡红着脸喊出太阳来"解释神话。

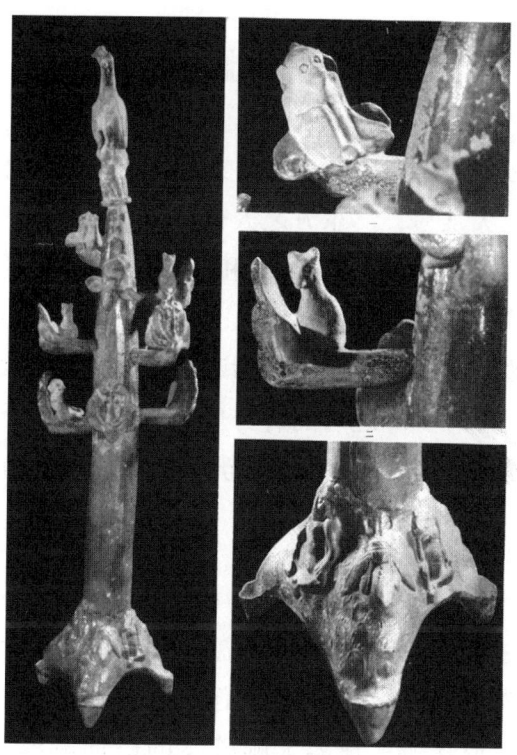

图 4-42　神鸟和扶桑树

（陶塑，河南济源出土，汉；右为细部）

"九枝"的太阳神树扶桑，顶上站立着神鸟——或说"天鸡"，它一叫，天下的鸡都跟着叫，就把太阳叫了出来，把鬼魅赶了出去。

要之，"彝/夷"主要指雉鸡或山鸡。

《文选》左思《吴都赋》说："鵁䴊山栖。"鵁是鷄鶩，为东方俊凤（风）母型。䴊就是夷雉。《玉篇》："䴊，山鸡也。"又写作翟（《尔雅》南方雉，《说文》作𪈻畴）。前举《尔雅·释鸟》："鷷，山雉。"郭注："长尾者。"陆氏释文作翟。邢疏："山雉，一名翟；今俗呼山鸡。"这就是李白诗里，被楚人当作凤凰的山鸡，跟锦鸡（鷄鶩、俊凤）有所不同。

又，鸡彝可作"灌尊"，所以尊、彝有时通称。西方雉，《尔雅》作鷷，《说文》作䆮，与此西方（凤）彝也可相合（《尚书·尧典》鸟兽名"毛毨"，无说）。

夷与羿可能对应

"彝/夷"的对应者有可能是夷殷文化英雄兼射神之羿。夷，《说文》卷十大部说是从大从弓，"东方之人也"。卜辞所见，却似有矰缴的箭矢。足证射猎是夷殷特长。《墨子》和《吕氏春秋》等说夷羿作弓，《世本》和《说文》说夷牟（或夷弇）作矢；《说文》卷十二弓部说羿是"帝喾射官"。夷殷（包括羿部）主要活动在山东、河南龙山文化区。徐中舒说："继太皞、少皞之后的有穷后羿以善射著称，这也与龙山遗物中发现矢最多的条件相合。"① 可见羿为夷之代表人物，或称"夷羿"。

羿	疑纽质部	ŋēt（郭锡良）	
夷	余纽脂部	ʎiei（郭锡良）	die（王力）

上古音相去较远，但不是一点通融余地都没有。

《说文》卷四羽部，"羿"字作"羿"，说是"羽之羿风"，段注用《庄子·逍遥游》形容大鹏腾飞的语词解释"羿"之本义，

---

① 徐中舒：《试论周代田制及其社会性质》，载《四川大学学报》（社会科学版）1955年第2期。

"谓抟扶摇而上之状",正是大鸟利用空气升力直上九霄的样子。朱氏《通训定声》说,羿指"羽骞风而上也",是羽翼的意象。在这意义上,可以说羿是鹏凤大翼的人格化;或者说,羿是大翼鸟身的射手英雄。萧兵的《中国文化的精英——太阳英雄神话比较研究》曾努力论证,后羿是曾经化形为大鸟的准太阳神,跟"折(挚)/昭明"及小朱蒙同格。"折(挚)/昭明"既然可做东方神,夷羿为什么不能是西方神或西风神呢?只不过四方方名、风名所对应者主要是殷商先公,这里却冒出一个纯神话人物,殊难譬解。前说,古希腊"西风"之神泽费罗斯,曾与英雄阿喀琉斯相配拟,按照《神谱》等,原来也极鸷猛;前引《海华沙之歌》里印第安西风神亦与后羿一样勇敢,屡建奇勋。东西方神话英雄如此相似,实在是耐人寻味的事情。

图 4-43　后羿

(《楚辞图》,作者:[清]萧云从)

后羿是夷人集群的射手英雄,作为月神嫦娥之夫,曾被配拟为小太阳神;其化形为大翼之鸟。有可能与西方风之"彝"或"夷"对位,兼司西风。

附说：西方之"彝"（石夷），西风之"韦"，有一种独特的解释，指商伯之"豕韦"。

《国语·郑语》史伯云，黎是高辛氏火正，"以淳燿敦大，天明地德，光照四海"，而被命曰"祝融"。其后世夏伯昆吾，商伯豕韦。《楚语》则说，颛顼命南正"重"司天以属神，火正"黎"司地以属民；是为"绝天地通"，其关系约为：

重（司天）　　　　　　　　　　　　　夏伯：昆吾
　　　　　　—— 祝融（天明地德）——
黎（司地）　　　　　　　　　　　　　商伯：豕韦 – 豨韦（氏）

这正是《庄子·大宗师》说的，"豨韦氏得之（道），以契天地"（清代王先谦注："豨韦即豕韦。"），"豨韦/豕韦"本质上跟颛顼同样是"绝天地通"、契开天地的开辟大神[①]。

而《大荒西经》说，"石夷"及来风之"韦"都"司日月之长短"；换言之，豕韦又是专司时辰的天神。[②]

此说有一点道理，但只有"韦"字偶合。四方风与"豕"或"豕韦"（猪神）无干。"石夷"或"韦"也不能"契（开）天地"。

又，海外有学者将四方风名跟《老子》第十四章联系起来，认为其中暗含"对位"或"承袭"的关系：

视之而弗见，名之曰"微"；
听之而弗闻，名之曰"希"；
捪（搏）之而弗得，名之曰"夷"。
三者不可致诘，故混而为一。（据帛书本）

我们也曾为之惊讶不已：为什么竟"巧合"如斯？

南方风　　　　微：视觉印象　　　　微
东方风　　　　劦（协）：听觉印象　　希

[①] 傅朗云：《关于西汉卜千秋墓壁画中一些问题》，载《文物》1979年第11期。
[②] 参见叶舒宪：《庄子的文化解析——前古典与后现代的视界融合》，湖北人民出版社1997年版，第527页。

| 西方风 | 彝：触觉印象 | 夷 |

这跟《尔雅》《说文》四方之雉也有"暗合"之处。

南方雉	翟/弟（雉）	微
北方雉	鵗（希）	希
西方雉	鷷（蹲）	夷（尊彝通训）

这些字汇还有互通的趣向。《尚书·尧典》鸟兽毛毨，或说"毨"与"希/微"读音相去也不远。惜无解。

希、微通训。前面说过，南方风之"微"与《尧典》鸟兽"希革"之"希"对应，是晨昏阳光熹微之象。

"夷/彝"及"雉/弟"，与"翟：狄"音转。"夷/希/微"也有可转之道。

"尊/彝"通训。"尊"不但可写成"蹲"（《说文》），而且由舌尖转读舌头而与"翟/狄""雉/弟"双声。

彝/夷/鷷	ʎiwəy	（余纽脂部）
役	ʎiwek	（余纽锡部）
翟	diǎuk	（定纽药部）
雉/弟	dǐei	（定纽脂部）
希/鵗	xǐət	（晓纽微部）
微	mǐwəi	（明纽微部）
毨	siən	（心纽文部）

有的双声或准双声，有的叠韵或准叠韵，都有可能通转（唯"毨"相远）。

至于《老子》之"微/希/夷"，我们目前觉得只是借用光线或音声"朦胧/模糊"来喻拟大道之虚静空灵，似有若无，跟"大象无形""大音希声"等互为表里。现在还不能说它们跟四方风、四方雉有必然的对应关系，只能录以待问。

九、夗及其关系字

《合》14295 卜辞北方方名，手头拓片看不清楚。或释元（《综》590），或释九。后者冯时分析颇精。

曹锦炎、连劭名、郑杰祥等释"勹"（伏），较难说通。

《说文》卷三："九，鸟之短羽，飞九九也。象形。……读若殊。"

此字跟鸟羽、鸟飞相关，但是字形、字音跟《合》17294 北方之"夗"都有极大距离。

九的读音，许慎说读若"殊"，徐音"市朱切"，《广韵》同。关系字如下。

九	禅纽侯部	ziwo（郭锡良）
	定纽侯部	d'iwo（周祖谟，冯时）
夗	影纽元部	ǐwan（郭锡良）
宛	影纽元部	ǐwan（郭锡良）
鹓	影纽元部	ǐwan（郭锡良）
燠	影纽觉部	ōuk（郭锡良）
爰	匣纽元部	ɣǐwan（郭锡良）
狹（炎）	匣纽谈部	ɣǐwan（郭锡良）

（狹，郭璞音"刿"，则属余纽谈部，郭锡良拟为ʎiam）

曹锦炎不同意陈邦怀《殷代社会史料征存》释夗若"宛"。他认为，此方名写法近"勹"，即"伏"。

入（《京津》520，善斋大骨） 乙（《缀合》261）

他采用于氏《释林》之说，"象人侧面之形，即伏字初文"。案：此字较模糊，摹写隶定不大一致。

曹说，《史记·五帝本纪》索隐引《尸子》曰："北方者，伏方也。"《尚书·尧典》："申命和叔，宅朔方，曰幽都。"《史记》述为："申命和叔，居北方，曰幽都，便在伏物。"索隐云："使和叔察北方藏伏之物，谓人畜积聚等，冬皆藏伏。"他的引证相当有力，确实能说明"冬季寒风凛冽，万物皆藏伏，故称北方为'伏'"。① 然而这里的关键却是更准确地辨识原文字形，这有待于再发现（这里暂采陈邦怀等释夗若宛之说，它还多了一重《山海经》的旁证）。曹说为王小盾等所吸收，因为它确实有力。

曹锦炎引《尸子》说："北方者，伏方也。"如果此字确能释"伏"，证据较足；但如果由"北方"称"伏方"，推出其方名应为"伏"，那就本末倒置了。不过宋镇豪的援同和补证，确实有些道理。北方凛冽而万物藏伏，《尚书·尧典》仲冬，厥民"隩"，"本指冬春之交的煖神，为北方寒气衰退而阳气回升的气候神，隩亦有藏伏义，如《玉篇》云：'隩，藏也。'《国语·郑语》韦昭注：'隩，隐也。'二者取意正相一致"②。所以，北方为"伏"之说，依然应加重视。

冯时为之调谐道：

> 卜辞九字象人屈身之形，意有长短之寓。《集韵》《类篇》并引《广雅》云："屈，短也。"……
>
> ……宛系字从夗得声，古音声在匣、影二组，韵隶文、物、元三部……九属定组侯部字，泥、定为舌头音，发音部位相同，同声可通。上古匣组三等字，如鬱字及部分宛系字，与上古定组部入四等字一样，于中古同属喻组。暗示了上古匣、定二组的某种联系。……在韵部方面，文、元二部音同可通，侯、元二部也互有交涉。③

他的分析精细而又委曲，文长不具录，我们觉得弯子绕得太大，目前只能存疑。形义方面，冯时以"屈曲"为纽带，说"九、夗、宛义俱同，形亦相类"是有道理的，虽然我们无法同意他北方之名表示"冬至之时短至"的结论。

---

① 曹锦炎：《释甲骨文北方名》，载《中华文史论丛》1982年第3辑。
② 宋镇豪：《甲骨文中反映的农业礼俗》，见王宇信、宋镇豪主编：《纪念殷墟甲骨文发现一百周年国际学术研讨会文集》，社会科学文献出版社2003年版，第366页；参见宋镇豪：《夏商社会生活史》，中国社会科学出版社1994年版，第487页。
③ 冯时：《殷卜辞四方风研究》，载《考古学报》1994年第2期。

夗即雒雏，指信天翁

"夗"对应着《大荒东经》之鵹若雒，是毫无问题的。

> 有女和月母之国。有人名曰鵹，北方曰鵹，来风曰狿。是处东极隅以止日月，使无相间出没，司其短长。

《说文》卷七宀部："奥，宛也。"《尔雅·释言》："懊，忥也。"陈梦家说："（此）可证奥、宛、元之相通。"所以，《尚书·尧典》厥民"隩"应是"夗/鵹"的音变或异文。再转为炎。《说文》北方风"幽昌"，幽与隩都在影纽，幽觉阴入相配。《广雅》王疏："奥之言幽也。"

鵹即鸫即雒，当指雒雏。《南山经》南禺之山，"有凤皇，鸫雏"。郭注云："亦凤属。"这，森安太郎也认识到了（参见《黄帝传说：中国古代神话传说》第122页）。

《庄子·秋水篇》："南方有鸟，其名为鵷鶵，子知之乎？夫鵷鶵，发于南海而飞于北海，非梧桐不止，非练实（引案：或作"竹实"）不食，非醴泉不饮。"完全是凤凰的习性与品格。陆德明释文："乃鸾凤之属也。"成玄英疏："鸾凤之属，亦曰凤子也。"

《文选》左思《吴都赋》李注引《周本纪》也说它，"凤类也，非梧桐不栖，非竹实不食。黄帝时，凤集东园，食帝竹实，终身不去"。不知所据。

或说，其母型是极乐鸟。王小盾以"鵹"当鸥鹛类之"鹈鹕"（《东山经》郭注），以其为"冬鸟"。舍近便之雒雏而不采，实在是失之眉睫。

森安太郎等学者注意到了"夗"与《庄子·天地篇》"苑风"的契合。

> 谆芒将东之大壑，适遇苑风于东海之滨。苑风曰："子将奚之？"曰："将之大壑。"曰："奚为焉？"曰："夫大壑之为物也，注焉而不满，酌焉而不竭。吾将游焉。"……

这虽然是寓言，却能帮助我们读懂《大荒东经》中的一句话。鵹是北方神，狿是北方风，却为什么"是处东极，以止日月，使无相间出没，司其短长"？原来在原生态的风/方神话里，一切都没有成型，排列叙次并不像后世那样理性而严密。在《吕览》《淮南》等书里，炎风是南风（我们想到了"炎热"），在《山海经》里却是北风。北方神"鵹"原系女和月母（即羲和），羲和曾是太阳母亲；如《大荒南经》所说，东南海外，有女子羲和"方浴日于甘渊"——"宛（苑）风"正好在"东海之滨"遇见要去"大壑"的諄茫（"諄茫"待考，或暗指混敦茫芒之大道家）。而风是游动的。"住居"（例如风穴）也许固定，一旦闯出，便居无定所，四处流浪。这是初民有趣的想象。

"大壑"，我们在《山海经的文化寻踪》"昆仑与日月出没之山"一章里曾证出其即：

归虚（《列子·汤问篇》）　　沃焦（《文选·江赋》）

（东海）无底之谷（《诗含神雾》）尾闾（《庄子·秋水篇》，参《楚辞·天问》）

图 4-44　信天翁

（动物摄影）

信天翁尖爪利喙，猛一看也相当凶鸷；古人或视为海鹰、白鹰。

相当于：

旸谷　汤谷　崵谷　阳谷／甘渊／波谷（山）

正因为羲和曾在东方"甘渊/汤谷/大壑"为小太阳"洗生",所以作为"月母"的女和及其所"分化"的虉(凤/鸟)也要在特定时刻"处东极隅以止日月",而欲之大壑的谆芒也会在"东海之滨"遇到"苑风"(雊雏凤)。当然,也可能"东极"为"北极"之误,文由《大荒北经》误窜入《大荒东经》。

雊雏应即爱居。二者一音之转。

图 4-45　起飞的信天翁

(动物摄影)

信天翁这样的大鸟,一般要迎着逆风,在水面拍击前冲才能起飞——就像大鹏鸟要"水击三千里",才能更好凭借(有"待")空气升力直上万里云霄。

如果一丝风都没有,它们就只好老老实实地傻站着挨饿,等着游鱼上嘴。"宁存抱柱信",就像尾生信守约定时刻一样,"情愿"被饿死、淹死——"信天翁"的"信"就是这么来的。

《国语·鲁语》:"海鸟曰爱居,止于鲁东门之外三日,臧文仲使人祭之。展禽曰:'……今兹海有灾乎?夫广川之鸟兽,恒知避其灾也。'是岁也,海多大风,冬暖。"《庄子·至乐篇》也写到这个故事:"昔者海鸟止于鲁郊,鲁侯御而觞之于庙,奏《九韶》以为乐,具太牢以为膳。鸟乃眩视忧悲,不敢食一脔,不敢饮一杯,三日而死。"《庄子·达生篇》又复述了一次。闻一多认为,似凤的大鸟爱居,跟鹏凤同样是能飞越海洋的鸟,应为同物,大鹏所借之"海运"(海风),"与海大风亦一事也"[①]。

---

① 闻一多:《古典新义》(上册),古籍出版社1956年版,第226页。

"雥䳫/爰居"虽不一定是大鹏,却是凤属。

《文选》左思《吴都赋》:"鹢鶋避风。"李注其"似凤",引《左传》(实指《国语》)以说。《尔雅》说它又名杂县,邢疏为"海鸟"。郝氏笺疏引樊光云"似凤皇",刘逵《吴都赋》注亦云似凤。其具体形象,郭璞注说:"汉元帝时,琅琊有大鸟,如马驹,时人谓之爰居。"可见其高大。

"爰居/雥䳫"恐怕是信天翁。《坤舆外纪》说,"鹢居高八尺,宿于岛中,常飞海面;海船遇之,可占岛之远近",正是它。

信天翁只能利用暴风雨之前海面上强大气流起飞而翱翔,水手们称它"暴风雨预告者",所以说它能呼风唤雨,有资格当风神。它能利用风力远飏巨浸,一飞飞到临海的鲁国,正巧气压升高、气流平息,它飞不起来,只好像平时一样傻站着等鱼吃,一站就是三天!害得臧文仲们怕得要死。想来夷殷先人也曾看到过类似的事件吧。

图 4-46 玉鹰

(河南安阳殷墟 M5 妇好墓出土,商代,约公元前 1600—前 1028 年;右附信天翁)

殷商可能以为女性也会化形为鹰——萨满之初原是女性,其起始化形为鹰,尤其是勇武如妇好者可用玉鹰为神圣标识。羲和或月母女和,西风神"毚"也可能被视为鸷鸟——鵗䳫母型信天翁尖喙利爪,捕起鱼来也是相当凶猛。古人可能视为"白色的神鹰"。

"雔雏/爰居"色白，近于《说文》西方白凤"鹔鹩"，可惜读音不切近。

《山海经》北方凤（风）曰"㱟"者，郭注音"刿"，恐不准确，而仍音炎，与夗、宛、爰一音之转。当亦此物或其异变。

《广雅·释鸟》有怪鸟䳓离，即此；如是一鸟，或即炎离之繇变。

㱟风，当然跟《吕氏春秋》《淮南子》等书里的"炎风"相合，但是方位不一致（这是古代定名不完全规范或传闻异辞之故）。

森安氏注意到《左传》昭十七年有"信仰凤鸟的国家郯"，郯子自称少皞挚（折）是其高祖，"凤鸟适至，故纪于鸟，为鸟师而鸟名"，郯氏很可能是北方风神㱟的血裔。郯（dam）从炎声，与"㱟/刿"叠韵。从此可以推出夷殷鸟祖灵族系肯定有一称"炎/㱟/刿"之先祖或氏姓或神巫集团，专祀"北风/北凤"（鸏/鹔雏/爰居），"炎"音与"夗/宛"相去也并不太远。

图 4-47　太阳和月亮

（欧洲绘画）

古人以日、月为明神，以男女二性代表，更早或配拟为祖妣之神。或说，太阳代表人的（生命）本质，月亮则是智慧。图上面二角是风神。西方中世纪这类绘画多在长方或椭圆形的边角画着四方风神。这里省略为东、西二风。

雊 / 女和 / 羲和

"梟"或雊雉当是月母"女和"的一种化形。女和，盖即帝俊之妻、生十日的羲和，神话地位相当于简狄，后来分化为日母羲和、月母常仪（嫦娥）。最初只是女和（或羲和），如《山海经·大荒南经》郭注所说："羲和，盖天地始生日月者也。"又如其引《启筮》："乃有夫羲和，是生日月。"她以日月之母身份主掌北方和北风，其夫帝俊（或其孙昭明）主掌东方和东风。但羲和又是日神，曾在东方日出的汤谷即甘渊里为初生的太阳洗澡。所以北风梟又"处东（北）极隅以止日月，使无间出没，司其短长"。羲和、常仪似未见于卜辞，跟其子辈夷羿同样是神话人物。董作宾、傅斯年等曾假设卜辞"妣乙"为高祖夒（帝俊／帝喾／帝舜）之妻而相当于女和，没有多大证据。（详见叶舒宪、萧兵、［韩］郑在书的《山海经的文化寻踪》）

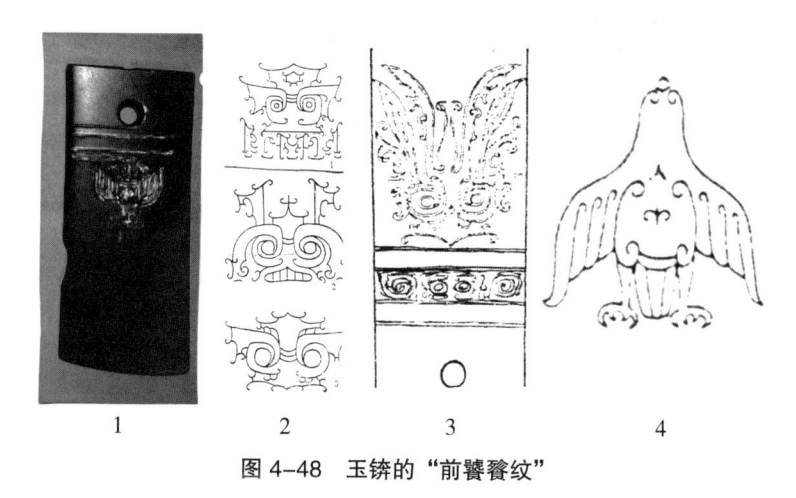

图 4-48 玉锛的"前饕餮纹"

（1.玉圭照片，采自邓淑蘋；2.龙山文化玉锛图纹，山东日照两城镇等地出土，采自刘敦愿；3.同期玉圭，现藏台北故宫博物院；4.商代玉器鸷鸟图纹，原器现藏于台北故宫博物院）

有人把这一类"前饕餮纹"看作先公先王等祖灵的形象，其中长发或者繁饰者看作先妣，例如羲和、常仪的形象，且与她们的鸟化身并见（这当然根据不大，但不失为一种可参考的意见）。

邓淑蘋有个独特的说法：

> 玉器上的鹰纹，可能就是少昊（鸷：鸷鸟）与句芒的形象。更大胆地推测，也可能就是东夷族群想象的嶜的形象。①

那长发的似女性形象，她认为，可能是常仪的具象或抽象的描绘。

她还认为，山东日照两城镇等地发现的"玉锛"或"玉圭"上的"神/人/兽面"图纹再现的是"句芒－少昊（皞）"这样的夷人始祖，"头顶上加代表神性的符号"，人/鸟或神/鸟混融，是所谓"神人同形性观"（Anthropomorphism）。②

这个说法不免牵强，只能待考。

役 和 鹬

卜辞北方凤（风）作：

图 4-49

（甲骨文北方凤［风］）

此字从尸（或人）从殳，或说即古"役"字

从卩（或阝）从殳，"卩"与"人"通，应依胡氏隶定为"役"，此《说文》"役"字古文，为便印刷，下面就写作"役"。陈邦怀曾从它处发现此"役"神司风。《前》6·4·1："贞：兹风，不唯？"乙辞云："役，唯有，

---

① 参见邓淑蘋：《古代玉器上奇异纹饰的研究》，载《故宫学术季刊》1986年第4卷第1期。
② 参见邓淑蘋：《天命玄鸟，降而生商——古玉花纹所反映的古代信仰》，载《故宫文物月刊》1986年第4卷第6期。

不足？"可见此方神亦掌风。

"役"所从之"殳"，跟《合》14295 之"几"有关。

殳、几都在禅纽侯部，读若"殊"（zǐwo）。

可见方名与风名确实对应。

"役"上古音在余纽锡部，跟《尚书·尧典》鸟兽"鹬毛"之"鹬"对音：

役　　余纽锡部　　ʎĭwěk　（郭锡良）
鹬　　余纽质部　　ʎĭwěk　（郭锡良）
鷸　　余纽质部　　ʎĭwěk　（郭锡良）

"鹬"之尊化为鹬皇。《文选》司马相如《大人赋》："左玄冥而右黔雷兮，前长离后鹬皇。"长离就是阳离、火离，跟鹬皇同是凤属。它有"光"义。汉代扬雄《太玄》："物登明堂，鹬鹬皇皇。"注："休美貌。一曰明盛之貌。"

图 4-50　鹬与鹳

（动物摄影）

鹳和鹬都对雨水非常敏感。《诗》云："鹳鸣于垤，妇叹于室。"就因为它知道云雨将至。古人用以测雨或祈雨。有人把鹤、鹭、天鹅、信天翁，连带灰白色的鹳、鹬都列为古人心目中的"白凤"，这是符合"北方凤"之特征的。

所以，北方凤（风）可能又是水鸟之鹬（鹬蚌相争即其故事）。

《说文》卷四鸟部："鹬，知天将雨鸟也。从鸟，鹬声。"这是风雨之禽，据说它跟鹳鸟一样，头部有"超声波装置"，能够预测风雨。

似鹤而小,似鹳而大,白或灰色。也许古人因此把它跟爰居、雏(信天翁)搞在一起。

古代北方民族曾凭借鹳、鹬之类水鸟祈雨测候。所以《说文》引《礼记》云:"知天文者冠鹬。"鹬冠就是雨冠、儒冠、术(士)冠。起源于祈雨巫师的先儒就用"鹬"做巫术法具。宜其夷殷以之为北方风神也。(详见萧兵的《孔子诗论的文化推绎》和《新原儒——兼解"儒/柔"之惑》,世界中国学研讨会论文,2004年,上海)

我们之所以把北方之"役"确定为"鹬",还因为《尚书·尧典》称北方神鸟(鸟兽)为"毨毛",而汉赋"鹓"(皇是尊称,表示辉煌,"鹓"原亦太阳神鸟)。后者可作辅证。

图 4-51 黑翅长脚鹬

(吴秀山摄)

古人说:"知天者冠鹬。"由祈雨巫师出身的儒者就戴着鹬冠,向往"风乎舞雩,咏而归"。

役 与 鹥 凤

"役"或"伇",还有可能对应着风雨之鸟屏翳之"鹥",也就是"鹥"凤,而与夷殷名臣伯益(《郑语》作伯鹥)对位。

役　　　ʎĭwek　　　（余纽锡部）
翳/鹥　　ĭei 或 ĭěk　　（影纽脂部；或影纽锡部）
益/鶃　　ĭěk 或 ŋĭěk　（影纽锡部；或疑纽锡部）

表面看起来,鶃跟北方、北方凤没有多大关系,跟"雒雏/信天翁"之类更是毫无牵连。但是,有人揭示,它们跟鸿鹄、天鹅、仙鹤等都是白色或灰白色的,古人曾经列之于白凤,或看作白凤的种种母型,这就跟"白色的冬天"或"北方""北凤"挂上钩了。

图 4-52　人首鸟身神

（放大的复制品,四川广汉三星堆,商代晚期,摄于三星堆博物馆）

"天命玄鸟,降而生商。"夷殷以鸟为祖灵（通称"图腾"）。玄鸟可以"尊化"为凤凰,凤凰也可以"卑化"为山鸡或家鸡（或者说,凤的母型之一是雒/鸡）。三星堆"神鸟"似以公鸡为模特,可以看作一种太阳神鸟。它能够镇墓驱邪,也能够引导亡魂升天。

《国语·郑语》:"姜,伯夷之后也。嬴,伯鹥之后也。"韦注:"伯鹥,舜虞官,少皞之后伯益也。"就是《郑语》所说"伯鹥能议百物以佐舜"

的意思。可见伯益、伯翳可通,伯益能够可以名臣乃至先王兼为北方风神。

所以,起于东夷的嬴、燕、偃与翳、益也有间接关系。

专家们大多承认这一点,例如——

"翳(鹥)/益(鹖)"是"燕"(玄鸟)的一种,神化为凤凰。

杨宽说:"益(引案:燕)就是玄鸟凤鸟,是服侍上帝的,所以上帝(即舜)要叫他来管理'上下草木鸟兽'……原始的野蛮人,往往学着鸟兽的叫声来作歌唱,这一点美洲的印第安人最显著。"① 赞成秦王族起于东夷的林剑鸣也综合诸说云:"柏翳就是燕的别称。……益、嗌、燕三字是可互代的。"②

如上所说,被尊化为玄鸟的凡鸟颇多,燕子只是一种。

翳,短言谓之"益",长言之则"屏翳",是东夷原生的雨神(或兼云神、风神)。它见于文献并不古老。

《楚辞·天问》:"蓱号起雨,何以兴之?"

王注:"蓱,蓱翳,雨师也。"洪兴祖补注引《文选》张景阳诗:"丰隆迎号屏。"颜师古注:"屏翳一曰屏号。"蒋骥《山带阁注楚辞》引《搜神记》:"雨师,一曰屏翳,一曰号屏。"(《初学记》作"屏号")曹植《洛神赋》:"屏翳收风。"《诘咎文》:"屏翳司风。"

"屏翳"本来指以鸟羽或鸟形掩蔽"雨神"或"羽巫"全身,以便诱雨(羽、雨可通)。《国语·周语》:"是去其藏而翳其人也。"韦注:"翳犹屏也。""屏翳"是复义重叠,都是屏蔽掩翳之意,是雨云之象——大鹏抟扶摇而上九万里,自然也能屏翳千里。

《山海经·海外东经》有雨师妾,或名屏翳,不知道跟"伯益:柏翳"是什么关系。

> 雨师妾在其北,其为人黑,两手各操一蛇,左耳有青蛇,

---

① 吕思勉、童书业主编:《古史辨》七(上),开明书店 1941 年版,杨宽序,第 5、7 页。
② 林剑鸣:《秦人早期历史探索》,载《西北大学学报》(哲学社会科学版)1978 年第 2 期。

右耳有赤蛇。一曰在十日北，为人黑身人面，各操一龟。

郭注："雨师谓屏翳也。"恐是按旧说牵合。我们倾向于这是别一系统的神话。

所以，跟东夷许多祖先神、文化英雄同样，伯益、柏翳也有个鸟化身：鹥。《楚辞·离骚》："驷玉虬以乘鹥兮，溘埃风余上征。"浪漫诗人乘驾的就是这种神鸟。

《山海经·海内经》："北海之内，有蛇山者，蛇水出焉，东入于海。有五采之鸟，飞蔽一乡，名曰翳鸟。"郝疏说，《文选·上林赋》注引此经亦作"翳鸟"；《史记·司马相如列传》张揖注，《文选·思玄赋》注，《后汉书·张衡传》注俱引《山海经》，以及《楚辞·离骚》等，皆作"鹥（鸟）"。二字通。就雨神鸟而言，为什么叫作"翳"呢？就因为它"飞蔽一乡"，体型巨大（而不像或说那样，是数量众多），实际上就是翼若垂天之云、以鹰鹫等巨鸟为母型的"大鹏"即"大凤"的一种，或异称。所以郭注和《离骚》等都说，"翳鸟"是凤凰的一种。这样，它就可能与北方凤鸟"鹜"对应。清代毛奇龄《续诗传鸟名》释《大雅·凫鹥》云：鹥与凫一类，一名水鸮。唯《解诂》谓鹥即鸥；鹥、鸥声同。若《汉书·司马相如列传》则又作翳；翳、鹥同。这是动物学鉴定。我们不能将巨大的鹥凤"矮化"。

但是，它也可能在神话史上卑化为雨水之鸟、知天文之"鹬"。所以，说"鹜"或为翳若鹥，或为鹬，并没有多大抵牾。

四方方名、风（凤）名虽然偶有"异文"，基本上是整齐严格而相互对应的。风名不但与四方相连，而且可能与四时相应。它同样是宇宙时空四分的产物。

如上所说，宇宙表现出这样严整而周密的有序性（Cosmo本身就有"秩序"之意），"宇：空间"由"二"（东西）而"四"（东南西北），又跟"宙：时间"的由"二"（春秋）而"四"（春夏秋冬）密合，这真使人感到无限地惊喜而神秘，初民不能不加以互渗或整合，逐步建构他们的宇宙符号系统，而原始抽象（或原逻辑）也就蕴涵其中。如列维–布留尔《原始思维》所说："原逻辑思维从来就不拥有这些彼此孤立的观念（引案：例如冬/黑/北/鹬鸟）。它并不是一开始就想到这个作为空间方位的、东在其右和西在其左的北方，而随后又把关于冷风、雪、熊、蓝色(或黑色)的观念与北方联系起来……"① 它是与他们的存在相关，自身也发生互渗的一个整体性的系统。

$$
\text{太阳运动位序} \begin{cases} \text{宇：空间：四向} \\ \text{宙：时间：四季} \end{cases} \text{（太阳）神鸟的（想象）特征}
$$

这种对应与划分，激励他们将这些"孤立的"因子或要素组合成为严密有序的宇宙-文化符号系统（借以标志、安排、改善时空和生产生活秩序）。

这也就是荣格所谓四象性（Quaternity）在原初宇宙观念里的体现。

最后，将甲骨文、典籍的四方神名、凤名及其可能的母型与先公或传说祖妣的配搭表解如下。

方位	方（神）名				凤（风）名			
	甲骨文	典籍	鸟	祖妣	甲骨文	典籍	鸟	祖妣
东	析（折）	析/折/折丹	焦明（鸶鸟）	昭明（挚）	叴/劦（劦）	协 俊 挚尾	鹦凤 鴋鷞（锦鸡） 玄鸟（燕子）	帝俊 离/契
南	因/夾	因/因乎/因乎	昏鸟（?）鹞鹰（?）	王亥	兇（微） 夸/乎民 希革		鹜，鹛（鸥鹛）	上甲微（或王亥）
西	韦/彝	夷/磙	雉	羿	彝/韦	毛毯	鸡/雉	羿（?）

---

① [法]列维-布留尔：《原始思维》，丁由译，商务印书馆1981年版，第206页。

续表

方位	方（神）名				凤（风）名			
	甲骨文	典籍	鸟	祖妣	甲骨文	典籍	鸟	祖妣
北	九/夗（宛）	隩/夒	雥雏（信天翁）	女和（羲和）		狹	雥雏（信天翁）	女和（羲和）
					殳（役）	氉毛	鹬/鷖	伯益（？）